KB047274

씨름왕

씨름왕

이홍 연작소설

문학사상

나의 씨름왕이었던

아빠에게

차례

베네치아의 문

"조일까, 진일까?"

루가 질문했다. 나는 대답하려고 입술을 달싹였다가 말문이 막혀서 도로 입술을 다물었다. 내 안에서 벌어진 일인데도 헷갈렸다. 조인지 진인지 알 길이 없었다. 자궁 안에서 생존한 태아를 묻는 건지, 죽은 태아를 묻는 건지도 명확하지 않은 질문이었다. 생명과 죽음을 분별한 질문이라고 해도 모르긴 마찬가지였다. 우리가 알 수 있는 거라곤 한 가지뿐이었다. 하나는 죽고 하나는 살아남아서 공존하고 있다는 것이다.

두 개의 점이 나란했다. 산부인과에서 진료와 수납을 마치고 병원 건물을 나서면서도 도무지 믿기지 않았다. 먹빛 자궁 속 하얗게 솟은 두 개의 점 이미지가 머릿속에서 떠나지 않았다. 이란성쌍둥이라니. 건물 일 층 카페로 들어갔다. 주문한 커피를 받아 들고 창가에 앉아서 창밖을 바라보았다.

여름이 내려앉은 거리에는 연녹색 이파리들이 쟁쟁한 생명의 기운을 뿜어내고 있었다. 생명, 어쩌면 나는 이 두 개의 점인 작은 생명체들을 더 늦게 발견할 수도 있었다. 의학적 관점에서 나는 임신 가능성이 칠 퍼센트 이하인 노산이다. 지난 일 년간 이 미미한 수치의 희망을 쫓아서 생리주기에 맞춰 박스째 주문한 임신테스트기 중 하나를 꺼내어 매일 아침 임신 여부를 확인했다. 유난스러운 수고 끝에 맺게 된 결실이었다. 기뻐해야 마땅한 순간이었으나 초음파 촬영기에 잡힌 두 생명체를 목도한 후 나는 당혹감을 지울 수 없었다.

카페에 앉은 지 한 시간 정도 지나서야 진정을 찾았다. 루에게 임신 소식을 알리기 위해 문자를 보냈다. 조와 진! 내 문자를 받고 대뜸 전화를 걸어 온 루의 첫마디였다. 목소리 음역이 고른 편인 루의 목소리가 평소보다 높았다. 약간 떨리기까지 하는, 흥분에 겨운 목소리를 듣자 나는 밝은 거리로 나가는 게 꺼려졌다. 카페 문을 닫고 다시 카페 안쪽으로 발길을 돌렸다. 방향감각을 잃은 사람처럼 두리번거리다가 아까 앉았던 자리로 황망히 돌아가 앉았다. 루는 쌍둥이 태아의 생물학적 아버지고, 나와 루는 이미 헤어진 연인 사이였다.

전화를 끊기 전 루는 재우에게 이 소식을 알렸는지 물었다. 나는 아직,이라고 말미를 흐렸다. 아들 재우에게는 얼굴을 보고 얘기하는 편이 나을 듯했다. 재우는 동생을 바랐었다. 이따금 동생이 있었으면 좋았을 텐데,라며 노골적으로 아쉬움을 비치곤 했었다. 자신에게 허락되지 않는 것이어서 더 간절했을지도 모르지만 그 또한 오래전 일이다. 재우는 이제 열여덟 살이다. 성인식을 앞두고 생기는 배다른 동생에 대해선 소감이 다를 터였다.

　인도를 걷다가 충동을 이기지 못하고 편의점으로 들어갔다. 담배 한 갑과 라이터를 샀다. 임신을 시도하는 과정에서 담배를 끊었었다. 일 년 가까이 금연한 게 아까워서라도 다시 피우고 싶지 않은데, 지금은 그럴 수 없었다. 편의점 건물 모퉁이를 돌아서 후미진 쓰레기장 옆으로 갔다. 담배 한 개비를 입술 사이에 물고 떨리는 손으로 라이터 불을 붙였다. 세 모금 빨고선 후회가 밀려와서 담배와 라이터를 몽땅 쓰레기통에 버렸다.

　　　　　　　　　　　　　　　베네치아의 문

집으로 돌아가서 현관문을 열어 보니 신발장 앞에 나이키 에어 농구화가 놓여 있었다. 곧장 재우의 방으로 걸어가서 방문을 열었다. 책상 앞에 앉아 킨들로 책을 읽던 재우가 기척을 듣고 뒤돌아보았다. 나는 할 말이 있어,라고 운을 뗐다. 재우는 당장 나올 것처럼 기지개를 켜더니 지금은 숙제를 하는 중이니 이따가 얘기해도 되는지 넌지시 물었다. 다른 날이었다면 식사 시간이니 어서 나오라고 재촉했겠지만 어쩐지 조심스러웠다. 나는 조용히 방문을 닫았다.

재우가 방에서 나온 건 그로부터 두 시간 후였다. 허리밴드가 늘어져서 엉덩이 절반까지 흘러내린 파란색 사각팬티 차림으로 걸어 나왔다. 상의는 아무것도 입지 않았다. 나는 집으로 돌아오는 길에 사온 치즈김밥 두 줄을 꺼내어 그릇에 덜어서 식탁 위에 올렸다. 재우의 등 날개 뼈 부위에 너르게 돋아난 여드름들을 들여다보았다. 개중 노랗게 곪은 것을 발견하고 습관처럼 면봉 두 개를 들고 왔다. 면봉 머리를 여드름 양쪽에 고정하고 꾹 눌러 집었다. 고름보다 더 빨리 터진 건 재우의 짜증이었다.

"그냥 둬도 괜찮아."

재우가 미안했는지 좀 전의 신경질적인 표정을 거두고 말했다. 나는 재우의 맞은편에 앉았다.

"엄마, 임신했어."

최대한 담담한 어조로 말했다. 재우의 반응에 신경을 기울였다. 손가락으로 김밥을 들어 올린 재우가 나를 빤히 쳐다보았다. 내 안의 심장 고동이 아랫배 부근에서 내밀하게 둥둥거렸다. 재우의 얼굴에 금세 미소가 번졌다.

"그럼 드디어 루가 서울로 오는 거야?"

루만큼 흥분한 건 아니었지만 기뻐 마지않는 재우의 표정을 보면서 나는 안도하지 않을 수 없었다.

루와 나는 이 년 반 동안 장거리 연애를 해왔다. 서울과 홍콩. 항공편으로 세 시간이면 닿는 거리다. 각자의 일과 생활에 집중하며 시간을 보내다가 보고 싶으면 주말에라도 항공 마일리지를 사용하여 날아갈 수 있는 거리라고 연애 초기, 두 사람 다 믿었다.

우리의 생각과는 다르게 주변인들의 우려는 상당했다. 루와 나는 각각 이탈리아 주류 회사의 홍콩 지사와 서울 지사에 근무한다. 아시아 헤드인 루는 비교적 서울로의 출장이 잦은 편이었다. 루와 나는 허락된 짧은 시간 동안 서로에게 몰두하고 배려했다. 언제든 쉽게 만날 수 있는 연인들처럼 성격 차이로 다투거나, 서로에 대한 불만을 토로하는 데

베네치아의 문

기운을 소진하기엔 함께 있는 시간이 너무나 애틋하리만치 짧았던 것이다.

한 번도 이견으로 다툰 적이 없다고 하면 우려 섞인 오지랖을 부리던 주변인들이 의아해했고, 그런 반응을 보면서 루와 나는 흐뭇하게 웃으며 서로의 손을 잡았다. 그런 단단한 결속력을 느끼며 일 년 반의 장거리 연애를 이어 가던 지난해였다. 여름휴가를 맞아서 루는 제 고향인 이탈리아로 나를 초대했다. 방학 동안 재우는 전남편과 이 주를 보내기로 했다. 그 기간만큼 나는 휴가를 쓸 수 있었다. 나는 며칠 고민하다가 그러겠노라고 대답했고, 그 여름 루와 함께 이탈리아로 여행을 떠났다.

처음 사흘은 그의 어머니 집에서 지냈다. 프랑스 국경에 근접해 있는 이탈리아 북부의 소도시였다. 시차에 적응하지 못해서 피로해하며 이틀을 보내고 난 아침이었다. 바닥에 깐 요가 매트 위에서 홈트레이닝을 마치고 나는 방을 나갔다. 거실 건너편 방에서 쑥스러운 표정으로 걸어 나오던 루는 두 손을 새 둥지처럼 모으고 있었다. 백팔십팔 센티미터의 커다란 체격과 대조되는 앙증맞은 노란 상자를 들고 있었다. 내 온몸은 운동 직후라서 땀범벅에 숨이 가쁘게 차오른 상태였고 무엇보다 갈증이 일어서 정신이 혼미했지만, 나는 그 상자의 정체를 직감적으로 알아차렸다.

그의 외할머니가 그의 어머니에게 물려준 아름다운 반지였다. 페루치 컷의 영롱한 빛의 입자들이 눈부시게 반짝거렸다.

그날 점심 루의 외할아버지를 만나기로 했다. 조부모가 사는 항구 대도시는 루의 모친이 사는 동네에서 자동차로 사십 분 거리였다. 달리는 차 안에서 나는 약혼반지를 끼고 반신반의했다. 과연 내가 결혼할 수 있을까. 전남편과는 결혼하고 일 년 후에 헤어졌다. 이혼 후 연애는 상대가 누구든 간에 오래 이어지지 않고 이별로 끝나기 십상이었다. 이성과의 관계에서 변덕스러운 내 감정이 언제든 싸늘하게 식어 버릴 수 있다는 사실을 수없이 경험해 오지 않았는가. 그런 내가 다시, 결혼을 한다고?

루와 루의 어머니와 나는 바닷가 근처에 있는 아파트 일 층에서 외할아버지를 기다렸다. 가족들 중 루가 가장 많이 언급했던 사람이 외할아버지였다. 당시 가톨릭의 영향을 받은 이탈리아 법에 따라 루의 아버지와 어머니가 이혼 절차를 밟는 데 팔 년이라는 긴 시간이 걸렸다고 했다. 루가 한 살 때 전남편과 살던 집을 떠난 어머니가 이혼 절차를 밟고 새아버지와 루와 한집에서 살기 전까지, 아버지를 대신

베네치아의 문

해서 루를 보살펴 준 분이 외할아버지였다고 했다. 아버지 같은 존재와의 소소하지만 잊을 수 없는 추억들이 많았고, 루는 내게 그 추억담을 말해 줄 때 유독 어린아이 같은 목소리를 내곤 했었다.

　루의 외할아버지가 승강기에서 내렸다. 백 세에 이른 노인은 『피노키오』 동화에 등장하는 할아버지처럼 푸근한 인상이었다. 거동이 불편해 보였다. 루의 어머니의 부축을 받아 걸어오는 외할아버지 쪽으로 나는 다가갔다. 외할아버지는 두 팔을 벌려 나를 그러안은 채로 가슴을 들썩이며 눈물을 흘렸다. 요동치는 심박동이 내 가슴으로 고스란히 전해져 왔다.

　식당까지 걸어가는 동안 외할아버지는 내 손을 꼭 잡고 놓아주지 않았다. 볕이 따사로운 오후였다. 물보라 치는 바다가 펼쳐진 절벽 위 식당에서 각종 해산물 요리와 빈대떡처럼 넓고 편편한 면에 바질 페스토만 발린 파스타를 먹으며 프로세코와 백포도주를 곁들였다. 루의 외할아버지는 내 그릇과 잔이 빌라치면 음식과 술을 채워 주었다. 식당 앞 바다 빛깔처럼 회색과 초록색이 어우러진 그윽한 눈빛으로 나를 바라보는 외할아버지와 자주 눈이 마주쳤다.

　루의 가족들은 루만큼이나 자애로웠다. 한편으로 내

가족들이 모일라치면 마흔이 넘은 내 나이와 머잖아 성인이 되어 독립할 재우의 나이를 들먹이며 혼자 사는 나이 든 여자가 얼마나 볼썽사나워지는지 누누이 들어 왔던 차였다. 이 남자와 결혼하겠다고 결심을 굳혔다. 그러고 나니 현실적인 문제들을 외면할 수 없었다. 결혼해서도 현재처럼 홍콩과 서울의 장거리를 유지할 것인지 아닌지를 논의하지 않을 수 없었다.

루의 어머니 집을 떠나기 직전 캐리어에 짐을 챙겨 넣으며 나는 루와 이 문제를 상의했다. 기다렸다는 듯 루는 자상한 목소리로 이미 본사에 서울 지사로의 발령 신청을 해 두었다고 말했다. 아직 미성년자인 재우 때문에 내가 홍콩으로 이주하는 건 당분간 불가능했다. 루는 둘 중 한 명이 다른 한 명이 사는 곳으로 옮겨야 한다면 자신이 이행하는 게 옳다고 의견을 밝혔다.

"만약 서울로 발령이 나지 않으면?"

나는 루에게 물었다.

"그러면 지금 상태를 유지하다가, 재우가 고등학교를 졸업하면 네가 홍콩으로 이주하면 되지. 재우 졸업까지 얼마 안 남았잖아."

"내 일은?"

베네치아의 문

"홍콩 지사로 발령 신청을 하면 되지 않을까."

재우가 고등학교를 졸업하기까지 일 년 반 정도 남았을 때였다. 루의 답변을 들으며 나는 고개를 끄덕였다. 성인 남녀가 이성적으로 해결할 수 있는 문제라고 생각했다. 서로를 아끼고 존중하는데 그런 문제야, 그래, 별거 아니야. 루와 나는 둘 다 외동으로 자라서 독립적인 편이었고, 연인의 부재를 문제 삼기엔 각자 책임져야 할 일들로 분주한 나날을 보내고 있었다. 또한 장거리 연애의 물리적 거리, 국제 커플의 문화적 차이 같은 타인들의 비관에 결코 지지 않으려는 둘만의 의지도 제법 결연했었다. 시간의 여유를 갖고 상황이 흘러가는 걸 지켜보면서 두 사람이 한 지역에서 살 수 있도록 노력하면 나는 결혼할 수 있다고 믿었다. 그러나 더 근본적이고 보편적이고 까다로운 문제가 우리 앞에 기다리고 있었고, 그 문제를 직면한 건 그로부터 일주일이 채 지나기 전이었다.

루와 나는 밀라노에서 이틀, 코모와 베로나와 파도바에서 하루씩 보내며, 이탈리아 북부의 여러 지역에 흩어져 사는 루의 대학 친구들과 친척들을 두루 만났다. 그리고 마지막 여행지인 베네치아에 도착했다. 선착장에서 숙소까지 가까운 편이어서 우리는 걸어가기로 했다. 수상버스에서 내린 후부터 길바닥이 몹시 울퉁불퉁했다. 루가 양손으로 두 사람의 캐리어를 끌었다. 나는 휴대폰으로 구글 맵을 켜고 숙소로 가는 길을 루에게 설명해 주었다. 캐리어 바퀴와 인도 위로 솟아오른 모난 돌들의 마찰음이 연신 거칠고 불안정하게 드르륵, 드르륵 울렸다. 마찰음의 장단에 맞추어 루는 수상도시인 베네치아가 백 년 안에 침수되어 사라질 거라는 장황설을 늘어놓았다.

이백 미터쯤 나아갔을 때 캐리어 바퀴 하나가 툭 떨어져 나갔다. 나는 바퀴를 주워서 가방 속에 넣었다. 루는 내 캐리어 손잡이를 잡고 번쩍 들어 올리고는 다른 손으로 제 캐리어를 끌었다. 우리는 오렌지색으로 회칠된 낡은 건물 앞에서 멈추었다. 구글 맵이 가리키는 건물 현관 옆에 붙은 주소를 확인했다. 베네치아에서 부동산중개업을 하는 루의 친구가 알려 준 주소와 동일했다.

우리가 사흘 동안 지내게 될 집은 건물 삼 층이었다. 건물 안에는 엘리베이터가 없었다. 폭이 좁고 턱이 높은 가파른 나선형 계단을 올라갔다. 루의 친구가 빌려준 집의 나무 문이 환영하듯 활짝 열려 있었다.

실내 온도는 서늘했다. 루는 집 안 곳곳을 기웃거리다

베네치아의 문

가 킹사이즈 침대가 놓인 안방에 캐리어 두 개를 내려 두고
는 바깥 공기가 들도록 아치형 창문을 열어 두었다. 침대
위에 누워서 휴식을 취하며 럭비 경기 방송을 보았다. 나
는 저녁 식사를 하러 나가기 위한 채비를 시작했다. 샤워
를 하고, 화장을 하고, 마지막으로 저녁 식사 자리에 어울
릴 법한 홀터넥 저지 드레스를 차려입었다. 옷장 문에 부착
된 거울 속 내 모습을 침대 위에서 물끄러미 바라보던 루가
내 쪽으로 다가왔다. 섬세한 손길로 꼬리뼈에서부터 척추
를 타고 어깨까지 어루만졌다. 왼쪽 어깨 끝에서부터 오른
쪽 어깨 끝까지 루의 입맞춤이 점점이 물결을 이루었다. 루
는 나를 안아 올리고 침대 쪽으로 걸었다. 침대 위에서 루
와 키스를 했다. 여독과 시차에 적응하지 못했던 지난 며칠
의 피로감 때문인지 흥분이 되지 않았다. 루는 내 목덜미에
묶인 드레스 끈을 풀려고 손가락을 꼼지락거렸다. 나는 한
손으로 내 목덜미에 있는 루의 손을 앞으로 끌어당기고, 다
른 손으로는 거친 수염이 웃자란 루의 턱을 살며시 밀어내
며 속삭였다.

"지금 하면, 처음부터 다시 준비해야 해. 번거로워. 그
리고 나 배고파."

루와 나는 곤돌라를 타고 아프리티보*를 하러 선착장

으로 나갔다. 루의 친구에게 초대받은 저녁 식사는 아홉 시였다. 이탈리아에선 저녁 식사를 아홉 시경에 시작하여 자정이 넘도록 먹는다는 사실을 여행 중 알게 됐지만, 평소 퇴근 직후 저녁 식사를 하는 내게는 늦은 감이 없지 않았다. 둘 다 출출했던 터라 저녁 식사 전 가볍게 해물을 올린 치케티를 먹었다. 바다 위로 오렌지빛 석양이 번지고 있었다. 요트와 곤돌라가 노을을 등지고 금빛 물결 위를 떠다녔다. 곤돌라에는 가족들과 연인들이 대부분이었다. 그 위에서 청혼을 하고 받는 연인들을 실은 곤돌라가 드물지 않게 지나가는 걸 바라보면서 왜인지 모르게 그것이 내게도 일어난 사실이라는 점이 와닿지 않았다.

비릿하고 선선한 바닷바람이 불어와 머리카락이 헝클어졌다. 바람결에 이마 아래로 쏠린 머리카락 사이로 언뜻언뜻 드러나는 내 눈을 바라보며 루가 물었다.

"혹시 말이야. 나 만난 이후에 다른 사람 만난 적 있어?"

"무슨 소리야?"

"장거리 연애였으니까, 혹시나 해서."

---

*　저녁 식사 시간이 늦은 편인 이탈리아에서 저녁을 먹기 전 가볍게 술이나 핑거푸드를 먹는 식문화

"쳇, 그런 실없는 소리가 어디에 있어."

나는 실소하며 잔에 담긴 프로세코를 마셨다. 혀에서부터 시큼한 맛이 퍼졌다. 이런 질문을 하는 루가 평소와 다르게 보였다. 몇 번의 연애 경험만으로 정확한 기준을 판단할 수 없지만, 내 과거 연애 경험들을 비교했을 때 루는 상당히 관대한 남자였다. 퇴근 후 친구와 늦은 밤까지 술을 마시다가 루의 전화나 문자를 놓쳐도 의심하지 않았다. 술을 마신 친구가 이성이어도 추궁하지 않았다. 서울로 출장을 오면 루는 내 남자 친구들과 만나는 자리에 스스럼없이 동석하기도 했다. 그들과 있을 때 조금도 예민하게 굴지 않았다. 그런 루가 왜 이런 질문을 하는 걸까.

우리는 루의 친구와 만나기로 한 저녁 식사 장소를 향해 걸었다. 대학 시절 루가 소속돼 있던 럭비팀 친구라고 했다. 베네치아에서 가장 오랜 전통을 가진 해산물 식당은 광장 인근이었다. 테이블은 다섯 개로 아담한 식당 크기에 비해 음악 소리와 손님들이 내는 소음은 굉장히 컸다. 우리는 자주색 구슬 커튼이 달린 구석 자리로 들어갔다.

나는 열한 시가 되기 전 하품을 쏟아 내다가 먼저 자리에서 일어났다.

"좀 더 있다가 같이 가자."

루가 길고 두꺼운 팔로 내 허리를 휘감고서 말했다.

"피곤해."

나는 졸음에 겨운 목소리로 대답했다. 루가 친구에게 나를 데려다주고 오겠다고 말하며 따라 일어섰다. 식당에서 숙소까지는 그리 멀지 않았다. 루가 건물 위까지 따라오려는 걸 나는 만류했다. 그리고 건물 앞에서 루에게서 숙소 열쇠를 건네받았다. 골동품처럼 생긴 금속성의 큼직한 열쇠였다.

곧 나는 후회하지 않을 수 없었다. 건물 현관에 들어서서부터 앞이 잘 보이지 않았다. 삼 층 계단까지는 불빛 한 점 없이 캄캄했다. 건물 전등 스위치 위치는 알지 못했다. 휴대폰 플래시를 켜고 벽을 짚었다. 희붐하고 가느다란 불빛에 의존하여 조심조심 가파른 계단을 올라갔다. 계단에서 넘어질까 봐 긴장을 놓을 수 없었다. 손바닥에 축축한 땀이 배어 미끄러웠다. 놓칠세라 루가 준 열쇠를 손에 꼭 쥐었다.

플래시 불빛을 문고리에 고정하고 하단의 열쇠 구멍에 열쇠를 끼웠다. 열쇠가 조금 돌다가 무언가에 걸린 듯 뻑뻑하게 멈추었다. 손가락에 힘을 주어 보았지만 더 돌아가지 않다. 열쇠를 끼운 채 문고리를 잡고 들어 올려 열쇠를 돌려 보기도 하고, 열쇠를 끼운 채 문고리를 잡고 흔들어 보기

베네치아의 문

도 했으나 소용없었다. 문은 끝내 열리지 않았다.

나는 루에게 전화를 걸었지만 루는 전화를 받지 않았다. 문고리를 잡고 조금 더 승강이를 벌이다가 나는 포기했다. 문에 기대어 주저앉아서 문제를 해결할 방법에 골몰했다. 열리지 않는 나무 문과는 무관한 초저녁의 대화가 문득 떠올랐다. 혹시 말이야, 나 만난 이후에 다른 사람 만난 적 있어? 루의 질문에 이어 내 가슴에 묘하게 번지던 이물감이 차가운 암흑 속에서 되살아났다.

이렇게 앉아서 언제 돌아올지 모를 루를 마냥 기다릴 수만은 없었다. 휴대폰 플래시 불빛에 의존하여 계단을 내려갔다. 힐을 신고서 어둠에 잠긴 폭이 좁고 가파른 계단을 내려가느라 중심을 잡기가 여간 어렵지 않았다. 난간을 잡고 천천히 내려가는데 별안간 불빛이 사라졌다. 휴대폰 배터리가 방전된 것이었다.

가파른 나선형 계단에서 넘어지거나 굴러 떨어질 듯했다. 나는 계단참에 앉아서 힐을 벗고 손목에 끈을 걸었다. 엉덩이를 붙이고 한 칸씩 엉덩이를 미끄러트리며 계단을 내려갔다. 건물 안보다 미미하게나마 더 밝긴 했지만 거리도 어둠 속이기는 마찬가지였다. 루가 여기까지 데려다주었을 땐 몰랐는데 베네치아의 밤은 음산했다. 여러 갈래로 갈라진 골목에는 인적이 없었고 사방으로 난 운하에선 지린내가 낭자했다. 골목마다 올라선 건물들과 운하 위 아치교들은 죄다 비슷한 외관이었다. 어느 다리를 건너서 왔는지조차 헷갈렸다. 과연 그 식당을 찾을 수 있을까 싶었다. 다리를 건너서 길목을 살피며 지났던 다리를 도로 돌아왔다. 원점에서 기억을 더듬었다. 다음 다리, 그다음 다리를 건너서 골목들을 기웃거리고, 다시 돌아와서 이전의 다리로 가보길 몇 번이나 반복했다. 루가 왜 그런 질문을 했을까. 인적 없는 어둑한 골목들을 헤매는 사이 불현듯 솟아오른 작은 의문점이 길쭉하고 끈적이는 그림자처럼 늘어져서 몸집을 부풀리고 있었다.

가까스로 골목 모퉁이에 작은 불빛을 밝힌 식당을 찾았다. 루는 친구와 큰 소리로 깔깔대며 웃고 떠드는 중이었고, 그 모습을 보자 나는 공연히 기분이 구겨졌다.

"왜 이렇게 전화를 안 받아?"

나는 냉랭한 어조로 루에게 따져 물었다. 루가 웃음을 거두고 얼떨떨한 표정으로 나를 쳐다보았다.

"로베르토와 얘기 중이었어. 보다시피 여긴 음악 소리도 크고. 근데 왜 다시 돌아온 거야?"

"문이 열리지 않아."

베네치아의 문

"아까 열쇠 줬잖아."

"열쇠로도 열리지 않아."

"그럴 리 없는데."

"다른 열쇠 준 거 아니야?"

"열쇠라곤 그것 하나뿐인데."

우리의 대화를 듣고 있던 루의 친구가 자리에서 일어
섰다. 그는 대수롭지 않은 일이라는 듯 웃어 보였다. 베네치
아의 건물들이 오래되고 낡아서 문의 경첩이 맞지 않아 종
종 생기는 일이라고 했다.

우리 세 사람은 숙소로 돌아갔다. 지린내 나는 어둠 속
을 걸으며 문이 열리지 않는 게 정말로 오래되고 낡은 문 때
문인지, 혹시 열쇠가 잘못된 열쇠는 아닌지, 루의 친구가 집
으로 돌아가서 제대로 된 열쇠를 가지고 돌아와야 하는 건
아닌지, 그보다는 열쇠공을 불러서 새 열쇠를 맞추는 게 나
은 방법이 아닐지, 머릿속으로 재차 따져 보았다.

건물 안으로 들어섰다. 루와 루의 친구는 각자 휴대폰
플래시를 켰다. 루의 친구가 열쇠 구멍에 열쇠를 끼웠다. 그
러나 바로 열릴 듯했던 문은 아까처럼 요지부동이었다. 내
가 그랬던 것처럼 두 남자가 문과 씨름을 하는 동안 나는 계
단참에 앉았다. 졸음이 밀려와서 머리통을 찬 벽에 기대었

다. 문은 그대로 닫힌 채 옴짝달싹하지 않았다. 루의 친구가 이탈리아어로 루에게 말했다. 루의 친구는 아까처럼 예사로운 일이라는 듯 느긋하게 웃는 얼굴로 서 있었다. 나는 무슨 상황인지 물었다. 루가 친구의 이탈리아어를 내게 영어로 통역해 주었다.

"열쇠는 이 열쇠가 맞대. 근데 여기 문들이 워낙 오래되고 낡아서 생긴 일이래."

"차라리 열쇠공을 부르자. 여기서 밤을 샐 순 없잖아."

나는 잠긴 목소리로 말했다. 루가 다시 내 의견을 이탈리아어로 통역하여 친구 로베르토에게 전했다. 로베르토는 자정이 지난 시각에 근무하는 열쇠공은 없다면서 소방서에 전화를 걸겠다고 덧붙였다. 베네치아에서 문과 관련된 문제는 소방서에서 관리한다는 것이었다. 불길을 관리해야 할 소방관이 열리지 않는 문을 따러 온다는 사실이 어쩐지 생뚱맞았다. 나는 미덥지 않다는 듯 미간을 오므렸다.

"베네치아의 문이 열리지 않는 건 열쇠의 문제가 아니라 오래되고 낡은 문의 문제니까."

루는 그 말을 반복했다. 나는 루의 말에 응대하지 않고 입술을 일자로 다물었다.

로베르토는 소방관을 호출한 후 제 집으로 돌아갔다. 루와
나는 계단참에 앉아서 소방관을 기다렸다. 내 휴대폰은 방
전되어서 루의 휴대폰 플래시만 켜두었다.

"아까 나한테 그 질문을 한 의도가 뭐야?"

나는 루에게 물었다. 초저녁 석양 아래서 루가 무심히
내뱉은 그 질문을 나는 저녁 내내 곱씹고 있었다. 질문의 의
도를 묻고 싶었지만 곧바로 재우에게서 전화가 와서 통화
를 해야 했고, 캐리어 바퀴를 고치러 백화점에 가야 했고,
바퀴를 수선하는 데 한 달 이상이 소요된다고 해서 불가피
하게 새 캐리어를 샀고, 밀라노에서 다시 만나기로 한 루의
가족들에게 선물할 쿠키를 사는 동안에도 틈틈이 그 생각
이 스치듯 지나갔다. 루의 친구와 저녁 식사를 하는 동안엔
알아듣지 못하는 이탈리아어로 대화하는 그들 사이에서 나
는 그 생각에 더 깊이 잠겨들었다.

"무슨 질문?"

루가 되물었다.

"아까. 혹시 내가 너 만난 이후로 다른 사람 만난 적 있
는지 물었잖아."

루가 대답하려고 입술을 떼는데 휴대폰 벨이 울렸다.
루가 전화를 받는 동시에 플래시 빛이 꺼졌다. 그 바람에 계

단참이 어두워졌다. 루의 얼굴이 보이지 않았다. 루가 전화를 끊었다. 먼저 간 친구가 전화를 걸어 왔다고 말하며 루는 다시 플래시를 켰다. 사라졌던 루의 얼굴이 어슴푸레하게나마 윤곽을 드러냈다.

"통화 전에 내가 물었던 거에 대해 대답해 줄 수 있어?"

"아, 그거."

"저녁 내내 기분이 이상했어. 네가 그런 질문을 할 사람이 아니잖아."

다시 휴대폰 벨이 울렸다. 루의 휴대폰 화면을 보니 루의 엄마였다. 루가 전화를 받자 플래시 불빛은 다시 꺼졌다. 이번에도 그의 얼굴이 어둠에 묻혀 사라졌다. 그는 엄마와는 좀 더 길게 통화했다.

이탈리아는 모계사회다. 루를 만난 이후 이탈리아 문화에 대한 글들을 찾아 읽다가 터득한 사실이다. 아들이 모친의 영향을 가장 많이 받는다는 글을 읽었었다. 유럽인들은 이탈리아 남자를 마마보이라고 비약하며 놀리기도 한다. 같은 회사에 다니는 소수 이탈리아 남자 동료들은 어떤 중요한 결정을 내려야 하는 상황에 직면할 때마다 누군가와 길게 통화를 한다. 처음엔 통화 상대가 여자 친구거나 아내일 거라고 짐작했는데, 대부분 통화 상대는 그들의 모친

베네치아의 문

이었다.

　루도 그들과 비슷하게 엄마와 자주 통화했다. 용건만
간략하게 주고받는 경우는 거의 없었다. 하지만 이 점이 내
겐 조금도 껄끄럽거나 불편하지 않았다. 루의 어머니는 어
머니로서나 애인의 어머니로서나 훌륭했다. 그녀는 나처럼
싱글맘으로 루를 양육했었다. 내 이혼 전력과 전남편 사이
에서 낳은 아들을 전혀 문제 삼지 않았다. 매번 재우의 선물
까지 챙겨서 우편으로 보내 주었다. 내 입장을 누구보다 더
잘 이해해 주는 따뜻한 말로 격려를 아끼지 않았다. 루가 엄
마와 통화하는 동안 나는 루의 굵직한 팔마디에 내 몸을 붙
였다. 그렇게 루의 체온을 느끼는 동안엔 어둠 속에서 사라
진 루의 실체를 비로소 감각할 수 있어서였다.

　전화를 끊고 루는 플래시를 켰다. 계단참에서 내리쏜
빛이 문에 가닿았다. 나무 문은 군데군데 벗겨지거나 닳았
다. 아무리 낡은 문이라고 해도 그렇지. 문이 열리지 않는
이유가 문의 문제일 리 없어. 열쇠가 문제일 거야. 나는 고
개를 돌리고 루를 빤히 쳐다보았다.

　"아, 그 질문. 별 의도 없었는데."

　루가 심상한 어조로 말했다.

　"그런 거 같지 않은데."

"정말로 별 의미 없는 질문이었어. 나 잘 알잖아."

루의 말과는 반대로 나는 이 남자를 잘 모른단 생각이 스쳤다. 일 년 넘게 만나 왔지만 장거리 연애지 않았는가. 한 달에 한두 번, 며칠 만나면서 연인들이 흔히 겪는 갈등과 다툼을 경험해 보지도 않았다. 내가 아는 루라는 남자는, 단순하고 성실하며, 운동과 친구를 좋아하고, 잠들기 전 럭비 방송을 시끄럽게 틀어 놓아서 나의 수면 전 습관인 독서를 방해하고, 사내에서는 나의 상사고, 음식과 술과 패션에 돈을 아끼지 않는 전형적인 이탈리아인이라는 것뿐이었다. 그리고 내 주변인들에게 그는, 마흔 넘은 여자에게 청혼까지 해준 구세주였다.

연인으로서의 루는 딱히 이렇다 할 문제점이 없었다. 매일 아침과 점심, 알람 시계처럼 제시간에 이탈리아어로 인사를 보내왔다. 틈틈이 내가 어떤 하루를 보내고 있는지, 내 기분 상태가 어떤지, 다정한 문자로 질문했다. 퇴근길에는 영상통화를 걸어 왔다. 저녁에 외출을 하면 식사 자리의 음식과 야경과 동료들이나 친구들과 함께 찍은 사진을 보내 주었다. 잠들기 전 잘 자라는 말과 사랑의 인사를 보내왔다. 파스텔 톤 꽃다발을 틈틈이 보내 주었다. 낭만과 일관성과 책임감을 두루 갖춘 남자였다. 그런데도 나는, 우리 사이에 문제가 있다고 느꼈고, 그 문제가 무언지는 지금 당장 알 수 없으나, 마치 베네치아의 문처럼 열쇠가 있어도 열리지 않는 종류의 문제라고 예감하고 있었다.

"혹시 나 만난 이후에 다른 사람 만난 적 있어?"

동일한 질문이었지만 이번엔 내가 루에게 하는 질문이었다. 루가 노을 진 바닷가에서의 나처럼 실없는 소리를 들은 양 허탈하게 웃을 것 같았다. 하지만 제 휴대폰 배터리마저 방전되었다는 사실을 알아차린 루는 웃지 않았다. 웃었다고 해도 암흑 속이어서 보이지 않았겠지만, 그의 입술 틈에서 흘러나온 건 비단 꺼지는 가느다란 한숨 소리였다.

이탈리아 여행을 마치고 서울로 돌아왔다. 루와 나는 공식적으로 약혼한 사이였다. 나의 왼손 약지에는 그의 집안에서 유산처럼 전해 온 다이아몬드 반지가 끼워져 있었다. 동료들은 축하해 주며 내 손가락에 끼워진 반지를 유심히 쳐다보았다. 여자 동료들은 반지가 너무 예쁘다며 부러움을 금치 못했다. 그중 나보다 세 살 어린 박이 종알거렸다. "비결이 뭐예요? 정말 기적이네요, 기적." 언젠가부터 결혼에 대한 기대는 완전히 접고 또래 남자 친구라도 사귀어 볼까 하여 매주 자전거와 등산 동호회에 나가는 박이, 동호회에 나오는 사오십 대 남자들이 사십 대 여자들에겐 말도 잘 걸지 않아서 기회조차 없다며 하소연했던 기억이 떠올랐다. 아빠는 애초에 허락해 주지 않으려고 작정했지만 반지 알이 커서 봐준다는 식이었다. 고모들은 이게 무슨 횡재냐며, 네 기구한 인생이 이제야 좀 펴지려나 보다고 유난스럽게 기뻐하면서 이탈리아 결혼식장에서 한복과 양장 중 무엇을 입을 것인지 상의했다. 재우는 이탈리아에서 찍은 루와 나의 사진을 보며 흐뭇하게 고개를 주억거렸다. 이 결혼에 대해 환호하지 않는 사람은 단 두 명, 지운과 나 자신뿐이었다.

주말 낮이었다. 지운과 만나기로 한 약속 장소는 지하의 바였다. 시간을 감각할 수 없는 어둑한 공간에서, 잔을 잡으려고 손을 뻗으면 상대의 손이 슬쩍 닿기도 하는 좁은 테이블에 지운과 나는 마주 앉아 있었다. 지운은 한 달 동안 만났던 여자와 며칠 전 헤어졌다고 말했다. 만날 때마다 듣는 이야기라서 새롭지 않았다. 옹색한 무대에서는 재즈 음악가들이 귀에 익지만 곡명을 알 수 없는 곡을 연주하고 있었다. 지운은 엇박자의 리듬에 맞춰 고개를 까딱거리다가 다시 말문을 열었다.

"연애가 이렇게 진부해질 날이 올 줄 알았을까."

"왜 그렇게 진부한데?"

"난 불안정성에 매혹돼. 그런데 데이트하는 여자들이 내 뒤에서 약속이라도 한 건지 하나같이 안정적인 관계를 바라잖아."

지운은 어깨를 으쓱하며 잔을 비웠다. 나는 지운의 빈 잔에 술을 부어 주고 내 잔에 담긴 술도 단숨에 비웠다. 그 자리에서 와인 두 병을 비웠다. 지운은 입가심으로 럼 두 잔을 주문해서 내게 한 잔 내밀었는데 럼을 마신 후에야 술기운이 확 올랐다.

"정말로 재혼, 할 거야?"

지운은 다소 믿을 수 없다는 표정으로 물었다.

"응."

"루가 그만큼이나 좋아?"

"나도 네가 차버린 다른 여자들과 다르지 않아. 이젠 내 나이도 무시할 수 없고. 그래서 안정적인 관계를 추구하게 되었어."

"네 나이는 내 나이기도 하잖아. 우리 나이가 어때서?"

"우린 동갑이지만 상황이 달라. 우리 회사에 아직 미혼인 내 또래 여자 직원들이 있어. 삼십 대 중반까지는 드물게라도 소개팅이나 선이 들어왔는데, 마흔이 넘어가니까 그마저도 뚝 끊겼대. 그래서 자전거, 등산, 골프 동호회 활동을 하면서 기회를 찾으려고 노력해. 또래 남자는 과욕인가 싶어서 자기보다 열 살 정도 많은 오십 대 남자들과 좀 친해지려고 하면 뒤에서 약속이라도 한 건지 하나같이 이삼십 대 여자들에게 호감을 갖고 데이트 신청을 한다는 거야."

나는 '뒤에서 약속이라도 한 건지 하나같이'를 말할 때 양 손가락으로 따옴표 모양을 만들었다.

"에이, 남자들을 너무 한통속으로 도매급 취급하지 마."

"그게 현실이야."

"넌 예뻐."

"난, 언제나 예뻤어."

나는 지운의 시시한 말을 듣고 시시하게 웃으며 대답했다. 이렇게 지운과 함께 시간을 보내는 동안엔 모든 게 괜찮았다. 먼 거리에 거주하는 연인이 제 육체적 갈망을 이겨내지 못하고 저지를 수 있는 모든 위태로운 가능성에 대한 의혹을 머릿속에서 말끔히 밀어낼 수 있었다. 그 무엇도 심각하지 않았다. 진급하지 못하고 몇 해째 정체된 직급, 입시생 아들 뒷바라지, 간암으로 투병하며 건강이 악화되고 있는 아버지, 모든 사회적 책무 같은 것들을 내려놓을 수 있었다. 그늘 한 점 없는 지운의 환한 얼굴을 보고 있노라면 마음이 가벼워지고 마냥 즐거웠다. 그래서 지운과 있을 땐 자주 루의 전화나 문자를 놓치곤 했었다. 긴장을 풀고 테이블 위에 손을 올려 두었는데, 지운이 장난으로 제 손가락을 내 손등에 대고 추처럼 움직였다. 나는 그런 지운을 저지하지 않았다. 바를 나가면서 지운은 제 집에 가서 한잔 더 하자고 제안했지만 나는 졸음이 몰려와 집으로 돌아가겠다고 말했다.

집으로 돌아와서 루의 문자를 확인하고는 아차 싶었다. 그날은 루가 나와 함께 관람하기 위해 럭비 홍콩 월드시리즈 세븐의 VIP 티켓을 사둔 날이었고, 나는 루와의 약속을 까마득히 잊었던 것이다. 나는 약속한 날짜에 맞춰 홍콩으로 가는 비행기조차 예매하지 않았다는 사실을 깨달았다. 루에게 미안한 마음이 들어서 당장 전화를 했다. 루는 바로 전화를 받지 않았다. 지운이 내 손등에 쓴 무언가를 생각했다. 글자였을까, 이미지였을까. 아니면 아무것도 아닌 그냥 움직임이었을까. 지운이 팔레트 위에 물감을 풀듯 내 손등에 그은 무늬를 생각하다가 잠들었다. 베네치아가 침수되는 꿈을 꿨다. 낡고 오래된 나무 문짝들이 부풀어 오른 물 위에 둥둥 떠다녔다.

며칠 후 나는 루에게 헤어지자고 했다. 약혼반지는 빼서 상자 안에 도로 넣어 두었다.

한 치 앞도 보이지 않는 베네치아의 건물 안 계단참에 서 루는 정직하게 대답했었다. 외도를 했었다고. 감정적인 교류는 없었으며 오직 육체적인 갈급을 해소하려고 만났었다고. 딱 한 번뿐이었다고.

"근데 왜 나에게 청혼한 거야?"

그날 루의 고백을 듣고서 나는 루에게 되물으며 내내 그의 팔마디에 기대고 있던 내 몸을 떼어 냈다. 그러자 한기가 느껴졌고, 방금 전 그런 어리석은 질문을 건넨 걸 나는 후회했다. 이십 대였다면 이 상황을 납득하지 못했을 것이다. 배신감을 느끼고, 루를 원망하고, 다시는 보고 싶지 않다고 화를 냈을지도 몰랐다. 하나, 초로의 건장한 성인 남자가 번번이 일어서는 육체적 갈망을 외면하기 쉽지는 않을 거라는 짐작을 이전에도 여러 번 했던 차였다. 이런 일이 일어날 수도 있을 거라고, 일어나도 담담하게 받아들일 거라고, 그런 종류의 일로 우리가 그동안 쌓아 올린 견고하고 단단한 결속력을 무너뜨리지 않겠다고, 각오해 오지 않았던가.

루가 내 손을 잡고 말했다.

"너를 만나기 전에 여섯 번의 연애를 했었어. 그런데 한 번도 결혼하고 싶다는 생각이 들지 않았어. 이번은 달랐지. 평생 너와 함께할 수 있다는 확신이 들었거든."

"확신이라······."

나는 자신 없는 어조로 말미를 흐렸다. 그 단어를 뇌까리는 동안 아까부터 갑갑했던 목이 이번엔 확 죄여 왔다. 질식할 것만 같았다. 확신. 나는 침수된 베네치아의 물속에서 이 단어를 발설하려는 것처럼 입술을 하 벌렸다.

"그런 과오를 저지른 내가 떳떳하게 할 수 있는 말이 아니라는 거 알아."

루가 미안한 얼굴로 소곤거렸다.

"아니, 그런 것 때문은 아니야."

솔직히 나는 루의 확신보다 내 안의 확신을 의심하고 있었다. 이탈리아에 가기 전 몇 번이나 망설였다. 단기로 사나흘 동안 서로에게 집중하는 것과 이 주라는 긴 시간 내내 함께 지내는 것은 확연하게 다를 터였다. 그때부터 이미 형언할 수 없는 갑갑함과 희미한 두려움을 느끼고 있었다. 또한 얼마 전부터 내 마음이 지운 쪽으로 은근히 기울어지고 있다는 것을 무시할 수 없었다.

"우리 커플 카운슬링을 받아 볼까?"

루가 물었다.

"아니."

"헤어지고 싶어?"

"모르겠어."

"좀 더 생각하고 대답해 줄래?"

"이 반지는 어떻게 할까?"

"더 생각해 보고 네가 헤어지고 싶으면 그때 돌려줘도 돼."

대화가 끝난 후에도 소방관은 도착하지 않았다. 루와 나 사이에 꽤나 긴 정적이 흘렀다. 우리는 칠흑처럼 어둡고 서늘하고 아무것도 할 수 없는 무기력한 시간을 견디고 있었다. 외도를 했던 여자가 누구인지, 내가 아는 여자인지, 혹은 육체적 관계를 가진 후에도 그 여자와 계속 연락하는지를 묻고 싶기도 했지만, 이미 가슴에서 루를 향한 감정이 홀연히 증발해 버린 것만 같았고, 그 상실의 순간을 견딜 수 없어서 이제 그만 정리하자는 말이 턱밑까지 올라왔다. 낌새를 차린 루가 마지막으로 한 번 더 노력해 보자고 나를 설득했다. 결혼과 연애 시장에서 가치가 바닥 친 내 나이를 상기하지 않을 수 없었다. 이번 생에 내게 청혼하는 남자는 어쩌면 루가 마지막일지도 몰랐다. 당장 헤어져야 할 만큼 급할 것도 없었다. 나는 그 마지막의 시간을 유예해도 무방하다고 생각했다.

한 시간 남짓 지나서야 아래층에서부터 발소리가 들려왔다. 세 명의 소방관들이 손전등을 휘저으며 계단으로 올라왔다. 그 빛에 의해 루의 윤곽이 제법 선명히 드러났다. 저녁 식사를 했던 식당에서만 해도 활기찬 생기로 넘치던 루의 얼굴은 어느새 관에 누운 시체처럼 핏기가 없고 수척했다.

자처럼 기다란 지렛대 장비를 들고 나타난 소방관들은 루의 친구와 같은 반응이었다. 범상한 일이라는 듯 웃고 있었다. 심지어 문을 곧장 따지 않고 난간과 벽에 기대어 루와 잡담을 나누었다. 느긋한 미소를 보자 짜증이 치밀었다.

"베네치아가 침수되면 이 문을 열 거야?"

나는 비꼬는 투로 루에게 따졌다. 루는 당혹스러운 표정이었다. 소방관들과 잡담을 나누면서 슬며시 떠올랐던 웃음기가 루의 얼굴에서 지워졌다. 소방관 한 명이 너털웃음으로 베네치아에선 문이 열리지 않는 게 흔한 일이며, 누구도 이 문제에 항의하지 않는다고 대꾸했다. 나는 계단에서 일어났다. 루에게 성큼 다가갔다.

"문을 열 수 없는 열쇠라니 말이 안 되잖아. 그리고 문이 열리지 않는 게 열쇠 때문인지, 너희들 말처럼 오래되어 낡은 건물과 문 때문인지 어떻게 장담할 수 있지? 열쇠 때문일 수도 있는 거잖아."

나는 날카로운 음성으로 따져 물었다.

금요일 저녁 루가 서울로 왔다. 임신 소식을 듣고 나흘 후 주
말이었다. 루가 투숙하는 호텔방 호수를 알려 주면 내가 찾
아가는 식이었는데, 이번에 루는 공항에 내리자마자 택시를
타고 곧장 나를 데리러 왔다. 육 주 만의 재회였다. 물리적인
재회이기도 하지만 암묵적으로는 이별 후 재결합이어서 분
위기가 다소 서먹서먹했다. 인도에서 마주 선 루와 나는 예
전처럼 무람없이 서로 시선을 맞추거나 농담 깃든 인사를
나누지 못했다. 루는 어색하게 팔을 벌려서 나를 안았다.

택시를 타고 호텔로 갔다. 방에서 루와 나는 별다른 대
화를 나누지 않았다. 루가 저녁 식사를 하지 않았다고 해서
룸서비스로 음식을 주문했다. 서울의 야경 한 조각을 흘긋
거리거나 각자의 휴대폰을 확인하며 조용히 음식을 먹었
다. 나는 샤워를 한 후 가운을 입고 욕실에서 나왔다. 루는
테이블을 침대 언저리로 옮기는 중이었다. 그 위에 내려 둔
노트북을 열었다. 넷플릭스에 로그인했다. 육 주 전 만났을
때 함께 시청하려다가 초반에서 멈춘 프랑스 영화를 켰다.
내가 노트북 가까이 눕고, 루가 내 등 뒤에서 포개고 누웠

다. 우리는 영화를 시청했는데 나는 지금 보고 있는 영화를 마저 보았다는 말을 하지 않았다. 루도 그런 적이 많기는 마찬가지였다. 시청하다가 정지한 영화를 마저 보지 않고 다시 만나는 날까지 기다리기에 삼 주는 꽤 긴 시간이었으니까. 루는 내 아랫배 위에 제 손을 가만히 대고 있었다.

"우리는 우아했어. 그래서 우리의 관계를 망쳤어."

영화 속 대사가 흘러나왔다. 한 시간 정도 지나자 루의 새근거리는 숨소리가 귓가에 들려왔다. 루는 내 귓불에 조심스럽게 입맞춤을 했다. 엉덩이에 닿은 루의 아랫도리가 딱딱했다. 나는 임신초기라서 조심해야 한다고 속삭이며 루의 뺨을 어르듯 쓰다듬었다. 루는 체념에 잠긴 가라앉은 목소리로 소곤거렸다.

"조와 진, 그리고 내 사랑, 잘 자."

"왜 조와 진이야?"

"조와 진은 남자 이름, 여자 이름 다 가능한 이름이잖아. 딸인지 아들인지 아직 모르니까. 마음 같아선 나 닮은 아들 하나, 너 닮은 딸 하나였으면 좋겠지만."

루와 나는 쌍둥이 태명에 대한 잡담을 잠시 나누다가 잠이 들었다.

칠 주 차였다. 재우는 쌍둥이의 존재를 반겼다. 지나가다가 한 번씩 내 배에 손가락을 튕겼다. 영어학원을 다니며 짝사랑했던 여자 친구가 데이트 신청을 수락한 날엔 손가락을 튕긴 후 귀여운 녀석들,이라고 달뜬 목소리로 종알거렸다. 제 외할아버지에게서 두둑한 용돈을 받은 날엔 나중에 우리 엄마가 늙어서 기운이 없으면 내가 키울 테니 걱정하지 마,라고 허세를 부렸다.

나와 재우와 조와 진이 함께 저녁 식사를 할 수 있도록 루가 근사한 이탈리안 레스토랑을 예약해 주었다. 루는 그 자리에 없었지만 루가 레스토랑 직원에게 부탁한 꽃바구니와 카드, 샴페인 한 병이 테이블 위에 차례로 놓였다.

"루는 참 스위트해."

재우가 카드를 열어 보며 말했다. 재우는 처음부터 루를 좋아했다. 솔직히 루가 아닌 그 어떤 남자라도 좋아했을지 모른다. 눈에 띄는 결정적인 결함이 있지 않는 한 그랬을 것이다. 사오 년 전부터였을 것이다. 열세 살 무렵의 재우는 내게 연애를 하라고 적극적으로 권장했었다. 엄마는 아직 젊고, 충분히 예쁘다고, 과장법을 보태어 부추겼다. 일과 양육으로 시간에 쫓겨 남자를 만날 기회가 없다고 하자, 데이팅 앱을 제안하기도 했다. 어린 아들의 그런 격려가 어색하

베네치아의 문

기만 했다. 너나 제발 여자 친구 좀 사귀어라. 괜스레 재우
를 떠밀었다. 내 친구들도 그런 재우의 태도가 독특하고 희
한하다며 입을 모았었다. 그러나 재우처럼 엄마와 단둘이
오래 산 경험이 있는 루는 이 말을 듣고선 재우의 마음을 이
해할 수 있다고 했었다.

"조와 진, 건강하게 자라다오. 엄마, 나 애들 데리고 대
학 갈까?"

재우가 손을 뻗어 내 배 위를 간질이며 말했다. 나는 웃
으며 샴페인 병을 쥐었다. 샴페인 뚜껑을 따서 재우의 잔에
따라 주었고 내 잔에도 한 모금만 부었다.

"모르는 사람들이 보면 내가 쌍둥이 할머니인 줄 알겠
다. 내가 출산하면 네가 스무 살이잖아. 성인이 된 형이나 오
빠라니."

"아직 엄마는 그 정도로 늙어 보이진 않아. 근데 루는
언제 서울로 발령이 난대?"

"몰라. 시간이 좀 걸리겠지. 절차라는 게 있으니까."

"올해가 지나기 전엔 루가 서울로 왔으면 좋겠다."

재우는 내년에 서울을 떠나려고 준비 중이었다. 미국과
캐나다 내의 대학 몇 군데에 지원했다. 아직 결정된 건 아무
것도 없지만 재우의 마음은 확고했다. 그게 어느 곳이든 태

평양을 건너가 새로운 세계에서 자기만의 삶을 구가하길 원했다. 재우는 그 전에 루가 서울로 오길 바라는 것이었다.

속이 울렁거렸다. 사무실에서 탄산수에 레몬과 꿀로 재워둔 청을 섞어서 조금씩 나누어 마셨다. 퇴근을 한 시간 앞당겨서 나는 산부인과로 갔다. 진료실로 들어가서 간호사의 안내를 받으며 진료 의자에 누웠다. 의자가 젖혀지는 동안 커튼을 열고 들어온 여의사가 손 장갑을 꼈다. 배 위에 젤을 바르고 초음파 기계를 문질렀다. 차갑고 미끄덩한 물질이 배 위에서 번지고 있었다. 지난번처럼 어두운 화면 위에 부연 깃털 같은 것들이 흩어졌다가 모아지길 반복했다. 이윽고 어둠 속 두 개의 점이 보였다.

의사는 멈추지 않고 초음파 기계를 쓱쓱 문질렀다. 뭉툭한 기계 끝으로 오른쪽 아랫배 부위를 꾹 누른 채 한참 고정해 두었다. 초진 때보다 더 오랜 시간이 소요되었다. 의사는 기계를 내려놓고 손 장갑을 벗으며 정기검진 결과를 알려 주었다. 설마. 나는 귀를 의심하지 않을 수 없었다. 의자에서 일어나지 못하고 천장을 멍하니 바라본 채로 두 눈을 끔뻑거렸다. 진료 의자가 세워진 후에도 바로 내려오지 못했다. 삼 주 전 피운 담배 세 모금과 전날 마신 샴페인 한

베네치아의 문

모금이 뇌리를 스쳤으나 그 때문이 아니라는 것은 알고 있었다.

지운의 전시회 오프닝에 참석하겠다고 약속했지만 가지 않았다. 병원을 나온 후 저녁 어스름 속의 인도를 걸었다. 처음 겪는 일은 아니었다. 몇 달 전에도 초기에 계류유산 되었다. 노산이니 그럴 가능성이 높았다. 하나, 그때와는 다른 기이한 감정이 등골을 타고 스멀스멀 올라왔다. 실망하고 좌절하고 슬프기보단 섬뜩한 기운에 가까웠다. 어떻게 이런 일이 일어날 수 있을까. 의사는 무표정한 얼굴로 쌍둥이 태아 중 한 명의 심장이 멈추었다고 말했다.

"다른 태아의 심장은 아주 건강하게 뛰고 있어요."

의사는 '다른 태아'와 '건강하게'를 부쩍 강조해서 발음했다. 곁에 있던 하나의 생명이 이미 죽었는데 다른 하나가 살아서 자궁 속에 남아 있다는 게 쉬이 용인되지 않았다. 심지어 살아서 심장이 건강하게 펄떡펄떡 뛰고 있다는 것이었다.

며칠 후 루는 오후 비행기를 타고 서울로 날아왔다. 이번에도 공항에 도착하자마자 택시를 타고 집 앞으로 데리러 왔다. 택시 문을 열어 두고 나와 루가 물었다.

"쉬고 싶어, 걷고 싶어?"

루의 목소리는 사려 깊었다.

루와 나는 택시를 타고 호텔로 이동했다. 밤이 내린 야외 수영장으로 내려갔다. 수영장 타일 벽을 따라 붙어 있는 조명등의 노란 불빛이 수면을 뚫고 일렁였다. 여름밤의 열기를 식힐 겸 나는 가운을 벗고 수영장 물속으로 몸을 밀어넣었다. 루가 뒤따라 들어왔다. 이틀 전 산부인과에서 들은 검진 결과를 전했으니까 좀 더 자세히 묻고 싶을 텐데, 루는 그에 대해선 이내 말을 아꼈다. 어둠에 잠긴 물속을 걷는 몇분 동안 체온이 내려갔다. 찬 기운이 끼쳐 와 몸서리쳤다. 팔로 수면을 저으며 걷던 루가 우뚝 멈추었다. 반걸음 앞에 있던 나는 루를 돌아보았다. 루의 커다란 눈이 불그스름하게 달아올랐다. 물기에 젖은 음성으로 루가 중얼거렸다.

"조일까, 진일까?"

루가 질문했다. 나는 대답하려고 입술을 달싹였다가 말문이 막혀서 도로 입술을 다물었다. 내 안에서 벌어진 일인데도 헷갈렸다. 조인지 진인지 알 길이 없었다. 자궁 안에서 생존한 태아를 묻는 건지, 죽은 태아를 묻는 건지도 명확하지 않은 질문이었다. 생명과 죽음을 분별한 질문이라고 해도 모르긴 마찬가지였다. 우리가 알 수 있는 거라곤 한 가

베네치아의 문

지뿐이었다. 하나는 죽고 하나는 살아남아서 공존하고 있다는 것이다.

"베네치아의 문이 열리지 않은 게 정말로 오래된 문의 경첩이 맞지 않아서 열리지 않은 거라고 믿고 있어? 열쇠 때문이 아니라?"

나는 조금 전 루의 질문과 연결성이 전혀 없는 질문을 건넸다. 일순 사위가 더 어두워졌다. 밤 열 시가 되면 야외 수영장의 모든 조명등과 가로등이 꺼졌다. 루와 나는 수영장 한가운데 물속이었다. 고요한 어둠에 묻혀서야 비로소 루의 어깨가 들썩거렸다. 루의 커다란 몸을 감싼 물결의 파동이 내 살갗보다 조금 더 찬 온도로 전해져 왔다. 베네치아 건물 안에서의 골 깊은 어둠보다는 조금 더 밝았지만 언제나 그랬듯 불시에 마주한 어둠 속에선 모든 게 불분명했다. 우리는 죽은 그 태아가 조와 진 중에서 누구인지 끝내 알 수 없었다. 희미하게나마 알 수 있는 거라곤 자궁 속 죽음과 생명의 공존처럼 나와 루가 여전히 함께 있다는 것이었다.

씨름왕

아빠는 씨름왕이었다. 1980년대 전국 각지에서 열린 크고 작은 씨름 대회에서 스무 번 이상 우승했다. 샅바구니에 청 샅바와 홍샅바를 친친 휘감고 모래판에서 두 손을 번쩍 들 어 올린 영광의 사진들과 금빛 트로피들은 이 층 양옥집 곳 곳에 진열되었다. 엄마는 정기적으로 트로피 중 하나를 마 당에 들고 나가서 망치로 박살 내버렸다. 빈자리가 나면 질 세라 아빠는 곧 의기양양하게 새 트로피를 들고 왔다.

거구의 아빠는 번쩍 들어 올렸다. 커다란 근육질 남자 들을 번쩍 들어 올리고, 엄마가 가구 배치를 바꾸길 원하면 커다란 장롱도 번쩍 들어 올리고, 커다란 쌀가마도 번쩍 들 어 올리고, 새로 사온 커다란 신형 냉장고도 번쩍 들어 올렸 다. 그게 무엇이든 아빠가 번쩍번쩍 들어 올리지 못하는 건 없었다.

아빠의 몸무게는 줄곧 백이십 킬로그램을 웃돌았다.
노인이 되어서도 그랬다. 씨름선수 시절부터 해온 꾸준한
운동으로 어깨가 널따랗게 발달한 데다 대식가여서 배까지
튀어나와 실제보다 더 키가 크고 풍채가 더 우람해 보였다.
그런 아빠의 몸무게는 지난해부터 급격히 감소했다. 이제
는 육십 킬로그램 후반이었는데 무엇이든 번쩍 들어 올리
던 아빠가 반쪽으로 줄어들어서 가느다란 쇠젓가락을 드는
것조차 힘겨워하는 모습이 내게는 너무나 낯설었다.

"소고기는 단백질이야."

아빠는 불판 위에서 익은 핏물 밴 소고기 한 점을 집으
며 말했다. 내 접시에 고깃점을 놓아 주려 했지만 아빠가 쥔
젓가락 끝에서 그것이 자꾸만 떨어졌다. 젓가락으로 집기
가 쉽지 않았는지 이번엔 숟가락을 잡았다. 후들거리는 손
가락 사이에서 떨어진 숟가락 머리가 테이블 모서리를 찍
고 바닥으로 곤두박질쳤다. 나는 허리를 숙여 숟가락을 주
웠다. 고개를 다시 정면으로 들어 올렸을 때 아빠는 머쓱하
게 웃고 있었다.

"루가 좋아서 죽지?"

아빠가 웅얼거리며 쌍둥이 태아를 가리키듯 미소 지

으며 내 아랫배를 물끄러미 내려다보았다. 목구멍이 훅 달아오르며 죄였다. 아무 말도 나오지 않았다. 조금 전 아빠의 담당의가 한 말이 뇌리에 환청처럼 떠돌았다. 아빠는 길어야 한두 달밖에 살지 못한다. 그리고 나는 배 속의 쌍둥이 태아 중 하나의 심장이 멈추었다고, 죽었다고, 아빠에게 아직 말하지 못했다.

처음에 아빠는 루를 달가워하지 않았다. 이탈리아에서 루에게 청혼을 받고 전화로 그 소식을 전했는데, 아빠는 루를 코쟁이 외국인이라고 비하하며 양공주 딸을 두었다는 꼬리표를 달고 싶지 않다고 그 결혼을 반대했었다. 외손자인 재우가 외할아버지를 만날 때미다 루가 일마나 점잖고 괜찮은 남자인지, 제 엄마에게 얼마나 잘하는지 입버릇처럼 피력하고 고모들 역시 "당신 딸은 이혼 경력까지 있네요. 장성한 아들까지 있는 마흔 넘은 여자를 데려가 준다면, 어이쿠 감사합니다, 보쌈이라도 해서 데려가세요, 할 판이에요"라며 현실을 환기해 주어 마음이 바뀌었다고 했지만, 결정적인 이유는 따로 있었다. 아빠는 간암 말기다. 짝 없이 혼자 십구 년을 살아온 외동딸이 재혼하는 모습을 죽기 전 기필코 보고 싶었을 것이다. 그리고 아빠가 쌍심지 켜고 반대한다 한들 당신의 딸이 결국 그 말을 순순히 따르지 않으리라는 사실을 그 누구보다 잘 알고 있었다.

지난여름 루가 서울로 출장을 왔을 때 한정식 식당에서 아빠와 만났다. 우려했던 것과 달리 아빠는 루가 마음에 든 눈치였다. 식사 중 루가 화장실에 가느라 자리를 잠시 비우자마자 아빠는 루를 칭찬했다. "듬직해. 남자야, 남자." 고개를 주억거리며 덧붙였다. 굳이 내가 중간에서 두 남자의 화합을 유도하지 않아도 분위기가 매끄럽게 흘러갔다.

두 남자 모두 타고난 기골이 장대했다. 젊은 시절 운동선수로 활약했으며 매일 운동으로 체력 단련을 해왔다. 남자들 사이에서 밥값이나 술값을 내며 대장 노릇을 하다가자기 체구의 절반밖에 되지 않는 여자 앞에선 영락없이 꼬리를 내렸다. 단순하고 조용하다가 알 수 없는 지점에서 불쑥 화통한 성격도 닮았다. 하관이 각지고 넓죽한 데다 콧날이 뾰족해서 자칫 매서워 보일 수 있지만, 서글서글하고 커다란 눈매가 주는 부드러운 인상까지 비슷하다. 인종만 다른 아버지와 아들, 혹은 형제 같았다.

테이블 위에는 자주색 로얄 살루트 병이 놓여 있었다. 오랜만에 술을 마신 아빠는 기분이 달아올랐다. "결혼식은 언제쯤 할 거냐고 물어봐. 최대한 빨리 하라고 해." 아빠가 내게 통역해 달라는 신호로 턱짓을 보내왔다. 나는 뒷말을 빼고 전했다. 루는 두 손으로 병을 잡아서 아빠의 빈 술잔에 위스키를 따르며, 내가 준비되는 대로 할 거라고 대답했다. 아빠는 흡족해했다. 두 남자는 가뜩이나 긴 입술을 좌우로 늘어트리고 연거푸 술잔을 비웠다. 그만 마시라고 아빠를 말려 보았지만 소용없었다. 서로 다른 언어를 사용하는 두 남자가 할 수 있는 유일한 호감 표현은 그뿐이었으니까.

"자식, 너 말이야, 예전에 우리 집에 있던 황소 닮았어."

아빠가 혀 꼬부라진 발음으로 루에게 말했다. 아빠는 그 말을 내뱉었다는 사실에 놀란 듯 흠칫했다가 취기가 가신 멀쩡한 얼굴이 되었다. 나는 맥주 한 모금을 마셨다가 사레들릴까 봐 삼키지 못한 채 입 안에 물고 있었다. 루가 통역해 달라고 나를 쳐다보았지만 얼떨떨해진 나는 바로 대답하지 못했다.

씨름왕 시절 하루는 아빠가 황소와 집으로 돌아왔다. 우승 상품이었다. 이십 인치 금성 티브이 화면 속에서 아빠와 우승 퍼레이드를 했던 바로 그 황소였다. 우리 집 대문 앞에 황소를 실은 용달차가 멈추었다. 당시 나는 일곱 살이었다. 현관문 앞에 꼿꼿하게 서서 마당으로 들어오는 낯설고 커다란 동물을 반겨야 할지 말지 속으로 갈무리하고 있었다. 이전에 반려동물을 키우고 싶다며 조른 적이 있지만 이렇게나 커다란 동물은 어쩐지 부담스러웠다. 아빠는 좀체 경계심을 풀지 않고 뻣뻣하게 서 있는 나를 번쩍 들어 올려 황소 등에 태워 주었다. 나는 떨어질까 봐 황소 등을 두 팔로 감싸고 납작 엎드렸다. 황소는 음매, 긴 울음소리를 내고 꾸물거렸고, 나는 그게 싫지 않았다.

서울 한복판 양옥집 마당에 있는 황소였다. 동네 사람들은 하루가 멀다고 희귀한 구경거리를 보러 집 앞을 얼쩡거렸다. 지나가는 우유 배달원들과 야쿠르트 아줌마들이 담장 너머를 기웃거리고 동네 아이들도 슬며시 대문을 조금 열고 문틈에 콧날을 디밀거나 담장에 매달려 얼굴만 비죽 내밀고 황소를 구경했다. 황소는 배나무의 굵직한 기둥에 연결한 밧줄에 묶여 있었다. 동물원 속 사자나 곰을 구경하듯 쳐다보는 사람들 앞에서 황소가 하는 일이라곤 느릿느릿 발을 구르거나 그렁그렁한 두 눈을 감았다 뜨는 게 전부였다.

황소가 오기 한 해 전이었을 것이다. 외국으로 이민을 떠나는 아빠 친구가 그 집에서 키우던 진돗개를 주었다. 반려동물과 살길 바랐기에 반가웠지만 진돗개는 내가 다가가려 하면 침이 고인 뾰족한 이빨을 드러내고 으르렁거렸다. 밤새 짖어 댔다. 어린 나는 그 이유를 몰라서 서운한 마음만 들었다. 진돗개는 시도 때도 없이 집 안의 기물을 부수거나 이빨로 물어뜯으며 난동을 부렸다. 진돗개가 사납게 짖어 대는 걸 볼 때면 나는 가정부 할머니가 입버릇처럼 내뱉는 말투를 모방하여 나무랐다. "아우, 미친 개새끼." 머잖아 나는 진돗개와 가까워지기를 체념했다. 짖어 대는 소리가 시끄러워서 귀마개를 하고 방에서 나오지 않았다. 결국 아빠와 엄마는 그 진돗개를 원래의 가족에게 돌려보냈다.

이후 아빠는 작은 고양이 한 마리를 데려왔다. 하얀색 바탕에 검은 털이 드문드문 솟아난 귀여운 고양이였다. 고양이는 조용하고 얌전했다. 내가 다가가면 슬그머니 피했지만 개처럼 모나게 굴지 않았다. 아빠가 달아나는 고양이를 손아귀로 콱 잡아다가 내 품에 안겨 주었다. 고양이는 뭉클거리는 몸을 비틀며 나에게서 벗어나려 했고, 나는 놓치지 않으려고 안간힘을 다해 잡고 있었다. 그날 벌건 피부발진이 온몸을 덮었다. 호흡곤란으로 구급차에 실려 응급실로 갔다. 고양이 털 알레르기 반응이었다. 그날부터 나는 거리를 두고 고양이를 노려보았다. 적개심 어린 목소리로 다가오지 말라고 꾸짖었다. 내 안의 미움을 읽었던 것일까. 며칠 후 고양이는 집을 나가서 돌아오지 않았다.

그 후 나는 반려동물에게 완전히 관심을 잃었다. 그래서 별 기대가 없었지만 황소와는 그럭저럭 잘 지냈다. 황소는 나를 피하거나 경계하지 않았고, 털을 날려 피부발진을 일으키지도 않았고, 시끄럽게 짖어 대며 난동을 부리지도 않았다. 이따금 음매, 하고 울긴 했으나 경계심으로 그러는 건 아닌 듯했다. 황소 앞을 지날 때마다 눈이 마주쳤다. 황소의 투명한 눈을 보며 나는 혼잣말을 조잘거렸다. 다른 누구에게도 말 못 하는 그 나이대의 하찮은 비밀 같은 것들이었다. 황소가 마음에 들었다. 아빠처럼 덩치가 커서 듬직하기까지 했다. 동네 사람들의 유별난 관심은 나를 적잖이 우쭐하게 만들었을 것이다.

아빠는 황소 몸통에 연결한 노끈에 가죽을 덧대어 발걸이를 만들어 주었다. 아빠의 도움을 받아 몇 번 연습하자 혼자서 발걸이에 발을 지탱하고 황소 등에 오를 수 있었다. 학교와 학원을 마치고 집으로 돌아오면 주로 황소와 시간을 보냈다. 바가지에 푼 옥수수를 들고 가면 황소는 알은체하듯 눈을 끔뻑거렸다. 옥수수를 한 움큼 손에 쥐어 입가에 대주면 황소는 축축한 혀를 날름거리며 먹었다. 황소 옆에 돗자리를 깔고 교자상을 두었다. 카세트 플레이어로 이

승철 노래를 틀어 주었다. 그 옆에서 숙제를 하고 그림을 그리고 동화책을 읽었다. 수업 시간에 내가 쓴 동시도 낭독해 주었다. 해 질 녘 황소 털의 빛깔이 유독 깊고 부드러워지면 등을 타고 올라갔다.

　대학 신입생 때 단체 미팅에 나가 상대 남자들로부터 연애나 결혼하고 싶은 이상형에 대한 질문을 받으면 나는 '황소 같은 남자'라고 대답했었다. 남학생들은 일제히 폭소했다. 세븐 진에 마인 셔츠를 입은 도회적인 여학생이 시골에서나 볼 법한 황소 같은 남자를 좋아한다는 게 엉뚱하다고 생각한 모양이었다. 그렇게 대답한 데에는 황소와의 관계가 유독 좋았던 까닭이 작용했을 것이다. 황소와는 평화로운 나날과 이따금 달콤한 순간을 나눴다. 황소는 내가 무얼 하든지 같은 자리에 있었다. 내가 굳이 떠나야 할 이유를 주지 않았고, 먼저 스스로 나를 떠나려고 안달하지도 않았다. 한 번의 결혼과 이혼, 여러 번 실패한 연애들. 이성 관계에 적합한 인간이 아니라고 나를 정의할 때마다 그 황소가 떠올랐다. 황소와 가졌던 담담하면서도 안온한 친밀감. 그 시절이 어렴풋이 그리울 무렵 외모와 성질이 그 황소와 닮은 루를 만났던 것이다.

루가 서울에 오지 못한 지 한 달이 넘었다. 본사에서 출장 금지령을 내렸다. 그 무렵 국제 뉴스에서 매일 보도되는, 중국 정부에 반대하는 홍콩 시위의 수위가 높아지고 있었다. 집에서 공항까지 가는 길이 안전하지 않다고 루가 여러 번 말했었다. 홍콩에서 근무하는 직원들은 홍콩 밖의 어느 나라도 갈 수 없었다. 퇴사하고 아예 그 나라를 떠나지 않는 한 방법이 없었다. 청혼을 한 지난여름부터 루는 결혼을 계획하며 서울 지사로의 이직을 신청했지만 본사에서 수락하지 않았다. 루와 내가 근무했던 이탈리아 주류 회사는 얼마 전 일본 기업에 매각되었고, 여름부터 국내에서 일어난 일본 제품 불매운동은 정점에 치달았다. 본사에선 서울이 아시아 시장의 허브로 적합하지 않다고 판단했다. 루는 서울 내 외국 기업 몇 군데에 취직을 시도했지만 아직 러브 콜을 받지 못했다. 루는 이전 회사에서 해고된 후 일 년 넘게 새 직장을 얻지 못한 채 불안정한 방황의 시간을 가졌던 탓에, 새로운 직장을 찾기 전 지금의 회사를 떠나는 것에 부담을 안고 있었다. 나는 루에게 괜찮다고 말했다. 정말 혼자서 잘 지낼 수 있었다. 입덧으로 불편함을 겪고 있지만 루가 서울에 온다고 해결될 리도 만무했다. 그보다 당장 내게 닥친 더 큰 문제는 매일 밤 아빠의 집에서 열리는 잔치였다.

애초에 고모들은 직장에 다니는 내 상황을 고려해 호스피스를 제안했었다. 나는 반대했다. 나는 하나뿐인 아빠의 자식이고 아빠가 호스피스 침대에 홀로 덩그마니 누워 있다가 죽길 바라지 않았다. 아빠는 사교적이어서 사람을 좋아하고 사람들과 함께 어울리는 건 더 좋아한다. 한량이었다. 주중엔 하루가 멀다고 친구들과 저녁 식사를 하고 술을 마셨다. 주말엔 친구들과 등산, 낚시, 골프를 즐기거나 전국 곳곳에서 열리는 씨름 대회를 구경 다녔다. 해마다 친구들과 단체 해외여행을 갔다. 이런 아빠가 서너 달 동안 어떤 모임에도 나가지 않았던 시기는 평생 한 번뿐이었다. 내가 이혼한 직후였다.

아빠에게 미안함이 들어서 싱가포르로 초대하여 아빠와 함께 국제 비행기를 탔던 날이었다. 그때 나는 싱가포르에 정착해 있었고, 처음으로 아빠를 그곳으로 초대한 것이었다. 아빠의 좌석은 항공 마일리지로 비즈니스석을 예약했다. 아빠의 몸집이 워낙 커서 좁은 일반석에 앉아 장시간 비행하는 건 무리여서였다. 비행기 안에서 비즈니스석에 앉아 있던 아빠가 일반석에 앉은 내게로 걸어와 출입국카드에 기입할 싱가포르 현지 주소를 물어 왔다. 울음보가 터진 두 살배기 재우를 안고 흔들며 아빠에게서 출입국카드를 건네받아 주소를 적었다. 그사이 아빠는 옆자리에 앉은 단체 여행객과 친해져 연락처를 교환했다. 아빠 연배의 아주머니들이었다. 단체 여행객 자리는 아빠의 입담에 곧 웃음바다가 되었다. 아빠는 내게서 출입국카드를 받으며 말했다.

"네가 비즈니스석에 앉아. 재우 때문에 힘들어 보여."

나는 아빠의 제안을 따랐다. 그리고 단체 여행객이 싱가포르를 관광하는 동안 하루도 아빠와 저녁 식사를 하지 못했다.

나는 아빠 집에서 머물렀고 근무시간 동안엔 전문 간병인을 고용했다. 퇴근 후 나는 곧장 아빠 집으로 갔다. 문을 열고 들어서면 시나트라의 음악이 흘렀다. 티브이에선 「전국노래자랑」이 재방송되었다. 어떤 날은 두 가지를 동시에 틀어 놓았다. 매일 반복되는 흥겨운 음악을 들으며 나는 손님들에게 낼 음식들을 준비했다. 아빠에게 친구가 많다는 건 알았지만 솔직히 이 정도일 줄은 예상치 못했다. 지역 향우회, 노인회, 로터리 클럽, 해병대 전우회, 씨름회, 여러 동문회와 운동 모임, 고향 친구들을 비롯하여 친인척이 매일 찾아왔다. 임종이 얼마 남지 않은 노인의 집에서 열리는 잔치의 기운에 나는 곧 질려 버렸다. 잔치 특유의 떠들썩한 활력과 마냥 웃고 떠들 수 없이 내 안에서 불안정하게 술렁이는 기운이 매일 밤 마음속에서 충돌했다.

아빠의 지인들이 찾아왔다. 나는 회와 족발을 주문했다. 술에 곁들여 먹기 좋은 음식들이었다. 집 안에서 비린내, 누린내, 느끼한 냄새가 가시질 않았다. 입덧이 심한 임신부에겐 고역이었다. 수시로 안방 욕실에 들어가 토하거나 구역질을 해댔다. 고약한 냄새를 피해 방으로 들어가 문을 닫고 앉아 있으면 문 너머로 아빠 지인들의 대화가 들려왔다.

"우리 공주님은 예나 지금이나 참 새침하고 까다로워."

"허허, 어디 말 한마디 붙이겠어?"

나는 탄산수를 조금씩 나누어 마셨다. 푹신한 베개 두 개를 포개어 등에 받치고 휴대폰으로 인터넷 뉴스를 읽었다. 홍콩 시위에서 죽은 사람들, 홍콩 시위에 가담했거나 지원했다가 연기처럼 증발한 실종자들. 흉흉한 소식들을 읽어 내렸다. 속이 뒤집혀 욕실로 가 변기통을 붙들고 노란 액체가 나오는 쓴 구역질까지 하고 나니 더욱 심란했다. 아빠의 상태는 점점 악화되고 있었다. 이제 혼자서는 거동조차 하지 못했다. 재우를 가졌을 때 입덧이 무려 오 개월이나 지속돼 입원까지 감행했던 기억이 떠올랐다. 그때는 젊은 이십 대 초였고 지금 나는 사십 대 초반이다. 앞으로 다가올 시간이 암담하기만 했다.

간병인의 도움을 받아 아빠를 휠체어에 앉히고 주차장으로
내려갔다. 아빠를 먼저 차에 태우고 휠체어를 접어 트렁크
에 넣었다. 병원으로 가서 아빠의 배 속에 터질 듯 팽팽하게
차오른 복수를 정기적으로 빼야 했다. 한 번에 사오 킬로그
램 정도의 복수가 빠져나왔다. 침상에 누워 복수를 빼던 아
빠가 잠긴 목소리로 웅얼거렸다.

    "재우가 어제 수영 시합에서 나를 이겼잖아. 거참, 자
식, 수영 잘하네. 그, 그, 내 아파트는, 우리 손자, 재우한테
상속할 거야."

    터무니없는 말이었다. 이번 주에 들어서부터였다. 아
빠는 앞뒤 맥락이 맞지 않는 이야기를 했다. 내가 아는 얘기
인 것 같지만 사실인지 확신할 수 없는 종류의 이야기들을
밤새 이어 갔다. 아빠는 잠을 자지 않았다. 잠든 걸 확인하
고 나도 눈을 붙이면 아빠는 몇 분 지나지 않아 가라앉은 쇳
소리로 내 이름을 불렀다. 지현아, 지현아. 지혀언아.

    아빠의 상태를 담당의에게 말했다. 의사의 소견은 섬
망이었다. 아빠는 기억을 잃어 갔다. 아니다. 기억의 순차가
뒤죽박죽됐다고 말하는 게 옳겠다. 이제 열여덟이 된 외손

자 재우를 기억하면서도, 아빠의 기억 속 재우는 여덟 살에 머물러 있다. 어젯밤 수영을 기가 막히게 잘한 어린 외손자.

수영 시합은 십 년 전의 일이다. 엄마가 돌아가시고 얼마 지나지 않아 여름휴가철이 다가왔다. 나는 아빠에게 여행을 가자고 제안했다. 아빠와 나는 한때 가장 가깝고 친밀한 사이였는데 어느 순간부터 말 한마디 섞지 않을 정도로 멀어졌었다. 이 간극에 부담을 느끼고 단둘이 만나는 걸 피차 꺼려 왔다. 아빠를 만날 때면 고모나 재우가 동석했고 이번 여행도 다른 누군가와 함께 가려고 나는 계획 중이었다. 하지만 재우는 방학 며칠 동안 전남편 집에 가 있었고, 고모들은 각자의 일정으로 여행을 갈 수 없다고 했다. 단둘이서 만나는 것도, 둘 사이의 거리감도 모두 불편하고 어색한 마당에 여행이라니. 내가 왜 그런 제안을 했을까. 여행을 떠나기 전날까지 후회가 들었다. 나는 전남편에게 전화해서 재우를 며칠 보내 달라고 부탁했고 다행히 재우가 그 여행에 동행했다. 재우가 중간에서 수시로 재롱을 피워 아빠와 나 사이의 어색함이 무화되곤 했다. 여행하는 삼박 사일 동안 우리는 재우를 보며 웃었고 재우가 사라지면 다시 돌연한 침묵에 빠졌다.

한여름이었다. 별이 총총하게 빛나던 맑은 밤, 호텔 야외 수영장 앞으로 펼쳐진 해운대에서 시원한 파도 소리가 연신 들려왔다. 재우는 수영장에서 물놀이를 멈추지 않았다. 나는 입술이 시퍼레진 재우를 데리고 나와 따뜻한 코코아를 먹였다. 몸이 데워진 재우가 아빠에게 물었다.

"할아버지 저와 수영 시합하실래요?"

재우는 수영을 배운 지 삼 년 차였다. 다양한 영법으로 수영을 할 줄 알았다. 나는 재우의 젖은 머리통을 쥐어박으며 말했다.

"넌 할아버지와 게임이 안 돼. 할아버지가 왕년에 해병대 물개였거든."

젊은 시절 아빠는 술만 마시면 해병대 군가를 부르며 집으로 돌아왔다. 골목 끝에서부터 울리는 우렁찬 노랫소리를 듣고 나는 잠에서 깨어나곤 했다. 깊은 밤 아빠가 서너 명의 친구들과 몰려오면 가정부 할머니는 해장용 멸치국수를 말기 시작했다. 아빠는 내 방에 들어와 파자마 차림의 나를 번쩍 들어 올려 어깨에 이고 거실로 나갔다. 나는 잠결에도 두툼한 어깨 위에서 반으로 접힌 몸을 대롱거리며 깔깔거렸다. 아빠는 나를 당신의 친구들 앞에 내려놓고 술에 취해 발갛게 익은 얼굴로 소리쳤다. "해병대 물개의 공주님이시다! 우리 공주님은 커서 누구와 결혼할 거지?" 나는 주저하지 않고 대꾸했다. "아빠." 내 대답에 아빠 친구들은 환호성을 지르며 물개 박수를 쳤었다.

"밤바람이 차가워지는데 물놀이는 그만하는 게 좋지 않을까?"

아빠는 재우의 어깨에 큰 오리 타월을 포개어 주며 말했다.

"할아버지 저도 수영 잘해요! 할아버지가 물개면 전 수달이에요."

재우가 호기롭게 외쳤다.

아빠는 재우를 보며 씩 웃었다. 반팔 티셔츠를 벗어서 선베드 머리에 걸쳐 두고 코코넛 야자수가 드리워진 트렁크만 입은 채 일어섰다. 둥글고 풍만한 배가 도드라졌다. 예순 노인이었지만 팔다리, 어깨, 등은 단단한 근육질이었다. 먼 옛날 내게 그랬듯 아빠는 재우를 번쩍 들어 올리더니 너른 어깨에 재우를 걸치고 수영장으로 향했다. 재우가 두르고 있던 오리 타월이 아빠의 어깨 아래로 흘러내렸다. 수영장 앞에 선 아빠가 재우의 몸통을 잡고 하늘로 들어 올리자 재우는 신나서 발장구를 치며 까르륵 웃었다.

나는 수영장 가장자리에서 손을 들어 올렸다. 재우와 아빠가 출발선에서 내 신호를 기다리고 있었다. 준비, 시작!

나는 외치며 팔을 휙 내렸다. 아빠는 재우가 자유영으로 헤
엄치는 걸 보고서야 물속에서 걷기 시작했다. 나는 아빠가
어린 외손자에게 져주기 위해 일부러 늦게 출발하는 것이
라고 짐작했는데 곧 어처구니없는 사실을 알게 되었다. 젊
은 날 해병대 물개를 외쳤던 아빠는 사실 수영을 할 줄 몰랐
다. 아빠는 해병대 명동 본부 헌병으로 복무했던 것이다.

고모들이 찾아와 잠시 저녁 외출이 허락되었다. 나는 지운에
게 한 시간 정도 시간이 나는지 물었고, 지운이 아파트 앞으
로 찾아왔다. 우리는 어둠이 내린 올림픽공원을 산책했다.
    "힘들지."
    지운이 담담한 목소리로 말했다.
    "힘들어. 슬플 겨를조차 없어서."
    나는 집안에 임종이 다가오는 음울한 분위기가 전혀
없다고 말했다. 이 이야기를 하면 주변인들은 모두 신기해
했다. 그때마다 나는 부모의 임종을 앞둔 내 각오가 무색해
진 순간들을 희화해서 말하곤 했다. 아빠와는 다른 사람으
로 살기 위해 노력했고, 내 삶의 모든 가치관이 아빠와 다르
다고 생각했는데 뭐든 희화해 버리는 그 버릇은 어쩔 수 없
이 아빠를 빼다 박은 것이었다.

"아버지답다."

지운이 절제된 미소를 지었다.

과거에 지운은 아빠를 몇 번 만난 적 있었다. 지운과는 초등학교 오 학년, 육 학년 때 같은 반이었다. 새 학년이 시작되면 아빠와 엄마는 예민한 딸을 잘 봐달라는 뜻으로 반 아이들에게 공책, 연필 세트와 빵이 담긴 선물 주머니를 돌리곤 했다. 운동회나 학교 행사에도 꼭 참석했다. 지운은 싱가포르에 방문한 아빠와 몇 번 식사 자리도 가졌었다. 그때마다 지운의 아내인 연수도 동석했었다.

"육 학년 때 우리 아버지 분양 사기에 속아서 목돈을 아버지에게 준 사람들이 단체로 집으로 찾아왔었어. 아버지는 이미 종적을 감추고 그 집에 나 혼자였는데 낯선 사람들에게 둘러싸여 버텨야 하는 그 시간이 너무 끔찍했거든. 밤 늦도록 술을 마시며 죽치고 기다리는 사람들도 몇몇 있었으니까. 너희 아버지가 찾아온 날이었어. 나를 보고 그러시더라. 너, 지현이 친구지. 그날 너희 아버지가 술을 사주겠다고 빚쟁이들을 데리고 나가셨어. 사람들이 나가고 나서 보니 식탁 위에 만 원짜리 열 장이 놓여 있더라고."

"아빠가 사람들을 잘 챙기긴 하지."

"재우는 잘 지내지?"

"재우는 자기 아빠네 집에서 지내고 있어."

"드디어 재우가 아빠의 여자 친구를 만났겠네. 여자 친구와 같이 사는지 모른다며. 재우가 불편해하지 않아?"

"재우는 괜찮아. 한사코 괜찮지 않은 건 재우 아빠지. 재우가 그 집에 있는 동안 여자 친구를 다른 곳에서 지내도록 조치했더라고. 마주치지 않게. 재우가 상처받을까 봐 아직 공개하고 싶지 않다고 하네. 여자 친구는 무슨 죄야."

"그럴 수 있지."

"쳇, 재우를 위해서겠어? 바보 같으니라고. 어쨌든 부모의 사랑은 짝사랑인 것도 모르고. 재우는 부모가 홀로 지내다가 자기한테 의존하는 상황에 더 상처받을걸."

내 말에 지운의 입가에 미소가 번졌다. 지운의 웃는 얼굴을 보고 나는 기분이 다소 가벼워지는 걸 느꼈다.

산책을 마치고 공원에서부터 아파트까지 걸었다. 아까부터 할 말이 있는 듯 뜸을 들이던 지운이 조심스럽게 말문을 열었다. "연수에게 가봐야 할 거 같아." 연수는 지운의 전부인이자 내 오랜 친구이기도 하다. 최근 유방암이 세 번째 재발해서 앞으로의 삶을 장담할 수 없었다.

이십 대 때 우리 세 사람은 싱가포르에 살았었다. 페라나칸 건축양식의 낡은 건물 삼 층에 있는 방 두 칸짜리 월셋

집을 나누어 썼었다. 이혼하고 갑자기 오갈 데가 없어진 내가 낯선 이국에서 적응하는 동안, 나는 지운과 연수 부부의 신혼집에 얹혀살았고 재우도 그곳에서 낳았다. 재우와 내가 그곳을 떠날 때까지 우리 네 사람은 가족처럼 지냈다. 서로를 속속들이 알았다. 지운이 방금 전 한 말의 의미를 모를 수 없었다. 아빠의 장례식 때 곁에 있어 줄 수 있겠냐는 말이 나오지 않았다. 나는 지운을 포옹하고 그의 가슴팍에 잠시 뺨을 기대었다.

"씨름왕."

내가 지운의 등을 감싼 팔을 풀자 어둠 속에서 지운이 말했다.

"모래판에서 거대하고 단단하고 노련한 씨름왕과 마주 선 기분이야. 어차피 거친 모래 무덤에 코를 박고 넘어질 텐데. 분명히 질 게임인데. 어쨌든 샅바를 손아귀에 말아야 하는."

지운은 오래전 아빠가 싱가포르에 방문했을 때 씨름을 했던 기억을 더듬으며 말을 이어 갔다. 나는 지운이 방금 전 했던 말을 곱씹었다. 거친 모래 무덤에 코를 박고 넘어질 텐데. 분명히 질 게임인데. 그런 인생을 왜 이렇게 아등바등 살아가는 것일까.

묵직한 아파트 현관문을 열고 들어섰다. 아빠는 거실 소파에 누워 있었다. 해병대 동기들과 고모들은 아빠 앞에 앉아 있었다. 왁자하게 떠드는 소리, 웃음소리, 음악 소리가 섞여서 거실을 에웠다. 스피커에서 울리는 노래를 따라 누군가 열창하는 노랫가락이 이어졌다. 노랫가락에 맞춰 어깨를 덩실거리는 이도 있었다. 과연 축제 분위기였다.

해병대 동기들은 밤 열한 시가 넘어서야 집을 떠났다. "고달프더라도 좀 참아. 얼마나 살겠어. 보니까 기껏해야 일주일이겠어." 고모가 내 등을 쓰다듬으며 말했다. 나는 현관문을 닫고 돌아섰다. 비리고 역겨운 냄새를 풍기는 음식 잔여물이 거실에 널브러져 있었다. 뒷정리는 고스란히 내 몫이었다. 펼쳐진 그릇과 컵을 치우는 동안 기운이 빠지고 피로감이 몰려왔다. 초심이 흔들렸다. 마지막까지 아빠를 행복하게 해주며 자식의 도리를 다하자는 결심이 문득 스러졌다. 휴대폰 인터넷에 접속해 인근 호스피스를 알아보았다. 그런 나를 지켜보던 아빠가 가파른 신음을 내뱉었다. 나는 휴대폰을 든 채로 수척해진 아빠의 몸뚱이를 바라보았다. 아빠의 통증이 의심스러웠다. 사람들과 있을 때는 잠잠하던 통증이 왜 나와 단둘이 있을 때만 나타나는 것인가.

할 수 있는 게 없었다. 쇠꼬챙이처럼 깡마른 아빠의 종아리를 주물렀다. 지방과 근육이 소실되어 살가죽 안으로 딱딱한 뼈만 만져졌다. 아빠는 신음을 멈추고 호흡을 골랐다. 조각난 뼈마디들이 툭툭 튀어나올 것 같은 거친 호흡이었다. 아빠는 두 눈을 감고 있다가 천천히 뜨며 웅얼거렸다.

"조 서방은 오늘 늦어?"

전남편을 말하는 것이었다. 며칠 전까지도 내가 이혼한 사실과 루와의 약혼을 기억하고 있던 아빠였다. 혹시나 싶었다. 지금 나를 미안하게 만들려는 것인가. 그래서 내가 아무 비난도 못 하게 하려는 꿍꿍이인가. 나는 아빠의 눈을 똑바로 응시하고 물었다.

"루를 말하는 거야? 옛날 우리 마당에 살던 황소와 닮은 루?"

아빠는 루를 기억하지 못하는 듯 멍해진 두 눈을 끔뻑거렸다. 어쩌면 황소도 기억 못 할지 모른다. 황소는 아빠에게 수많은 우승 상품 중 하나에 지나지 않았다. 황소에 대해선 차라리 기억하지 못하는 편이 나을 수도 있었다. 황소를 기억하면 아빠와 나 사이가 다시 예전처럼 어색해질 터였다. 쓰레기 봉지를 들고 창고에서 나오는 나를 보며 아빠가 황소는 처음부터 없었다고, 황소는 내가 지어낸 상상이라

씨름왕

고, 거듭 웅얼거렸다.

어릴 적 엄마와 나 사이엔 불화가 잦았다. 엄마와 딸 사이에 흔히 있을 법한 신경전 이상이었다. 외동딸에 대한 엄마의 기대는 드높았고 나는 그 첨예한 기대에 부응하지 못하는 딸이었다. 엄마는 '아들딸 구별 말고 하나만 낳아 잘 기르자'는 정부 산아 정책 구호를 몸소 실천하고 있었다. 정말로 딸 하나만 낳아서 잘 기르려고 애썼고 무엇보다 교육열이 대단했다. 네다섯 살 때부터 나를 무용학원, 피아노학원, 미술학원, 한글학원, 주산학원에 돌리기 시작했다. 심지어 어디선가 뇌 발달에 도움이 된다는 말을 듣고 바둑학원까지 등록했다.

　　나를 데리러 학원에 온 엄마는 강습실 창밖에서 나를 지켜보곤 했었다. 집으로 돌아가는 길이면 엄마는 인상을 구기고서 네 옆의 아이가 하는 동작을 잘 보라고, 그림을 보라고, 왜 다른 애들처럼 열심히 하지 않느냐고 타박했다. 유치원에 다닐 때까지는 엄마의 말을 따르려고 노력했더랬다. 초등학교에 진학하면서부터는 머리가 커져서 굳이 그러지 않아도 된다는 걸 터득했을 것이다. 엄마의 말을 어디까지 들어야 하나 나름 저울질도 해보았다. 엄마가 심하게

화를 내는 건 하는 척이라도 하고, 비교적 화를 덜 내는 건 아예 하지 않았다. 그렇게 엄마의 말을 듣지 않아도 괜찮다고 생각하는 날이 늘어 갔다. 엄마가 나를 다른 아이와 비교할 때면 나는 짜증을 내거나 손에 잡히는 물건을 집어 던졌다. 내가 던졌지만 물건이 바닥에 꽂혀 팡, 팩, 푹, 하고 거친 파열음을 내면 나는 소스라치게 놀랐다. 혼이 날까 봐 겁을 집어먹고 곧장 울음을 터뜨렸다. 아빠가 집에 있을 땐 엄마를 만류해 주었지만, 그 무렵 아빠는 집을 비우는 날이 잦았다.

아빠가 집에 없는 날이면 황소가 그 역할을 대신해 주었다. 나는 성질을 부리고 나서 엄마의 눈빛이 확 돌변한 걸 보자마자 황소에게로 줄행랑쳤다. 발걸이 끈에 발을 지탱하고 황소 등에 올라가서 납작 엎드렸다. 살갗에 닿은 황소털은 보드라웠다. 둥둥거리는 심장 고동은 나직하고 울림이 깊었다. 꾸물거리는 근육의 움직임에서 피어오르는 온도는 따뜻했다. 현관까지 쫓아왔던 엄마는 늘 거기서 걸음을 멈추고 마당까지 나오진 않았었다. 좌골에 손을 얹고 씩씩거리다가 이내 발길을 돌렸다. 내가 황소와 있도록 내버려 두었다. 나는 황소 등에서 울컥한 마음을 가라앉히고 집으로 돌아가곤 했다.

수업 시간이었다. 동물들의 먹이에 대한 자연 수업을

듣고 있었다. 개구리는 벌레를 먹고 사자는 동물을 잡아먹는다. 선생님이 소는 무얼 먹는지 물었다. 자연의 경험이 부족한 도심 속 교실에 앉은 아이들은 아무도 대답하지 못했다. 나는 살며시 손을 들어 올렸다. "옥수수입니다." 기어드는 작은 목소리였으나 확신을 갖고 대답했다. 우리 집 황소가 매일 옥수수를 먹기 때문이었다. 내 대답을 들은 선생님의 눈은 휘둥그레졌고 얼굴에는 혼동이 어렸다. 정답은 풀이었던 것이다.

그날 저녁 아빠에게 우리 집 황소는 왜 풀이 아닌 옥수수를 먹는지 물었다. 아빠는 난처한 낯빛으로 우물쭈물하다가, 우리 집 황소는 별나서 풀이 아닌 옥수수를 먹는다고 대답했다. 나는 우리 집 황소도 다른 소들처럼 풀을 먹을지 궁금했다. 한번은 황소를 끌고 대문을 나서서 풀이 자란 산책로에 나가려고 시도했다가 코너를 도는 오토바이와 충돌할 뻔했다. 겁을 집어먹은 나는 황소에게 풀 먹여 보기를 해보기도 전에 황소를 끌고 도로 집으로 돌아갔다.

나는 선행학습으로 나눗셈을 배우고 있었다. 덧셈과 뺄셈, 곱셈까지는 수월하게 익혔는데 나눗셈부터 애를 먹었다. 두 달째 진도가 나가지 않았다. 나눗셈 학습지를 풀다가 수시로 막혀서 답을 적지 못했다. 풀지 못한 학습지가 쌓이면 장롱 하단이나 피아노 뒤의 틈으로 밀어 넣었다. 퇴근하고 돌아온 엄마가 나눗셈 숙제를 보자고 하면 없어졌다고 거짓말했다. 이런 일이 반복되자 하루는 엄마가 대나무 효자손을 들고 나왔다. 효자손의 고부라진 머리로 바닥을 탁탁 소리 나게 치면서 정직하게 말하지 않으면 혼쭐이 날 거라고 엄포했다. 하필이면 그날 아빠가 없었다. "왜 자꾸 나를 못살게 구는 거야!" 나는 윽박을 지르곤 마당으로 도망 나갔다. 황소 등에 올라가서 엎드렸다. 다른 날엔 현관까지 쫓아왔다가 돌아서던 엄마였는데 그날은 물러설 기세가 아니었다. 엄마는 여전히 손에 효자손을 움켜쥐고 있었다. 황소 앞까지 온 엄마가 내려오라고 지시했다. 나는 눈을 질끈 감고 버텼다. 엄마가 효자손으로 내 엉덩이를 때렸다. 울면서 황소 등에서 내려와 마당 건너편으로 달아났다. 내 쪽으로 다가오는 엄마에게 돌멩이들을 던졌다. "이, 버르장머리 없는 계집애가!" 돌멩이에 팔뚝을 맞은 엄마가 내 등짝을 효자손으로 사정없이 내리쳤다. 그때였다. 황소가 음매— 울음을 터뜨리며 내게 다가왔다. 밧줄에 묶여서 가까이 오진 못했지만, 황소는 멈추지 않고 사력을 다했다. 그 힘이 어찌나 대단했는지 나무 기둥이 우지끈 부러졌다. 엄마는 화들짝 놀라서 손에 쥔 효자손을 떨어트리고 날래게

　　　　　　　　　　　　　　　　　씨름왕

나를 안아 들고서 집 안으로 도망쳤다.

나는 엄마한테 맞은 것에 분이 풀리지 않았다. '경찰서에 신고할 거야'라고 적은 종이를 방문에 붙여 두었다. 문을 잠그고 나오지 않았다. 당시 나는 개별 화장실이 딸린 안방을 쓰고 있었다. 침대, 피아노, 책상, 옷장의 부피 때문에 아빠와 엄마가 안방을 양보한 것이었다.

집에 돌아온 아빠는 열쇠로 내 방문을 따고 들어왔다. 아빠가 침대 가장자리에 걸터앉았다. 거구의 아빠가 침대에 앉으면 그쪽으로 매트리스가 미끄럼틀처럼 푹 꺼졌다. 침대머리에 붙어 앉았던 내 몸도 자연스럽게 아빠 쪽으로 기울어졌다. 아빠는 너그러이 웃으며 나를 번쩍 들어 올렸다. 두 손으로 내 몸을 허공에 띄운 채 빙글빙글 돌렸다.

아빠는 그런 사람이었다. 엄마처럼 외동딸에게 야심차게 바라는 바가 없었다. 산수를 못해도, 그림을 잘 못 그려도, 무용할 때 다른 아이들보다 매번 한 박자 느려도 사람 좋게 허허 웃었다. 내가 무얼 하든지 예뻐하기만 했다. 내 존재 자체만으로도 모든 게 자랑스럽고 행복해 보였다. 그래서 나는 아빠를 훨씬 더 좋아했고, 그 시절 내 별명은 아빠 껌딱지였다.

그날 밤 아빠와 엄마는 다투었다. 처음이 아니었다. 아빠와 엄마가 얼굴을 마주 보고 십여 분 정도 나누던 대화는 매번 말다툼으로 이어졌다. 그다지 걱정스럽진 않았다. 변덕이 심한 엄마의 뜻대로 아빠가 장롱이나 소파, 침대처럼 커다란 가구를 번쩍 들어 옮겨 주고 세탁기나 냉장고 같은 새 가전제품을 번쩍 사들고 오면 엄마는 언제 그랬냐는 듯 풀어지기 마련이었다. 그러나 이번엔 더 심각했다. 같은 문제로 한 달 넘게 싸우고 있었다. 엄마는 앞으로 아파트값이 엄청 오를 거라고, 주변 사람들처럼 아파트로 이사를 가자고 주장했다. 아빠는 할아버지 할머니와의 추억이 남은 그 오래된 양옥집을 떠나고 싶지 않다고 반박했다. '아파트로 이사를 가자'와 '양옥집에 남자'로 갈라진 이견은 합의점을 찾지 못한 채 그날 밤 격렬한 싸움으로 번졌다. 서로에게 욕하는 소리까지 들려왔다. 잠들기 전 나는 엄마 혼자서 아파트로 이사를 나가게 해달라고 기도했다.

정기검진을 받으러 산부인과에 갔다. 십 주 차였다. 자궁 안 두 개의 점은 여전했다. 다만 몇 주 전에 비해 하나의 점은 자라서 큰 덩어리가 됐고, 다른 하나는 초기 때와 같이 셔츠 단추 크기로 남아 있었다. 선명한 크기의 차이를 보자 선득한 기운이 척추를 타고 스멀스멀 올라섰다. 이 기막힌 상황

을 받아들였다고 생각했는데, 그 차이를 두 눈으로 보자 그
렇지 않았다. 처음 알았던 그날처럼 목덜미가 죄여 왔다. 심
장이 멈춰 죽은 태아가 점으로라도 끈질기게 남아서인지,
죽은 태아 옆에서도 무럭무럭 자라나 덩어리가 된 끈질긴
생명력 때문인지는 알 수 없었다.

병원을 나가 아빠의 집으로 돌아갔다. 동네에 사는 아
빠 친구들이 와 있었다. 어릴 적부터 한동네에서 자란 고향
친구들 중에도 전직 유도선수와 프로 레슬러가 있었다. 아
빠는 친구들에게 둘러싸여 소파에 누워 있었다. 아빠와 친
구들 사이에서 오래전 내 연애편지가 화두에 올라 있었다.

"종환이 알지? 황금세탁소집. 걔 아들이 우리 지현이
한테 연애편지를 썼어. 얼른 이 새끼 잡아 와."

아빠가 쇳소리로 말했다. 아빠의 친구들은 웃었다. 그
들은 아빠의 상태를 인지하고 있었다. 집에 방문하겠다는
전화를 받고, 나는 며칠 사이 급변한 아빠의 상태를 미리 알
려 주었다. 그래서 아빠의 뜬금없는 말에도 친구들은 당황
하지 않고 오히려 능청스럽게 맞장구쳤다.

"그 새끼, 잡아다 우리가 죽여야지."

"근데 어쩌니, 걔는 범접할 수 없는 유명 가수가 되어
버렸다!"

아빠 친구들이 말하고는 또 한 번 큰 소리로 웃었다.

나는 아빠의 고향에서 태어나 자라며 꽤 많은 혜택을 받은 한편 불이익도 당했다. 연애에 관해선 특히 불이익만 따랐다. 한동안 이 동네를 떠나지 않고서는 그 누구와도 교제할 수 없던 시기를 보냈다. 나는 초등학교 이 학년 때부터 해마다 남자 친구를 바꿨는데 친한 친구들 사이에서 '태풍 순이'였던 내 악명은 그 이름값을 다하기도 전에 중학교에 진학하면서 막을 내렸다.

이 동네에는 비밀이나 사생활이 없었다. 학교에서 어떤 남학생이 나를 좋아하고 연애편지를 보냈는지, 선물을 주었는지, 마침내 내가 누구와 사귀고 있는지, 일주일이면 동네 사람들 모두가 알게 되었다. 그럴 수밖에 없었다. 서로가 서로를 잘 아는 말 많은 동네기도 했지만, 그런 소문에 휩싸일 걸 알면서도 내가 아랑곳없이 새 남자 친구와 동네를 쏘다녔기 때문이다. 먼 거리에서 아빠를 마주친 날도 있었는데, 그런 순간이면 아빠가 먼저 발길을 돌리곤 했다. 아빠는 데이트를 일삼는 어린 딸을 질타하지 않았다. 다만 아빠와 친구들은 교문 앞에서 나와 교제 중인 남학생을 기다리고 있다가 으름장을 놓았을 뿐이다. 다시는 내게 관심을 갖지 못하도록 따끔하게 충고했다. 전직 운동선수들이었지

씨름왕

만 얼핏 보면 조직폭력배처럼 보였다. 우락부락하게 생긴 떡대들이 겁을 주는 바람에 어느 순간부터 동네 남학생들은 내게 얼씬도 하지 않았다.

그 무렵 아빠와 나 사이는 예전 같지 않았다. 우리는 대화를 하지 않았다. 아빠가 말하는 황금세탁소 아들이 내게 연애편지를 준 것도 나는 당연히 아빠에게 말하지 않았다. 하지만 아빠는 내가 연애편지를 받은 이틀 뒤 그 사실을 알아차렸다. 편지를 쓴 남학생과 그의 아버지에게 또다시 겁을 주어 내게 다시는 연애편지를 쓰지 못하게 만들었다.

훗날 그 남학생은 유명 가수가 되었다. 아이돌이 되어 티브이에 매일이다시피 등장하고, 온갖 음악상을 수상했다. 그 방송을 본 아빠는 내가 없는 틈에 책상을 뒤져서 그 남학생이 아주 오래전 쓴 연애편지를 찾아냈다. 편지를 쥐고 밖으로 나가 이 녀석이 내 딸을 좋아했었다며 동네방네 자랑하고 다녔다.

나는 주방으로 들어가 아빠의 친구들이 먹을 과일을 잘랐다. 중국집에 전화를 걸어 탕수육과 양장피, 군만두를 시켰다. 쟁반에 받친 과일을 들고 거실로 나갔다. 테이블에는 이미 빈 술병들이 늘어져 있었다. 아빠 친구들은 나에 대한 기억을 꺼내 나열하기 시작했다.

"아, 우리 공주님, 어릴 때 성질이 아주 장난 아니었지."

"누가 장사 딸 아니랄까 봐 조막만 한 여자애가 그 뜨겁고 큰 숯 기계를 밀어 버리는데, 우리가 그랬잖아. 쟤는 커서 뭐가 돼도 될 거라고."

아빠 친구들의 예견과 다르게 나는 그 무엇도 되지 않았다. 균일한 크기의 과일이 담긴 접시를 내려놓고, 억지 미소를 지으며 방으로 들어갔다.

자정이 넘어서야 떠나는 아빠 친구들을 엘리베이터 앞까지 배웅하고 돌아왔다. 피로감을 밀어내며 난장판이 된 거실을 치우기 시작했다. 소파에 누워 있던 아빠는 곁눈질로 내 기분을 살폈다. 싸늘하게 굳어 버린 내 표정을 힐끔거리며 아빠가 조심스럽게 웅얼거렸다.

"처음부터 황소는 없었어…… 황소는 네가 지어낸 상상이야."

나는 그릇들을 담은 쟁반을 든 채 아빠 쪽으로 돌아섰다. 치켜뜬 눈으로 아빠를 쳐다보았다. 아빠는 흐리멍덩한 눈길을 슬그머니 돌렸다. 불현듯 거실에 정적이 휘돌았다. 아빠는 티브이 리모컨을 찾으려는 듯 손을 더듬거렸다. 나는 쟁반을 테이블 위에 탁 내려놓고 소파 밑에 놓인 리모컨을 집어 아빠를 향해 들어 올렸다.

"거짓말하지 마."

그 시절을 돌이켜 보면 모든 게 거짓말 같았다. 등굣길에 포
대 자루 속 옥수수를 한 줌 쥐어 황소에게 내밀었다. 황소는
혀를 날름거리며 옥수수를 먹었다. 나는 황소의 뺨에 내 뺨
을 대고 비볐다. 황소 눈썹이 내 볼을 간질였다.

"학교 다녀올게. 오늘은 학원이 두 개나 있어서 좀 늦
을 거야."

나는 황소에게 말했다. 책가방을 달랑거리며 마당을
나섰다. 대문을 열고 언제나 그랬듯 다시 돌아서서 웃는 얼
굴로 손을 흔들었다. 내 착각일 수도 있지만 황소가 음매,
하고 정겨운 울음으로 답례를 보내왔다. 학교 수업은 지루
했다. 어서 집으로 돌아가 황소와 놀고 싶었다. 시간은 더디
게 흘러갔다. 하교 후 피아노와 무용학원을 연달아 마치고
집으로 돌아갔다. 저녁 어스름이었다. 대문을 열자 마당이
텅 비어 있었다. 배가 열린 나무 기둥에 묶은 밧줄이 풀려
있었다. 나는 집 안으로 내달렸다. 신발도 벗지 않은 채 거
실로 뛰어 들어갔다. 가정부 할머니가 손에 묻은 물기를 바
지 앞섶에 닦으며 주방에서 나오고 있었다. 나는 할머니에
게 물었다. "황소 어디 갔어요?" 할머니는 내 시선을 피하며

입술을 우물거렸다. "어디 갔냐고요!" 나는 버럭 소리쳤다. 할머니는 대답 대신 전화기 쪽으로 종종걸음 치며 아빠의 사무실로 전화를 걸어 주었지만 아빠는 전화를 받지 않았다. 거듭되는 기계적인 신호음을 들으며 거실의 통유리 창밖을 쳐다보았다. 노란 털을 반짝이며 느릿느릿 움직이던 황소는 거기에 없었다.

동네 사람들과 아빠 친구들이 삼삼오오 대문 안으로 들어왔다. 아빠는 이민 가방처럼 큼직한 검은 가방을 어깨에 이고 뒤따라 들어왔다. 나는 한달음에 아빠에게 달려가 앞을 가로막았다. 황소가 어디에 있는지 물었다. 아빠는 손님들을 맞아야 하니 나중에 이야기하자고 했다. 삼십여 분이 지나자 스무 명 넘는 동네 사람들이 마당에 모였다. 아빠의 친구들이었다. 마당에 검은 바비큐 기계가 놓였다. 야외 테이블에는 일회용 접시들이 차려지고 있었다. 가정부 할머니가 아빠에게서 받은 가방 지퍼를 열었다. 랩으로 포장된 진분홍 고깃덩어리들을 꺼내 펼치며 입맛을 다셨다.

"아이쿠, 이 빛깔 좀 봐. 아주 싱싱하네."

나는 그게 무엇인지 알았다. 방으로 달려가 문을 닫자 턱밑까지 차오른 울음이 터졌다. 온몸이 떨렸다. 이가 갈리고 턱이 달그락거렸다. 어느새 마당은 바비큐 기계에서 피어오른 뿌연 연기로 가득했다. 나는 마당으로 나갔다. 하얀 마블링이 겹겹인 고깃점들이 불판 위에서 연기를 내며 타고 있었다. 뜨거운 바비큐 기계를 두 손으로 밀어서 엎어 버렸다. 붉게 지글거리던 숯들이 우르르 쏟아져 나왔다. 놀란 사람들은 불똥 튀는 숯들을 피해 뒷걸음질 쳤다. 나는 다 꺼지라고 소리치며 야외 테이블에 놓인 온갖 그릇들과 컵을 모조리 집어 던졌다. 그때였다. 내 팔마디를 부여잡은 아빠가 화를 참지 못하고 두터운 손바닥으로 내 뺨을 내리쳤다.

사람들이 주뼛주뼛 집을 나섰다. 나는 내 방으로 달려 갔다. 아빠는 평소처럼 나를 달래러 방에 들어오지 않았다. 나도 아빠가 방에 들어오길 바라지 않아서 문을 잠가 두었다. 방으로 돌아오는 길에 열쇠 꾸러미를 들고 와서 아무도 내 방문을 열 수 없었다. 엄마가 거듭 방문을 두들겼지만 열어 주지 않았다. 나는 방에서 꼼짝도 하지 않고 이튿날 학교에도 가지 않았다.

엄마는 퇴근길에 열쇠공을 불렀다. 문밖에서 웅성거리는 소음이 들려왔다. 짤그랑거리는 소리가 이어졌다. 문을 따려는 것 같았다. 나는 문을 열어 주지 않으려고 문고리를 잡고 버텼다. 문고리가 휙 돌아가면서 화상을 입은 손바닥 표피가 후루룩 벗겨졌다. 나는 문이 열리는 동시에 뒤로 나자빠졌다.

엄마가 거듭 달래고 설득했지만 나는 아무것도 먹지
않았다. 물도 마시지 않았다. 탈수증으로 혀가 마르고 현기
증이 돌았다. 엄마는 여러 차례 물컵을 디밀었다. 나는 입술
을 굳게 다물고 벌리지 않았다. 엄마는 홧김에 플라스틱 물
컵을 방바닥으로 내동댕이쳤다. "지독한 계집애. 내 배 속
으로 아주 독한 년을 낳았어." 나는 시름시름 앓았다. 급기
야 아빠가 나를 안아 올려 승용차로 달려가 뒷자리에 실었
다. 엄마가 운전대를 잡았고 승용차는 인근 응급실로 향했
다. 달리는 차 안에서 나는 황소가 어디에 갔는지 물었다.
운전대를 잡은 엄마는 진저리 치며 고개를 저었다. 아빠는
식은땀에 젖은 내 뺨을 손바닥으로 어루만지며 말했다.

"처음부터 황소는 없었어. 황소는 네가 지어낸 상상
이야."

그날 이후 나는 아빠와 더 이상 말하지 않았다. 어쩌다
저녁 식사 자리에서 마주 앉아도 눈을 내리깔고 시선을 맞
추지 않았다. 문답형의 안건만 단마디로 주고받았다. 그마
저도 내키지 않을 땐 대답조차 하지 않았다. 아빠가 그날 일
을 자백하고 용서를 구할 때까지 그럴 작정이었다. 그러나
삼십 년이 지나도록 그런 일은 일어나지 않았다.

씨름왕

볕 좋은 주말 오후였다. 아빠는 소파에 누워 창밖의 단풍을 텅 빈 눈에 담고 있었다. 나는 충동적으로 외출을 결심했다. 간병인의 도움을 받아서 아빠를 휠체어에 앉혔다. 아빠는 간병인에게 따라오라는 듯 손짓했지만, 나는 혼자 가겠다고 만류했다. 단풍이 아름답게 드리운 하천 산책로로 향했다. 인도가 울퉁불퉁해서 여자 혼자의 힘으로 휠체어를 밀기가 여간 쉽지 않았다. 자전거도로로 내려가 휠체어를 밀었다. 아빠가 불안한 목소리로 어딜 가느냐고 재차 물었다.

산책로에 도착할 무렵 내 스웨터 안쪽은 땀으로 축축하게 젖어 있었다. 괜찮았다. 눈부신 가을 햇살 아래 단풍들이 펼쳐졌고, 흐르는 하천이 반짝였고, 지나는 행인 없이 사방은 고요했다. 나는 물가에 휠체어를 세웠다.

"그 황소 말이야."

나는 말했다. 갑자기 아빠가 신음 소리를 내며 앓았다. 통증을 호소했고 얼굴은 고통스러워 보였다. 신음을 삼키는 아빠의 입술이 기형적으로 일그러졌다. 구급차를 부를까 하다가 휴대폰을 호주머니 속에 도로 넣었다. 아빠는 몸을 좌우로 비틀며 신음하다가 하늘을 보고 호흡을 골랐다. 입을 하아 벌리고 거친 숨을 내뱉었다. 그렇게 숨을 고르고 나서는 웅얼거렸다.

"어제 술 마시고 스텔라를 크라운 호텔에 두고 왔어. 얼른 네가 가서 찾아와."

스텔라는 아빠가 젊은 시절에 탔던 승용차다. 아빠는 내가 일곱 살 때 운전을 가르쳐 주고 싶어 했다. 운전석에 앉은 아빠의 둥그런 배 앞에, 양 갈래로 머리를 땋은 내가 운전대를 잡고 찍은 빛바랜 사진이 남아 있다. 내 기억이 옳다면 양옥집에서 이사 나올 때 아빠는 그 차를 팔았다.

나는 휠체어 방향을 돌려서 집으로 돌아갔다. 아빠는 부축을 받아 곧장 침대에 누웠고 신음을 삼키려고 입술을 일그러트리다가 잠이 들었다. 일이십 분 후면 다시 일어날 것이다. 지현아, 지현아. 허스키한 목소리로 내 이름을 부를 것이다. 최근 들어 아빠는 잠들면 영영 깨어나지 않을까 봐 의식적으로 깊이 잠들지 않는 듯했다. 수면제가 섞여 있을까 봐 약도 일절 먹지 않았다. 그 바람에 나도 잠을 제대로 자지 못했다. 나는 아빠가 누운 침대 아래 접이식 매트리스를 펼치고 그 위에 모로 누워서 행여 잠이 들까 봐 휴대폰으로 유튜브를 보았다.

예능프로그램에서 장어에 대한 이야기를 나누고 있었다. 나는 그 방송을 통해 단서를 찾았다. 아빠 기억의 순차는 뒤죽박죽이 아니었다. 아빠의 기억은 실뱀장어들처럼 거슬러 올라가고 있었다. 역류하듯 밀려오는 시간을 헤엄쳐 어딘가로 향했다. 현재에서 먼 과거의 어느 한 시점으로. 나는 지운에게 문자메시지를 보냈다. 연수 언니한테 당장 가야 해? 조금만 더 있다가 가면 안 돼?

아빠의 이모와 외사촌 내외가 찾아왔다. 아빠가 큰고모를 통해 그들에게 방문해 달라고 했단다. 부산에 사는 이모할머니는 일찍이 어머니를 여읜 아빠가 어머니처럼 정서적으로 의존하는 분이었다. 이모할머니는 당신보다 어린 조카가 죽어 가는 모습을 받아들이기 힘들어서 오고 싶지 않았는데, 아빠가 간곡하게 부탁했다고 부연했지만 고모의 짐작에 의하면 그동안 빌려 간 돈을 죽기 전 돌려 달라고 할까봐 피했을 거라는 것이었다. 사람들과 있을 때 아빠의 통증 호소는 비교적 적은 편이었는데, 그날따라 유난히 온몸을 비틀며 격렬하게 신음했다. 저녁 식사를 주문하겠다고 하자 이모할머니와 사촌 내외는 괜찮다고 손사래 치며 허둥지둥 집을 떠났다. 몸부림치던 아빠가 소파에서 떨어질 것만 같아서 나는 손님들을 배웅할 수 없었다.

　아빠가 닫힌 문 쪽을 향해 마른 울음으로 사정하며 이

모할머니에게 가지 말라고 했고, 몸을 움직이다가 기어이 소파에서 쿵 떨어졌다. 나는 아빠에게 달려가서 끙끙거리며 아빠를 침대에 눕히려다가 실패했다. 매트리스를 끌고와 그 위에 눕혔다. 아빠는 신음하며 손가락을 꼼지락거리더니 가까스로 손가락 하나를 내밀었다. 비죽 튀어나온 손가락을 허공으로 들어 올리려고 애썼다. 손가락은 일 센티미터도 떠오르지 못했다. 나는 그 손가락의 의미를 알지 못해서 어리둥절하기만 했다. 별안간 떠오르는 건 숫자 일이었다. "하나?" 나는 확신이 서지 않아서 말끝을 올렸다. 아빠는 미소인지 찡그림인지 마른 울음인지 알 수 없는 표정을 지어 보였다. 나는 아빠가 숫자 놀이라도 하면서 통증을 견디길 바랐다. 내 손가락 두 개를 들어 보였다. 아빠는 다으, 하고선 다섯의 발음을 끝맺지 못했다. "맞아, 다섯이야, 잘했어." 나는 고개를 끄덕이며 너스레를 떨었다.

신음이 잦아들자 아빠는 다시 손가락을 내밀었다. 그것을 내게 더 가까이 들어 보일 기운까지는 없는 듯했다. 손가락은 매트리스 면에 붙어 있었다. 나는 "하나!" 하고 애써 명랑한 음성으로 말했다. 아빠는 천천히 눈을 감았지만 다시 깨어날 것이었다. 나는 불을 껐다. 한 손은 아빠의 손등에 대고 오른쪽 뺨을 소파 면에 붙였다. 잠들지 않으려 노

씨름왕

력해도 눈꺼풀 아래로 잠이 와락와락 쏟아졌다. 꽤 오랫동안 쪽잠만 자고 숙면을 취하지 못한 까닭이었다. 잠을 밀어내려고 눈을 감았다 뜨다가 아까 소파 아래에 둔 초음파사진을 보았다. 선득한 기운에 잠이 달아났다. 암흑 속 나란한 한 개의 작은 점과 한 개의 커다란 덩어리를 응시했다. 눈가가 뜨거워졌고 눈물이 흘렀다. 앞으로 튀어나온 아빠의 손가락을 멍하니 바라보았다. 그때 기억이 났다.

그것은 아빠와 나의 신호였다. 어릴 적 나는 굉장히 예민한 편이었고 작은 일에도 쉬이 토라졌다. 또래 아이들과 잘 어울리지 못했다. 아빠 친구나 친척이 아이들을 데리고 집에 놀러 오면 문제가 불거졌다. 나는 아빠의 양반다리 가운데 앉아 있거나, 아빠의 허벅다리를 두 팔로 안고 무리 지어 뛰어다니는 아이들을 흘긋거렸다. 아빠가 나를 겨우 달래서 아이들에게 데려가도 무리 안에서 겉돌았다. 아이들이 씻지 않은 손으로 나의 새하얀 피아노 건반을 마구 두들기는 게 싫었다. 정돈해 둔 장난감들을 어지럽히며 노는 것도 싫었다. 진즉에 흥미를 잃고 장난감 통 밑바닥에 처박아 둔 바비 인형 중 하나를 만지는 것도 싫었다. 그러면서도 내 방이라는 이유로 그 방을 나가지 못하고 나는 머뭇거렸다. 아이들은 합심하여 그런 소심하고 예민한 나를 키득거리면서 비웃었다. 그러면 나는 아빠에게 달려갔고 아빠는 나를 안고 방으로 들어왔다. 다른 아이들에게 잠시 나가 달라고 부탁한 뒤 훌쩍이는 나를 침대에 앉혔다.

아빠는 장난기 어린 미소를 띠고 손가락을 내밀었다. 아빠와 단둘이 보았던 영화 「ET」의 한 장면처럼 기다란 손가락이 허공에 떠 있었다. 나는 못 이기는 척 입술을 이죽거리며 손가락을 내밀었다. 손가락 끝이 아빠의 손가락 끝에 닿았다. 언제 그랬냐는 듯 마음이 녹아내렸다. 내 표정이 누그러지면 아빠는 기다렸다는 듯 나를 번쩍 들어 올렸다. 양손으로 내 몸을 잡고 허공에서 돌렸다. 조금 전의 일을 잊고 나는 큰 소리로 웃었다.

황소가 사라지고 마당에서 그 소동이 벌어진 후, 아빠와 나는 우리만의 신호를 주고받지 않았다. 누가 먼저 그만뒀는지는 기억나지 않는다. 나는 걸핏하면 방문을 잠그고 방 밖으로 나가지 않은 채 홀로 시간을 보냈다. 아빠도 굳이 방문을 열려고 시도하지 않았다. 아빠가 집으로 돌아오는 횟수는 점차 줄어 갔다. 아파트로 이사를 간 후로는 지방 씨름 대회가 없어도 아빠는 한 달의 절반 가까이 부재했다. 어쩌다 돌아오면 깊은 밤이었다. 기척을 듣고 나는 잠에서 설핏 깨어나기도 했다. 아빠가 불을 켜지 않고 한참 서 있는 게 느껴졌다. 눈을 뜨지 않아서 확인할 길은 없었다. 어둠 속이었다. 아무것도 보이지 않았고, 보이지 않아서 예감은 더욱 날카로워졌다. 앞으로 아빠와 나는 예전처럼 돌아갈 수 없어. 나는 숨죽이고 시체처럼 웅크린 채 눈을 뜨지 않았는데 그때 꺼질 듯 말 듯 여전히 마음속에 남아 있던 아빠에 대한 사랑이 완전히 끝났음을 깨달았다.

어느새 잠든 나는 손바닥으로 전해져 오는 오롯한 냉기에 놀라서 깨어났다. 아빠는 미동조차 하지 않았다. 아직 밤이었고 방 안은 컴컴했다. 어둠 속에 잠긴 아빠의 손가락을 보았다. 기다랗게 뻗은 그것은 어딘가를 향해 있었다. 나머지 손가락들은 손바닥 안으로 옹골지게 굽어 있었다. 감긴 눈은 집요하게 튀어나온 손가락을 향했고 입술은 반쯤 벌어져 있었다. 전등을 켜고 응급차를 불러야 했다. 그때 초음파사진이 시야에 들어왔다. 암흑 속 나란한 한 개의 작은 점과 한 개의 커다란 덩어리를 나는 응시했다. 하나는 이미 죽었는데 다른 하나는 커다랗게 자라나 있었다. 생명과 죽음이 공존해 있을 순 없었다. 눈가가 뜨거워졌고 눈물이 흘렀다. 얼마나 외로울까, 슬플까, 두려울까. 이제 다른 하나의 점이 그만 사라졌기를 바랐다.

첫사랑이 끝났다

내 첫사랑은 언제나 마지막 남자였다.

초등학교 시절 교실에선 인기투표를 시행했다. 선생님들이 왜 그런 걸 했는지 아직도 잘 이해가 가지 않지만 학기 초마다 학급 임원을 선출하고 투표할 일이 더는 없어지면 그다음 차례가 인기투표였다. 반에서 좋아하는 이성 친구의 이름을 적어 내라고 했다. 덜 노골적인 선생님은 짝이 되고 싶은 이성의 이름을 적으라며 회색 쪽지를 나누어 주었다. 육십여 명이 빼곡하게 앉은 교실에서 야유가 술렁이고 나면 내밀하게 하늘거리던 마음속 이름을 뻣뻣하고 조악한 회색 종이 위에 적는 소리들이 울렸다. 특정한 목적이 있다기보다, 그 시절 선생님들은 투표 자체를 신성하게 여기고 즐기

첫사랑이 끝났다

는 듯했다.

나는 가장 많은 표를 받는 여학생이었다. 남학생들의 과반수가 내 이름을 적어 냈다. 그중 한 명의 이름을 나도 적어 냈고 그렇게 짝이 되어 물리적으로 가까워진 남학생과 자연스럽게 사귀었다. 그리하여 초등학교 이 학년 때부터 내게는 공식적인 남자 친구가 있었고, 학년이 바뀔 때마다 남자 친구도 바뀌었다. 선생님 말씀을 잘 따르는 모범생답게 좋아하는 이성은 반드시 그 교실 안에 있어야 한다고 믿어 의심치 않아서였다.

첫 남자 친구는 이 학년 이 학기 때 짝이었다. 그 남학생은 잠자리채를 놀려서 운동장 위로 날아다니는 잠자리를 잡아 내는 솜씨가 기막혔다. 일명 잠자리 잡기 선수는 자기가 잡은 잠자리들을 내 곤충채집 통에 넣어 주었다. 나의 플라스틱 채집통은 파닥거리는 잠자리들로 가득 차올라 반 친구들의 부러움을 샀다. 그러나 잠자리 철이 지나고 초가을이 되자 채집통은 몇 달 텅 비어 있었다. 잠자리 잡기 선수와의 교류가 줄어들다가 이듬해 잠자리 철이 다시 돌아오기 전, 같은 반인 삼 학년 일 학기 반장 남학생과 사귀면서 잠자리는 그만 시시해지고 말았다.

삼 학년 반장은 선생님이 자리를 비운 자습 시간에 떠

드는 학생의 이름 적는 일을 도맡았다. 어찌나 강직했던지 육십여 명의 학생 중 매번 오십 명이 웃도는 이름을 칠판에 적어 반 아이들의 미움을 샀다. 나는 그런 반장을 남자 친구라는 이유로 감싸 주었다. 옳은 일을 했으니 계속 그렇게 해야 한다고 독려해 주었다. 이 학기였다. 하루는 칠판에 빼곡하게 적힌 떠든 아이들의 이름을 보다가 심장이 철렁 내려앉았다. 손등으로 눈꺼풀을 비비고 다시 확인해 보았다. 내이름이, 거기에 적혀 있는 것이 아닌가. 반에 나와 동명인 학생은 없었다. 나와 반장은 그 사건을 기점으로 걸핏하면 신경전과 말다툼을 벌였다. 나는 반장에게 내 이름을 적은 밀고자와는 도저히 사귈 수 없다고 말하며 이별을 고했다.

사 학년이 되고 학급 회의가 도입되었다. 학급 회의를 위한 회장과 부회장이 선출되었다. 떠들면 이름을 적는 밀고자 반장과 달리 회장 남학생은 어떻게 하면 우리가 떠들지 않고 더 나은 학습 분위기를 조성할 수 있는지를 주제로 선정하여 학급 회의를 진행했다. 나는 그 의젓하고 성숙한 모습에 반해 회장과 사귀었다. 그 무렵 모두 내 변덕을 익히 알고 있었다. 회장도 이전에 내가 남자 친구를 계속 바꾸었고 그가 세 번째 남자 친구라는 사실을 알았다. 회장은 나와 단둘이 대화할 때면 해마다 내 남자 친구가 바뀐 이유를 물

첫사랑이 끝났다

었다. 나조차 모르는 내 마음을 물었으니 당연히 나는 답변하지 못하고 입술을 고집스레 다물었다. 회장은 거기서 포기하지 않았다. 사뭇 진중하고 어른스러운 눈빛으로 나무라듯 남자 친구를 자꾸 바꾸는 행위는 옳지 않다고 비판했다. 잇대어 어떻게 하면 내가 단 한 명의 남자 친구와만 사귈 수 있을지 물어 왔다. 나는 회장의 올바름을 위한 집념과 진지함에 질려 버렸다. 새 학년을 맞기도 전인 사 학년 이학기가 되자마자 나눗셈 왕과 사귀면서 회장은 어느덧 기피 대상 1호가 되었다.

대여섯 자리 나눗셈도 마법을 부리듯 속성으로 풀어내던 나눗셈 왕은 내 산수 숙제를 도와주었다. 시험 시간마다 제 시험 답안지를 비스듬히 기울여 주어 나의 커닝을 돕기도 했다. 나는 나눗셈 왕 덕에 참혹한 산수 시험 결과로 엄마에게 종아리를 맞는 비극을 모면할 수 있었다. 오 학년이되자 안타깝게도 나눗셈 왕과 다른 반으로 갈라졌다. 일 반과 십 반은 건물 한 층의 끝과 끝이었다. 우연히도 마주칠일이 없었다. 그사이 음악실에서 노련한 손놀림으로 피아노를 치며 비틀스의 「Yesterday」를 부른 남학생이 나의 새 남자 친구가 되었다.

리틀 비틀스는 방과 후 학교 앞으로 차를 몰고 온 엄마의 차를 타고 사라져 버리곤 했다. 피아노학원과 과외와 콩쿠르 출전 준비로 분주한 나날을 보내느라 내게 관심을 주지 않는 리틀 비틀스에게 서운한 마음이 부풀었지만 옆 반의 키 큰 남학생이 「슬램덩크」 강백호처럼 자꾸만 농구 골대에 삼점슛을 쏘아 대는 바람에 곧 잊혔다. 삼점슛은 운동회 피날레인 계주에서 우리 팀의 마지막 주자였다. 삼점슛이 앞에서 달리던 네 명을 역전하고 첫 번째로 골인선에 들어왔다. 감동의 드라마였다. 나는 모래바람을 일으키며 내 심장을 마구 뛰게 했던 삼점슛과 사귀었다. 다른 반 남학생과 사귄 첫 사례였다.

삼점슛은 아시안게임과 올림픽에 출전했던 농구선수의 아들이었다. 운동선수 아빠를 둔 점에서 여러모로 나와 통하는 게 많았다. 여름방학 동안 삼점슛과 만나서 운동을 하며 놀았다. 농구공 던지는 법을 배우고, 테니스를 치고, 실내 스케이트장에서 과감하게 손까지 잡고 스케이트를 탔다. 삼점슛과 스케이트를 탄 후 롯데월드에 간 날이었다. 자유 이용권을 끊어서 속이 울렁거릴 지경이 될 때까지 우리는 연거푸 바이킹을 탔다. 급기야 까스활명수 한 병을 까 마시고 나는 놀이기구를 그만 타자고 했다. 삼점슛은 자유 이용권을 알차게 활용하기 위해 하나만 더 타자며 내 손목을 잡아끌었다. 나는 마지못해 놀이공원 천장을 한 바퀴 도는 기구에 올라섰다. 기구는 동화나라 같은 실내 놀이공원 천장을 지루하리만치 천천히 돌았다. 우리는 그 긴 시간 동안 무얼 해야 할지 몰라서 별별 이야기를 다 나누었다. 우물쭈물하던 삼점슛이 정말로 궁금한 게 이것이라는 듯 내게 전 남자 친구들을 많이 좋아했었는지 물었다. 나는 망설이지 않고 아니,라고 대답했다. 첫사랑이 누구냐고 물어서 너야,라고 말해 주었다. 위태로우리만치 높은 곳이었다. 자칫 말실수를 했다가 삼점슛이 화를 내며 나를 떨어트릴까 봐 무섭기도 했지만 그 순간 내뱉은 말이 거짓이랄 수도 없었다. 남자 친구가 바뀔 때마다 전 남자 친구들을 완전히 잊어버렸다. 언제나 현재진행형 남자 친구가 첫사랑이라고 나는 믿었다.

삼점슛은 자기가 내 첫사랑이라는 사실에 안도하며 흡족해했다. 그 말을 듣고 롯데월드를 나가서 아트박스에 들어가서 하트 펜던트가 달린 목걸이를 사서 내 목에 걸어 주었다. 이례적으로 삼점슛과는 오래 사귈지도 모르겠다는 예감으로 이 학기를 맞았다. 이윽고 같은 자리에 앉고 싶은 이성 친구 이름을 적는 투표 시간이었다. 누굴 적어야 하나. 공식적인 남자 친구인 삼점슛은 옆 반이었다. 남자 친구를 배신하기가 께름칙했다. 결국 나는 이름을 적지 않은 빈 쪽지를 냈다. 여자 친구가 의리를 지킨 사실에 나는 교실 맨 뒷자리에 혼자 앉는 수모를 감내해야 했다. 그런 내가 쓸쓸해 보였는지 삼점슛은 쉬는 시간마다 농구공을 탕탕 튕기며 교실로 들어왔다. 자기보다 머리통 하나 이상 작은 우리 반 남자애들에게 보란 듯 비어 있는 내 옆자리에 가나 초콜릿, 바나나우유, 회오리 모양의 무지개 막대 사탕 같은 것들을 내려놓고 돌아갔다. 나를 아끼는 삼점슛의 마음을 매일 실감할 수 있었다. 그러나, 오 학년 이 학기, 신비로운 전학생의 등장과 함께 삼점슛도 내 마음속에서 차츰 멀어졌다.

전학생은 혼자 앉아 있던 내 짝이 되었다. 나는 전학생이 다른 남학생들처럼 머지않아 고백해 오리라 확신하고 삼점슛과 헤어졌다. 그런데 이게 웬일인가. 한 학기가 지나도록 전학생은 그럴 기미조차 없었다. 이 학년 때부터 항상 남자 친구가 있던 내게는 그 공백이 적신호처럼 느껴졌다. 삼점슛의 농구공은 농구 골대가 아닌 애먼 곳에 꽂히기 일쑤였다. 벽, 교실 문, 유리창, 책상, 닥치는 대로 날아가서 무언가를 쓰러트리거나 박살 냈다. 삼점슛은 자신이 군것질거리를 내려놓았던 자리를 차지하고 앉아 있는 전학생을 번번이 노려보았다. 전학생은 아랑곳하지 않았다. 짝을 하

첫사랑이 끝났다

며 알게 된 거지만 전학생은 무언가에 잘 동요되지 않는 편이었다. 말수가 적고 내성적인 전학생은 새 친구들과 어울리려고 애쓰지 않았다. 이전의 다른 남학생들처럼 짝인 내게 잘해 주지도 않았다. 내가 애를 먹고 있는 무언가를 대신해주거나 가르쳐 주려고 하지 않았다. 너는 누굴 좋아해? 같은 빤한 질문도 해오지 않았다. 나는 전학생의 느긋한 여유와 무관심에 울화통이 터져서 뾰족하게 솟은 연필심으로 책상 가운데 선을 그어 놓았다. 전학생은 내가 화장실에 간 사이 그것을 지우개로 지워 두었지만 보이지 않는 선을 넘어오지도 않았다. 그 전학생이 지운이었다.

장례식장에 가장 먼저 도착한 사람은 지운이었다. 검은색 양복을 입은 지운이 아빠의 영정 사진 아래 하얀 국화 한 송이를 내려놓았다. 지운이 묵념을 한 후 나와 인사를 나누려는데 고모들과 친인척들이 도착했다. 나는 오열하는 고모들을 위로했고 지운은 식당 구석 자리에 홀로 앉았다. 조문객들과 한차례 인사를 나누고 나는 지운이 있는 자리에 가 보았다.

"뭐 좀 먹었어?"

지운이 나직한 목소리로 물었다.

"아니."

"배 속의 아이를 생각해서라도 먹고 기운 좀 내."

"장례식장 음식 알잖아. 딱히 먹을 것도 없고 입맛도 없네."

나는 임신 삼 개월 차에 접어들었다. 삶은 편육이나 보쌈 냄새는 여전히 속을 뒤집었다. 지운은 내 배 속의 쌍둥이 중 하나의 심장이 멈춘 사실을 가장 먼저 들은 사람이었다. 태아의 생물학적 부친인 루보다 먼저 이 소식을 전해 들은 게 지운이었다.

약혼자인 루는 장례식에 올 수 없었다. 본사를 비롯한 전 세계 지사의 임원들이 홍콩에서 모이는 콘퍼런스 기간이었다. 나는 전화로 루가 한국에 오길 바라지 않는다고 말했고 루도 그 말을 해주길 기다렸다는 듯 장례식장에 오겠다는 말을 하지 않았다. 고모들과 내 친구들은 루가 왜 오지 않는 건지 캐물었다. 나는 형제자매가 없었다. 열여덟 살이 된 재우가 잠시 장례식장을 비우고 나 홀로 장례식장을 지키는 걸 보면 그 모습이 외롭고 안타까워 보였는지 사람들은 루를 비난하고 나섰다. 루의 피치 못할 사정을 설명해 주었는데도 그랬다. 지운도 루에 대해 물었지만 회사의 주요 행사 일정과 맞물려 올 수 없다고 하자, "괜찮아?"라고 묻

첫사랑이 끝났다

고는 그에 대한 말을 아꼈다. 다른 사람들처럼 루가 왜 당장 오지 않는지 오인하고 비난하기보다 루가 곁에 없어도 정말 내가 괜찮은지에 집중하는 듯했다. 같은 맥락이지만 어쨌든 나는 지운의 반응이 더 편했다.

오후가 되자 지운은 장례식장을 나가서 삼십여 분 후 기름진 종이봉투를 들고 돌아왔다. 설탕이 듬뿍 발린 꽈배기 도넛과 단팥 도넛이었다. 종이봉투 안의 도넛은 아직 뜨끈했다. 조문객의 발길이 뜸한 틈에 방으로 들어가서 나는 그것들을 먹었다. "아우, 달아. 이 단걸 그땐 어떻게 다섯 개나 먹었을까." 나는 볼멘 목소리로 중얼거렸다. 지운은 맞은편 벽에 등을 붙이고 앉아 있었다. 도넛을 먹는 나를 물끄러미 쳐다보다가 바닥에 무릎을 대고 손을 뻗었다. 내 입가에 묻은 설탕 가루를 제 손끝으로 털어 주었다. 누가 먼저랄 것도 없이 우리는 풋 실소했다.

오 학년 이 학기 때 지운과 나는 사귀지 않았다. 하지만 육 학년으로 진학하며 같은 반을 배정받았다. 나중에 알게 된 사실인데 오 학년 담임선생님은 늘 혼자 다니는 지운을 걱정했고, 상담 시간에 지운에게 같은 반으로 배정받고 싶은 친구가 있는지 물었단다. 지운은 그런 친구가 없다고 솔직하게 대꾸했다. 담임선생님은 질문을 바꾸어 반에서 가장 많이 대화하는 친구가 누구인지 물었고 그때까지 짝이어서 비교적 가장 많은 대화를 나누었던 내 이름을 거론한 것이었다.

육 학년에 접어들어서 지운은 여학생들에게 인기가 많은 편이었다. 학업과 예체능 분야에서 두각을 나타내지 않았는데도 그랬다. 아마도 지운의 외모 때문인 듯했다. 지운은 말수가 적고 무표정했는데 웃지 않을 때도 눈웃음을 치는 반달눈이었다. 보통 아이들에 비해 좀 더 옅은 갈색 머리카락과 눈동자에는 윤이 났다. 조용하지만 아주 겉돌진 않았다. 도드라지게 나서서 무언가를 하지 않아도 뭐든 중간 이상은 했다. 다른 남학생들처럼 여자아이들의 브래지어 끈을 잡아당기며 놀리는 짓궂은 장난으로 관심을 유도하는 유치한 짓도 하지 않았다. 이성 친구가 색연필이나 화이트를 빌려 달라고 하면 아무 말 없이 쓱 내밀었다. 무엇보다 또래 남자애들에게는 없는 사색적이고 우수에 젖은 묘한 분위기가 풍겼다.

미술 시간이었다. 스케치북에 짝의 얼굴을 그려야 했다. 나는 왕눈이 안경을 쓴 짝의 얼굴을 그렸다. 어릴 적 미술학원을 몇 년 다녔는데도 나는 이쪽에 영 소질이 없었다.

첫사랑이 끝났다

똥손이었다. 짝이었던 남자애의 둥근 얼굴과 주먹코와 안경과 입술만 그렸다. 그렇게 특징만 부각시키고 나니 사람 얼굴이 아니라 올림픽오륜기처럼 보였다. 다른 이목구비에 비해 깃털처럼 뾰족하고 기다랗게 올라선 귓바퀴를 그리며 진을 빼고 있는데 교실 안이 웅성거렸다. 두 칸 앞에 앉은 지운의 자리로 아이들이 몰려들었다. 나는 지운의 자리로 가보았다. 아이들 어깨 너머로 지운의 그림을 보았다. 섬세하고 독특한 그림이었다. 반 아이들이 감탄 어린 탄성을 연거푸 내뱉었다. "근데 이건 수연이가 아니잖아"라고 누군가 지적했다. 당시 지운의 짝이었던 수연은 교정기를 꼈고 눈썹 위로 짧은 앞머리가 나 있었다. 지운의 그림 속 짝은 앞머리가 없는 긴 머리에 교정기를 하지 않은 하얀 이를 드러내고 있었다. "수연이 아니네!" 아이들이 입을 모아 소리쳤다. 어느새 지운이 그린 인물화에 대한 경탄은 그림 속 여학생의 정체에 대한 궁금증으로 바뀌었다. 아이들이 머리통을 맞대고 추리하는 동안 나는 자리로 돌아가서 앉았다. 그게 누구인지 알아서 궁금하지 않았던 것이다.

　내가 살던 아파트는 학교 후문에서 가까웠다. 그날 나는 방과 후 일부러 정문 쪽으로 나갔다. 뒤에서 지운이 걸어오고 있었다. 나는 걸음 속도를 일부러 늦추다가 지운이 가까워졌을 때 옆으로 바투 다가갔다. "너, 나 좋아하지?" 나는 지운이 아니라고 시치미를 떼리라 짐작하고 물었다. 그렇게 잡아떼면 그런데 미술 시간에 왜 내 얼굴을 그렸냐고 따지려던 참이었다. 지운은 심드렁한 표정으로 대답했다. "응." 거기까지 짐작하지 못했던 나는 당혹스러워서 말을 잇지 못했다. 얼떨떨해진 내게 지운은 대뜸 도넛을 좋아하느냐고 물었다.

지운과 나는 학교 인근 허름한 상점에서 도넛 열 개를 샀다. 도넛이 담긴 종이봉투를 들고 석촌호수까지 걸어가서 호숫가 벤치에 앉아서 도넛을 하나씩 꺼내어 먹었다. 오학년 때 담임선생님이 일부러 지운과 나를 같은 반으로 배정해 주었단 사실을 들은 날이었다. 지운이 학원에 가야 하지 않느냐고 내게 물었다. 암산학원에 가야 하는 시간이 다가왔지만 나는 그날 학원이 없다고 거짓말했다. 지운과 나는 도넛을 꾸역꾸역 다 먹었다. 배가 터질 거 같다고 조잘거리는 나를 보며 지운은 어줍게 웃어 보였다. 배가 터질 것 같은 게 그리 웃긴가. 배가 터지도록 먹은 게 웃긴가. 평소 무표정으로 일관하는 지운의 얼굴에 떠오른 미소를 보자 앞으로도 도넛을 배 터지게 먹어야 할 것만 같았다.

지운과 나는 누구도 먼저 사귀자고 하지 않았다. 나를

좋아하느냐고 물었을 때 담백하게 인정했으니 나도 자길 좋아하는지 궁금할 법도 한데 지운은 내게 한 번도 묻지 않았다. 일주일에 두세 번 도넛을 사서 석촌호수 벤치에 앉아 먹었고 도넛을 다 먹고 나면 헤어졌다. 빨리 먹으면 금방 헤어져야 해서 나는 꼼수를 부리기 시작했다. 되도록 도넛을 조금씩 베어 먹고 죽이 될 때까지 우물거리다가 천천히 삼켰다. 도넛을 베어 먹는 사이사이 끝도 없이 조잘거리며 시간을 끌었다. 주로 우리 집 앞마당에 살았던 황소와의 추억 담이었다. "아빠가 씨름 대회에서 받아 온 우승 상품이었어. 일 학년 때 우리 집 앞마당에 살았어. 나와 가장 친한 친구였어." 황소 이야기를 듣는 동안 지운의 눈동자는 물에 섞여 번지는 물감처럼 서서히 맑아졌다. 그 눈동자가 노을에 비쳐 깊고 부드러운 황소 털 색깔로 빛나는 걸 보면 나는 여지없이 맥박이 빨라지곤 했다.

지운은 말수가 적었다. 무슨 질문인가를 하면 대답하지 않고 있다가 내가 그 질문을 했다는 걸 잊었을 즈음에야 불쑥 외마디로 대답해 주는 식이었다. 그래서 내 상상력은 더 자극됐다. 나는 비밀 일기를 썼다. 지운의 사소한 표정, 시선의 각도, 말 한 마디, 어깨 움직임 같은 것들에 대해 밤새 너무나 많은 의미를 부여했던 나머지 다른 숙제들은 거의 해가지 못했다. 나는 초등학교 내내 숙제를 잘 해가고 성적도 좋은 편이었으며 육성회였던 엄마의 치맛바람까지 거들어서 학교 선생님들에게 사랑받는 모범생이었다. 하지만 그해 나는 교실 뒷자리에서 손을 들고 서 있는 문제아로 전락해 버리고 말았다.

하루는 좀처럼 자기 이야기를 하지 않았던 지운이 제 부모님이 이혼한 사실을 말해 주었다. 지운은 어머니와 함께 집을 떠나면서 서울에서 지방으로 전학을 갔었다. 처음엔 방학이어서 어머니가 사는 경주에서 한 달 정도 지냈다가 어머니가 취직을 하는 바람에 부산의 외할머니 댁에서 한 학기를 보냈었다. 그곳에서 갑자기 아버지 집으로 돌아가야 한다고 해서 다시 서울로 전학을 왔다. 그때 전학 온 학교가 내가 다니는 학교였다. 아버지는 바쁜 일정으로 자정에 이르러서야 귀가했고 지운은 주로 도넛으로 저녁 식사를 때웠다. 지운은 부모님이 이혼하기 전 부모님과 함께 주말마다 석촌호수에 왔었다고 말을 이었다. 나무 그늘 아래 돗자리를 깔고 오후 내내 엄마가 싼 김밥이나 포장마차에서 사온 우동을 먹거나 배드민턴을 쳤었다고. 지운의 행복했던 시절의 이야기는 현재에는 사라져 버린, 다시 가질 수 없는 시간이어서 너무나 슬프게만 들렸다. 코끝이 시큰

첫사랑이 끝났다

하게 매웠다. 지운이 결코 그런 말을 하지 않았지만 나는 비밀 일기에 지운이 머잖아 다시 전학을 가야 할지 모른다는 말을 비친 것으로 왜곡해서 적었다.

교실에서 여학생들 서너 명이 모이면 늘 지운이 누굴 좋아하는 건지 유추하며 속닥거렸다. 한번은 지운이 그린 여학생이 나라는 가설도 돌았으나 그 반의 긴 머리 여학생들이 모두 한 번씩 언급되었던 터였기에 인물화의 주인공이 나라고 단언하지 못했다. 솔직히 그림 속 여자는 나와 닮았지만 나보다 훨씬 나이 많은 여자처럼 보였다. 나는 그 여자가 나일 거라고, 지운과 나는 석촌호수에서 도넛을 나누어 먹는 사이라고 말하고 싶어 입이 근질거렸지만 꾹 참았다. 지운이 공개하지 않아서 나는 여자아이들 무리에서 지운이 나를 좋아한다고 발설할 수 없었다. 나는 지운이 먼저 그 얘기를 하기를 바랐다. 그런 일은 벌어지지 않았다. 시간이 지날수록 내 안의 달콤한 비밀은 뜨거운 기름통에 떠 있는 도넛처럼 후룩 부풀어 갔다.

초등학교 동창들이 장례식장에 도착했다. 팔 학군 중고등학교로 진학해 성적이 우수한 편이었던 친구들은 변호사, 의사, 대기업 부장, 대학교수가 되었고 마흔을 넘어서며 어느덧 사회에서 자리를 잡고 있었다. 네 명의 친구들은 아빠의 영정 사진 앞에서 일렬로 묵념을 한 후 식당으로 이동했다. 나는 그 자리로 음식들을 날랐다. 화환을 보내 주어 고맙다는 인사를 할 때까지도 구석에 홀로 앉아 있던 지운을 알아보는 친구는 없었다. 친구들이 최근 집값이 올랐다고 말하는 동안, 망설이던 나는 지운이 여기에 와 있다고 운을 뗐다. 한 명은 아예 기억조차 못 했고 기억하는 친구들은 놀라서 지운의 자리로 우르르 몰려갔다. 나는 지운이 앉아 있는 쪽으로 음식들을 옮겼다. 지운은 공연한 짓을 했다는 식으로 나를 향해 눈살을 찌푸렸다.

"너희 둘이 연락하고 지냈던 거야?"

친구들 중 한 명이 물었다. 따지는 것 같은 어조였다. 일 년에 두 번 정기적으로 열리는 동창회에서 내가 한 번도 지운을 언급한 적이 없었던 까닭이었다.

"몇 년 전 우연히 연락이 닿았어."

지운이 대답했다.

몇 해 전 지운이 나를 찾아낸 건 인스타그램에서였다. 지운과 나는 이십 대 때 지운의 아내와 싱가포르에서 함께 살았는데, 내가 그곳을 떠난 후 십 년 가까이 연락이 끊겼었다. 지운은 내 이름으로 계정을 찾아보다가 찾지 못했고,

'jaewoomom'이라고 쳐보았다가 또다시 실패했단다. 혹시
나 하는 마음에 'donut'이라고 쳐보았다가 'donut1993' 계
정을 발견했고 그 계정 프로필 사진의 옆모습이 나와 비슷
해서 쪽지를 보냈다. 나는 그 쪽지를 며칠 후 발견했다.

지운이 연락해 오기 두 달 전 나는 인스타그램 계정을
만들었다. 외국으로 이민 간 친구들이 교류를 잇는 목적으
로 인스타그램을 하라고 설득했지만 매번 생각만 하다가
말았었다. 이전에도 아이러브스쿨, 싸이월드, 카카오스토
리, 트위터, 페이스북 같은 새로운 SNS가 등장하면 계정을
만들까 말까 고민하다가 친구들 중 가장 마지막으로 만들
곤 했었다. 계정을 트고 나면 한참 유행했던 매체는 곧 새로
운 매체에 밀려 사라졌다. 무언가 제대로 해보기도 전 텅 빈
계정만 몇 개를 갖게 되자 내 삶에 유령의 집을 하나 더 추
가하는 데 흥미를 잃었다. 그러나 당시 썸을 타던 루가 자주
내 옆에서 자신의 인스타그램 계정을 확인하고, 사춘기에
접어든 아들 재우가 나와 찍은 사진 몇 장을 게시하는 걸 보
면서 마음을 고쳐먹었다. 계정을 만들긴 했으나 내 계정은
썰렁했다. 지운이 쪽지를 보냈을 때 내 계정의 사진이라곤
석촌호수에서 찍은 도넛 사진 한 장이 전부였다. 최근엔 재
우나 루와 함께 찍은 사진들도 올렸다. 그때 인스타그램을

시작하지 않았다면, donut1993 계정을 사용하지 않았다면 지운과 재회하지 못했을까. 무심코 만든 계정명이라고 생각했는데 시간이 좀 지나고 나니 지운이 언젠가는 나에게 연락해 오지 않을까 내심 기대했던 게 아닌가 싶기도 했다.

"지운아 넌 뭐 해?"

대기업 부장인 친구가 물었다.

"그냥 한량 짓 하고 있어."

지운이 단조로운 목소리로 대답했다.

"어, 이거, 혹시 요즘 잘나가는 아이돌 그룹 키우는 거 아니야?"

의사인 친구가 너스레를 떨었다.

"아니, 그냥 밥벌이만 겨우 하는 일이야."

지운의 대답을 듣고 변호사인 친구가 입가에 조소를 걸쳤다. 육 학년 때 지운이 여학생들로부터 관심과 애정을 받는 게 도무지 이해되지 않는다며 입버릇처럼 구시렁거렸던 남자애였다. 내 짝이기도 했던 오륜기가 지운을 무시하는 표정을 보자 괜스레 내 안에서 오기가 솟았다.

"지운이 화가 됐어. 프랑스에서 상도 받았어. 얼마 전 개인 전시회를 열었는데 성황리에 마쳤어."

나는 의기양양하게 말했다.

"성황리까지는 과장이고. 아주 나쁘지는 않았어."

낯빛을 붉힌 지운이 정정했다.

"전 세계가 경제위기를 겪는 이 시점에 그 비싼 작품들이 오십 퍼센트 이상 팔렸으면 성황리에 마친 거지."

나는 지운을 두둔하느라 목소리에 바투 힘을 주었다. 친구들이 지운의 그림을 보고 싶어 했다. 사진으로 찍어 둔 작품이 있느냐고 물었다. 지운은 제 휴대폰을 꺼내지 않았다. 나는 지운의 전시회에 갔다가 휴대폰 카메라로 찍은 그림들을 보여 주었다. 친구들이 내 휴대폰을 돌려 가며 보았다. 멀리서 찍은 작은 크기의 인물화가 인상적이라며 친구들이 입을 모았다.

그 인물화를 처음 본 건 지운의 전시회에서였다. 지운의 전시회 오프닝에 초대받았지만 나는 가지 않았다. 약혼자인 루가 서울에 와 있었다. 나는 루가 홍콩으로 돌아간 후에야 전시회장으로 찾아가 그림들을 관람했다. 외따로 한 벽을 다 차지한 채 조명을 받고 있는 작은 그림을 발견했는데 추상 기법이 가미된 인물화였다. 원색적이고 화려하고 도발적이었다. 입가와 머리카락에는 거무튀튀한 입자들이 붙어 있었는데 마치 벌레 무리처럼 보였다. 징그러웠다. 내 취향의 그림은 아니었다. 그 인물화를 자세히 보지 않고 먼

발치에서 지나쳤다.

　친한 친구의 전시회니 우정으로 그림을 하나 사야 할 것만 같은 부담이 느껴졌다. 크기가 큰 그림은 응당 비쌀 터였다. 전시회 큐레이터에게 다가가 소곤거리는 목소리로 가장 작은 인물화 가격을 물었다. 예상과 달리 가장 작은 그림의 가격이 가장 비쌌다. 만만한 가격의 그림을 하나 살까 고민하며 두리번거렸다. 입시생인 재우에게 들어가는 과외비가 떠올랐다. 임신과 출산으로 상당한 지출이 예상되던 시점이었다. 결국 나는 전시회에서 그림을 한 점도 사지 않았다.

　자정에 이르러 친구들이 돌아가고 지운은 장례식장에 남았다. 그만 가보라고 했지만 지운은 모든 조문객이 떠날 때까지 식당에 앉아 있다가 마지막으로 재우와 함께 장례식장을 떠났다. 지운은 가는 길에 재우를 집 앞에 내려 주겠다고 했다. 지운은 이후로도 매일 찾아왔고 사흘째 화장터와 봉안당도 동행했다. 이동하는 버스 안에서 재우가 내 옆에 앉고 지운은 그 옆자리에 혼자 앉았다. 봉안당으로 향하는 비포장도로에 버스가 덜컹거리기도 했고 청소년 남자아이 특유의 체취까지 끼쳐 와 잠잠했던 입덧이 와락 올라왔다. 재우에게 따로 앉자고 했다. 재우는 옆자리에 앉은 지운의 옆으로 자리를 옮겼다. 잠시 후 두 남자는 휴대폰으로 무언가를 보고 있었다.

그해 교실 안에서 지운과 나는 아주 가깝다고도 멀다고도 할 수 없는 애매한 사이였다. 방과 후 석촌호수에서 도넛을 먹는 건 어쨌든 비밀이었다. 누가 먼저 비밀로 하자고 한 것도 아닌데 분위기가 그리 흘러갔다. 나는 항상 공개 연애를 했으니 아마도 지운의 개인적인 성향 때문일 터였다. 내 안의 달콤한 비밀이 뜨겁게 부풀어 오를 때마다 나는 자문했다. 혹시 이 애가 나의 첫사랑이 아닐까?

겨울방학이 다가왔다. 아이들은 각자 배정받게 될 중학교에 대해서 떠들고 있었다. 담임선생님이 교실에 들어와서 작대기로 교탁 머리를 치며 이목을 집중시키며 연이어 지운을 호명했다. 지운이 자리에서 일어섰다. 담임선생님은 겨울방학이 지나면 더 이상 지운을 볼 수 없을 거라고 말했다. 얼마 남지 않은 시간 동안 지운과 좋은 추억을 쌓길 바란다고 덧붙였다. 이 소식을 듣고 반 아이들이 제법 놀랐는데 가장 큰 충격을 받은 건 당사자인 지운이었다.

종일 수업이 눈에 들어오지 않았다. 지운의 뒤통수를 보고 있노라니 목울대가 울컥울컥해졌다. 수업 시간이 더

디게 흘러갔다. 쉬는 시간까지 참지 못하고 점심시간에 운동장 스탠드에서 만나자고 적었다. 지운에게 그 쪽지를 보냈다. 지운은 쪽지를 건네받았지만 열어 보지도 않고 책상 서랍 속에 넣었다. 점심시간이 다가올 때까지 지운은 그 쪽지를 아예 꺼내 보지 않았다. 나는 겨울바람이 사납게 불어오는 스탠드에 앉아서 지운을 기다렸다. 벙어리장갑 속의 손이 시렸다. 지운은 나오지 않았다. 나는 오 교시가 시작되기 직전 지운의 자리로 걸어갔다. 지운은 책상 위에 팔을 괴고 엎어져 있었다. 나는 지운아, 하고 세 번 불렀다. 엎드린 등을 언 손가락으로 조심스럽게 쳤지만 지운은 고개조차 들지 않았다. 반 친구들이 무슨 일인가 싶어서 호기심 어린 눈으로 나와 지운을 쳐다보았다. 육 교시에는 다시 한번 쪽지를 보냈다. 지운은 이번에도 그 쪽지를 열어 보지 않았다. 아까처럼 서랍 속으로 무성의하게 밀어 넣었다. 나는 정문 근처에서 기다리고 있다가 운동장을 가로지르는 지운과 마주쳤다. 지운은 평소와 달리 알은체하지 않고 나를 지나갔다.

매일 도넛 가게 앞으로 가보았다. 석촌호수의 벤치 인근도 서성였다. 어디에도 지운은 보이지 않았다. 겨울방학식 날이었다. 지운이 교실 안으로 들어서자 반 아이들이 숙

첫사랑이 끝났다

덕거리며 지운을 멀리했다. 이렇게 떠나 버리는 게 고소하 단 표정이었다. 그즈음, 아파트 분양 사기로 온 동네가 떠들 썩했는데 같은 반에 피해자 가족들이 몇몇 있었고 내 가족 도 피해자들 중 하나였다. 아파트 분양 사기 주범은 지운의 아버지였다.

이렇게 말 한마디 못 하고 헤어지는 것일까. 이 교시가 끝난 쉬는 시간이었다. 교실 문을 거칠게 열어젖히고 들어 온 지운의 얼굴에는 생채기가 나 있었고 몹시 화가 난 표정 이었다. 손에는 망원경처럼 동그랗게 만 두꺼운 종이가 쥐 여 있었다. 두꺼운 종이 안에는 얇은 스케치북 종이가 포개 져 있었다. 지운이 내 자리 쪽으로 걸어왔다. 나는 자리에서 일어섰다. 지운이 돌돌 만 두꺼운 종이를 불시에 내 얼굴로 집어 던졌다. 동그란 모서리가 정확히 내 눈두덩을 맞혔다. 나는 두 손으로 눈을 감쌌다. 실수가 아니었다. 고의적으로 던진 게 분명했다. 지운은 곧바로 내 책상을 뒤엎었다. 빨간 셀로판지로 포장해서 서랍 속에 넣어 둔, 지운에게 주려고 했던 선물 상자가 툭 떨어졌다. 이별 선물이었고 물감 세트 였다. 도대체 무슨 일이 벌어진 건지 납득할 수 없었다. 일 부 친구들이 지운을 붙잡아 말렸다. 몇몇 다른 친구들은 내 책상을 일으켜 주었다. 반 친구들 앞에서 대대적인 모욕을 당한 나는 그대로 책상에 엎드려서 울었다.

아빠의 아파트를 정리했다. 쓰레기종량제봉투와 빈 박스들을 펼쳐 두었다. 아빠가 입었던 옷들과 속옷가지는 재활용 수거함에 넣으려고 분류했다. 햇반이나 라면 같은 가공식품들은 빈 박스에 넣었다. 벽에 걸려 있거나 선반에 놓인 액자 사진들도 펼쳐 두었다. 어떤 사진들은 우리 집에 있는 것과 동일해서 쓰레기봉투에 넣었고 내가 가지고 있지 않은 액자 사진은 빈 박스에 넣었다. 아빠와 나와 루와 재우가 청계산 정상에서 찍은 사진을 집어 들었다. 쓰레기봉투에 넣어야 할지, 빈 박스에 넣어야 할지 망설이는데 루에게서 전화가 걸려 왔다.

　루는 내 건강상태가 괜찮은지 묻고는 장례식장에 참석하지 못해서 진심으로 미안하다고 사과했다. 나는 괜찮다고 응대하며 소파에 기대어 앉았다. 가부좌를 튼 다리 위에 쿠션을 올리고 그 위에 노트북을 올렸다. 인스타그램에 로그인했다. 재우 계정의 최근 게시물은 외할아버지의 영정 사진이었다. 그 뒷장에 재우와 아빠가 함께 찍은 사진들이 이어졌다. 해운대 호텔의 야외 수영장에서 찍은 사진에서 멈추었다. 트렁크 수영복을 입은 아빠가 재우를 어깨에 걸

친 사진이었다. 그날의 우스꽝스러웠던 아빠와 재우의 수영 시합이 떠올랐다.

　루는 이탈리아에 사는 제 가족들의 근황을 전했다. 나는 루의 목소리를 들으며 무심히 인스타그램을 내려다보았다. 지운과 재우는 그 공간에서 친구가 된 모양이었다. 재우는 회화 분야에 문외한이고 지운은 게임 프로그래밍이나 게임음악에 무관심했지만 두 사람은 간혹 상대의 성과물에 '좋아요'를 눌러 주는 사이였다. 나는 지운이 올린 사진을 보았다. 몇 주 전 올린 것이었는데 이제야 확인한 것이었다. 제목은 '황소'였다.

　나는 지운에게 황소 이야기를 자주 해줬었다. 그 이야기를 듣는 지운의 눈빛이 밝아지는 걸 보면 내 가슴이 환희와 전율로 뒤흔들렸다. 하루는 내게 아무 관심도 표현하지 않는 지운이 답답했고 둘 사이의 정적이 낯설기도 해서 무슨 말이라도 나누고 싶었다. 나는 지운의 관심을 끌어내고자 또다시 황소 이야기를 꺼냈다. 지운은 이야기를 듣다가 의자에 걸쳐 둔 책가방 쪽으로 몸을 돌려서 일회용 코닥 사진기를 꺼냈다. 찰칵. 빛이 바랜 그 필름 사진을 휴대폰 카메라로 재촬영한 것이었다. 그 아래로 재우가 엄지를 치켜세운 마크와 함께 질문을 달았다. '이 여학생 누구예요?'

'이렇게 예쁜 여학생이 누구겠니?' 삭제. '네 엄마다.' 삭제. 재우를 놀려 주려고 타이핑하고 지우길 반복하며 얄궂은 미소를 지었다. 휴대폰 너머에서 루가 내게 물었다.

"지현, 날 사랑해?"

나는 입술을 다물고 속으로 숨을 골랐다. 장례식장에서 비롯된 육체적 피로로부터 회복되지 않아서일까. 그 짧은 단어가 입 밖으로 나오지 않았다. 루는 매일 밤 사랑한다고 말해 왔지만 내게 자기를 사랑하는지 확인하는 타입은 아니었다. 무엇이 루의 마음을 어지럽혔던 것일까.

"하, 지금 상황과 어울리지 않는 말이 나왔어. 지현, 그냥 무시해."

루는 방금 전 질문을 후회하듯 말했다. 이탈리아 집에서 청혼했던 날 루는 자기를 좋아하느냐고 물었었다. 러브가 아닌 라이크였다. 나는 이만큼 누군가를 좋아해 본 기억이 없다고 대답했었다. 관성이었다. 헤어지고 몇 달이 지나면 과거에 내가 왜 그런 남자들을 만났던 것일까 하는 후회만 남았으니 루에게 한 말도 아무튼 거짓은 아니었다. 나는 루를 좋아했다. 장거리 국제 연애를 감수하는 나를 지켜보며 동료들조차 여러 번 인정해 주었다. 언젠가 지운은 장거리 연애여서 오래갈 수 있는 거라며 나를 놀리기도 했었지

첫사랑이 끝났다

만 루는 '마의 일 년'을 깬 남자였다. 누군가와 사귀면 일 년을 넘기지 못하는 내겐 루와 일 년 이상 교제했다는 사실만으로도 이 관계를 지속하고픈 의미와 동력이 되었다. 루와의 재혼을 결심했을 때 나는 이 점을 몇 번이나 되뇌었다. 루는 나의 약혼자다. 더 미루지 말고 루가 원하는 말을 해주어어야 한다는 압박감이 밀려왔다. 지금 당장은 루를 사랑한다고 말할 수 있겠지만 예전에 그랬듯 이 감정이 사라지고 나면……. 나는 며칠 잠을 자지 못했으니 잠시 눈을 붙이고 싶다고 둘러댔다. 일어나서 다시 통화하자고 했다. 루는 알았다고 말하고 전화를 끊었다. 집으로 돌아가는 길에 루의 질문이 머릿속을 맴돌았다. 과연 루를 사랑하는 걸까,라는 출발점에 선 질문은, 루는 이 질문을 왜 이제야 던진 것일까,라는 엉뚱한 원망으로 옮겨 갔다. 몇 달 전이었다면 바로 대답해 줄 수 있었을 텐데. 그때 지운이 보낸 문자메시지가 도착했다. 봉골레 파스타 요리를 해서 여자 친구 세라와 먹으려고 하는데 아직 식사 전이면 건너와서 함께 먹자고 했다. 지운의 집은 우리 집에서 도보로 십 분 거리였다. 지운과 시간을 보내고 나면 오래전 먹은 도넛의 단맛이 혀끝에서 살아나는 듯했다. 나는 심란하고 울적한 기분에서 달아나고 싶을 때마다 그래 왔듯 지운을 찾아갔다.

사 인용 식탁 가운데 향초가 놓여 있었고 세 사람 분의 세팅이 되어 있었다. 지운은 헝겊 장갑을 끼고 오븐에서 구운 야채를 꺼내는 중이었다. 세라는 봉골레 파스타와 부라타 치즈를 그릇에 덜었다. 지운이 장갑을 벗고 프랑스산 카통 빈티지 백포도주를 들고 나왔다.

"네가 가장 좋아하는 와인."

지운이 나를 향해 와인병을 흔들며 윙크했다. 세라는 녹색 와인병을 쳐다보고는 적포도주를 마시자고 했지만, 지운은 해산물과 적포도주가 어울리지 않는다며 백포도주를 고집했다.

"어차피 난 마시지도 못하잖아. 그냥 레드와인으로 해."

나는 지운에게 말했다.

"한 잔은 괜찮을 거야. 프랑스 임산부들이 와인 한두 잔 정도 마시는 걸 봤었어."

"나는 노산이야."

"상당수 프랑스 임산부들도 노산이야."

"한 잔은 괜찮을까?"

나는 지운이 따라 준 백포도주를 한 모금 마셨다. 간만의 술맛이었다. 나긋한 향을 음미하며 연달아 한 모금 더 마

　　　　　　　　　　　　　　첫사랑이 끝났다

셨다. 세라는 자긴 백포도주 취향이 아니라며 주방으로 들어가 기어이 적포도주 병을 들고 나왔다.

"루에게 사랑한다고 말해 줘야 하는데 잘됐다. 술기운 빌려서 오늘 밤 해줘야지."

나는 혼잣말을 중얼거리며 잔을 돌렸다. 지운이 픽 실소했다. 세라는 그런 태도를 이해하지 못하겠다는 듯 경직된 표정으로 지운을 빤히 쳐다보았다.

"그 말을 하기 위해 취기까지 빌려야 해?"

지운이 다소 까칠한 어감으로 내게 물었다.

"넌 그 말이 술술 나오디?"

나는 잔을 내려놓으며 지운에게 되물었다. 다른 사람이 그 말을 했다면 이해할 수 있었다. 하지만 이쪽으로 인색한 것이라면 나보다 더하면 더했지 덜하지 않은 지운이 아닌가.

"뭐 그런 감정이 느껴지면."

지운이 심상하게 대꾸했다.

"그런데 왜 나한테는 아직 그 말을 하지 않는 건데?"

세라가 날 선 음성으로 물었다. 세라의 돌발 질문에 지운은 적잖이 당황한 기색이었고 대답하지 않은 채 백포도주를 들이켰다. 세라는 와인 잔을 꼿꼿하게 들고서 꽉 닫힌

모시조개처럼 입술을 다문 채 지운을 쳐다보았다. 세라는 원하는 답변을 얻지 못할 거라는 걸 깨닫고 의자에서 일어섰다. 와인 잔을 내려 두고 기분 나쁜 표정으로 복도 쪽으로 걸어갔다. 지운은 "잠깐만" 하고 양해를 구한 뒤 세라에게로 걸어갔다. 나는 두 사람의 저녁 식사에 낀 것을 못내 후회했다.

욕실 앞 복도에서 지운과 옥신각신하던 세라가 거실로 돌아왔다. 소파에 둔 핸드백을 들고 쌩하니 집을 나갔다. 지운은 현관 앞까지 걸어갔다가 쾅 소리를 내며 닫힌 문 앞에서 어깨를 으쓱해 보였다.

"왜 항상 내 연애가 수난기를 맞는지 알겠지?"

지운은 별일 아니라는 듯 가벼운 목소리로 말했다. 한두 번이 아니었다. 예전에 이런 광경을 목격하면 오지랖을 부리며 걱정부터 했었다. 화해하라고 지운을 설득하기도 했다. 무심한 지운의 말과 행동에 섭섭했을 여자 친구의 입장에 서서 화해의 단서들을 나열해 주기도 했다. 지운과 가장 친한 친구인 내게 지운의 여자 친구들이 연락해 와 하소연을 토로하면 들어 주기도 했다. 그중 내 마음에도 들었던 여자 친구에겐 술까지 사주었는데 얼마 전부터는 그만두었다. 이런 상황에 처하면 어차피 지운은 이전으로 돌아가지 않았다. 방금 전 목격한 장면은 또 한 번 일어난 지운의 짧은 연애의 마지막 장일 터였다.

"그 말 한 번 해주기가 뭐 어렵다고 일을 이렇게 키우니. 너도 참."

나는 투덜거렸다. 지운과 세라가 헤어진 것에 대한 안타까움보다는 간만에 술을 곁들인 근사한 저녁 식사를 망친 것에 대한 푸념이었다.

"그런 너는 왜 약혼까지 해놓고도 그 말을 못 하는 건데."

지운이 일침을 가했다. 참았던 웃음이 새어나왔다. 헤어진 연인 사이에서 임신한 사실을 알게 되고, 내 배 속에서 쌍둥이 중 하나의 심장이 멈추고, 연이어 시한부를 선고받은 아빠의 병간호를 하고, 장례식을 치르는 지난 몇 달 동안 한 번도 웃지 못했다는 사실을 새삼스럽게 깨달았다. 밀린 숙제를 몰아쳐서 하듯 나는 크게 웃었다. 잔을 다 비우고 화장실에 가기 위해 복도 쪽으로 걸어갔다. 욕실 건너편 안방 문이 열려 있었다. 침대 맞은편에 걸린 인물화를 보았다. '저게 결국 안 팔렸나 보네. 하긴 코딱지만 한 게 너무 비쌌어.' 지금 내가 서 있는 자리는 아까 지운과 지운의 여자 친구가 다투던 자리였다.

"이토록 고달픈 걸 왜 다들 못 해서 안달일까."

나는 식탁으로 돌아오는 길에 기지개를 켜며 중얼거렸다.

"왜? 결국 이렇게 헤어지기 때문에?"

"가장 슬프고 아플 때가 이별하는 순간일 거라고 생각해? 나란했던 사랑 중 하나의 심장이 죽어 가. 여전히 살아 있는 쪽은 그 싸늘한 죽음을 곁에 두고도 무럭무럭 자라나. 이미 죽어 버린 사랑이 유착될 수 있는 위험을 감수하고도. 끈적거리는 어둠 속에서. 죽음과 생명이 공존해야만 하는 그 시간. 넌, 그게 슬프지 않아?"

"그런데도 넌 사랑을 해왔고, 하고 있고, 앞으로도 계속 할 거잖아."

"응. 그것 말고 우리가 우리 자신을 위해 할 수 있는 더 멋진 게 있어?"

지운은 반응하지 않고 나의 빈 잔에 포도주를 따라 주었다.

"왜 한 번도 내게 묻지 않았어? 그날 너한테 두꺼운 종이를 던진 이유를."

지운이 돌연 화제를 바꾸어 물었다. 지운이 전학 간 후 수해 동안 연락이 두절되었다가 이십 대 초 줄리아나 나이트클럽에서 우연히 재회했을 때, 나는 지운에게 묻고 싶었

첫사랑이 끝났다

었다. 그 사건은 내 인생의 미스터리였으니까. 다만 오랜만에 만난 옛 친구에게 과거의 불미스러운 일을 다시 끄집어내어 따질 필요는 없다고 생각했었다.

육 학년 때 지운이 제 부모의 이혼 사실을 말해 준 건 나뿐이었다. 최근엔 이혼이 흔한 일이 되었고 지운과 나도 이혼 경력이 있지만 그 시절엔 이혼하는 부부가 드물었다. 아빠와 엄마도 자주 부부 싸움을 했고, 엄마가 돌아가시기 전까지 별거 생활도 몇 년 했지만 끝내 이혼하지는 않았다. 동네 친구네 집에 놀러 갔다가 얼굴 여기저기가 멍투성이인 친구의 어머니를 일별했는데 그 집도 이혼하지 않고 아직까지 살고 있다. 호숫가 벤치에 앉아서 제 부모님이 이혼했다는 사실을 전하던 지운의 얼굴에 슬픔이 아닌 수치심이 어린 게 이상하지 않던 시절이었다. 지운이 그 비밀을 나에게만 얘기했을 거란 확신이 들었다. 누구에게도 말하지 않았다. 그런데 지운이 전학 갈 무렵 반 아이들이 지운의 아버지가 아파트 분양 사기의 주범이었다는 빌미를 잡아서 허구한 날 지운을 괴롭혔었다. 남자아이들 몇몇은 쓰레기장으로 지운을 끌고 가서 피투성이가 되도록 때리기까지 했다. 나는 지운을 욕하고 소외시키는 친구들을 이해할 수 없었다. 지운의 잘못이 아니지 않은가. 지운이 그들에게 어떤 식으로든 이해받길 바랐다. 지운의 처지를 말하면 친구들이 그런 지운에게 연민을 갖고 대할 거라고 착각했던 것이다.

"그때 너희 부모님 이혼 사실을 말한 거, 미안해."

나는 지운에게 사과했다.

"다 지난 일. 그리고 뭐, 넌 날 보호해 주고 싶었던 거잖아."

처음에 지운은 나를 원망했다고 했다. 지운을 공격하던 아이들이 지운의 부모의 이혼 사실을 거들먹거리며 더한 모욕과 멸시를 주는 동안 나에 대한 미움이 커졌단다. 시간이 지나고 내가 그 말을 해야 했던 이유를 어느 정도 납득할 수 있는 나이에 이르러선 이미 늦었다. 다른 지역에 살았던 지운과 나는 서로의 연락처를 몰랐다.

"그때 얘기가 나와서 말인데, 네 첫사랑은 누구였어?"

이 질문을 던진 지운의 눈동자가 문득 밝아졌다. 나는 고개를 갸웃거리며 와인 잔을 마저 비웠다. 식탁에서 일어난 지운이 바닥에 깐 밀크커피색 카펫 위에 대자로 누워서 제 옆자리를 손가락으로 툭툭 쳤다. 나는 지운의 옆으로 누웠다. 천장을 보던 지운이 먼저 말문을 열었다. "너의 첫사랑은 말이야……." "잠자리 잡기 선수?" "아니." "밀고자 반장?" "아니." "너무나 진지한 회장님?" "아니." "나듯

셈 왕?" "아니." "리틀 비틀스?" "아니." "또 누가 있었더라.
아, 삼짐슛과는 좀 찐했다. 손까지 잡고 스케이트를 탔으니
까." "미안하지만, 아니야." 그다음 차례는 '신비로운 전학
생'이었다. 지금 내 옆에 누워 있는 지운. 그 별명이 입 밖으
로 선뜻 나오지 않았다. 기억을 헤아리는 척 눈알을 굴렸다.
뜸을 들이던 지운이 확신에 찬 어조로 말했다. "재우." 나는
그 대답을 듣고 또다시 큰 소리로 깔깔깔 웃었다. 스피커에
서 레이첼 야마가타의 「Be be your love」가 흘러나왔다.

"싱가포르에 가봐야 해. 제시카가 며칠 전 떠났대."

지운의 목소리가 잠겨들었다. 제시카는 싱가포르에서
연수와 동거하던 연인이었다. 연수는 병세가 악화되고 있
었다. 예정대로라면 지운은 지난달 싱가포르에 가기로 했
었다. 나는 이 시간을 혼자 견딜 자신이 없다며 지운에게 조
금만 더 서울에 있어 달라고 부탁했었다.

쏟아지는 부연 햇빛에 눈을 떴다. 탁상시계를 보니 정
오에 가까워지고 있었다. 카펫 위에 베개는 하나뿐이었다.
지운은 잠이 덜 깬 몰골로 셔츠 속 배를 긁적이며 안방에서
걸어 나왔다. 오랜만에 와인을 마셔서일까. 새벽 내내 감성
적인 레이첼 야마가타의 노래를 들어서일까. 오랜만에 실
컷 웃어서일까. 간만에 푹 잤고 몸이 개운했다. 나는 카펫

위에서 이불을 끌어안고 좀 더 뭉그적거렸다. 이제 막 안방에서 나와 주방으로 들어간 지운이 드립커피를 내리는 모습이 보였다. 코끝으로 스며드는 커피 향기가 은은했다. 지운이 내 옆으로 커피 머그잔을 내려 두었다. 나는 몸을 일으켜 앉았다. 두 손으로 잔을 그러쥐고 커피를 홀짝이다가 지난 두 달간 고민해 오던 것을 말했다. 지운은 후회하지 않겠느냐, 정말 그렇게 할 생각이냐 같은 부산스러운 질문을 해오지 않았다. 다소 놀란 듯 선 채로 내 눈을 보다가 내 옆으로 앉았다.

루에게 전화를 걸었다. 그 말을 하려던 찰나 재우가 자기 방에서 나왔다. 나는 재우를 피해 휴대폰을 귀에 대고 안방으로 들어갔다. 침대 가장자리에 걸터앉아 말하려는데 재우가 불쑥 방문을 열었다.

"엄마, 내 무선 이어폰 못 봤어?"

"못 봤는데."

재우는 주변을 살피며 방문을 닫고 나갔다. 휴대폰 건너에서 루의 웃음소리가 들려왔다.

"재우가 또 이어폰 잃어버린 거야?"

루가 웃음기 어린 목소리로 물었다. 지금까지 루는 재

우에게 무선 이어폰을 세 번 사주었다. 잠시 후 도로 방으로 들어온 재우가 내 옆에 앉았다. 나는 입 안에 고인 침을 삼키고 초조하게 재우를 흘긋거렸다. 재우는 하던 얘기를 계속 하라는 듯 복화술로 '고 헤드'라고 말했다. 나는 가느다란 숨을 내뱉으며 손가락질로 방을 나가 달라고 부탁했다. 재우는 나가지 않고 버텼다. 나는 휴대폰 마이크를 손으로 막았다.

"지금 루와 통화 중이야."

"그래서?"

"중요한 얘기를 해야 하거든."

"해."

생각해 보니 재우가 있든 말든 루와 할 얘기는 다 해왔다. 한 번도 일부러 재우를 피해서 통화를 시도하지 않았었다. 재우는 예민한 편도 아니고 내 연애에 관해선 든든한 조력자였다. 숨길 게 없었다. 그건 재우도 마찬가지였다. 좋아하는 여학생이 생기면 시시콜콜 내게 말해 주었다. 그렇게 재우와 나는 단둘만이 존재하는 삶에 익숙해지지 못하고 습관처럼 우리가 좋아하는 누군가를 우리의 삶에 끌어들이곤 했다.

"무슨 얘기를 해야 하는데?"

재우가 능청스럽게 물었다.

"루가 사랑하냐고 물었거든."

"뭐야. 난 또 대단한 비밀이라도 되는 줄 알았네."

재우가 손바닥으로 내 아랫배를 어루만졌다. 재우는 다른 아이들처럼 사춘기를 호되게 보내지 않았다. 예전에 비해 말수가 줄고 방 안에서 보내는 시간이 늘어나고 이따금 제 엄마의 모순된 행동을 비판했으나 그뿐이었다. 그 또한 비교적 짧게 지나갔고 최근엔 나를 여동생처럼 대했다. 잔소리를 늘어놓기도 했다. 개미가 끓으니 과자를 먹고 빈 봉지는 쓰레기통에 바로 넣으라거나, 오랫동안 유지했던 쇼트커트보다 긴 머리가 더 어울린다거나, 외출할 땐 밝은 색의 옷을 입으라는 식이었다. 재우가 내 옆으로 가까이 다가왔다. 휴대폰 건너편에서 루가 아직 휴대폰을 들고 있냐고, 끊긴 거냐고 재차 물어 왔다. 재우가 일어서더니 이번엔 장난기 어린 표정으로 입 모양을 과장해서 어, 서, 말, 해, 사, 랑, 해,라고 묶음으로 말했다. 그리고 등 뒤에 숨기고 있던 것을 내 허벅지 위에 가만히 올려 두었다. 갓난아기의 보행 신발 두 켤레였다.

누군가와 시작되면 첫사랑을 할 때처럼 나는 설렜다. 열렬

했던 사랑이 결국 시간을 이기지 못하고 싸늘하게 식어 버릴 거라는 이치를 알게 된 나이에 이르러서도 변화는 없었다. 쌍둥이를 임신한 사실을 알았을 때도 그랬다. 이미 헤어진 남자와의 임신이었고, 노산이니 걱정할 게 이만저만이 아니었는데 나는 수선스럽게 설렜다.

병원 예약 시간은 오전 열 시였다. 지운이 차를 몰고 집 앞에 도착했다고 문자를 주었다. 날이 쌀쌀해져서 스웨터 위에 감청색 캐시미어 니트를 두르고 나갔다. 보조석 문을 열고 앉았다. 뒷자리에 여행용 캐리어가 놓여 있었다. 나는 지운에게 오늘 싱가포르로 가는 거냐고 물으려다가 말았다. 지운이 그렇다고 대답하면 또다시 붙잡을 것 같았고, 이번엔 정말로 지운이 연수를 보러 가야 한다고 생각해서였다.

병원에 도착하자 지운은 간호사로부터 종이 한 장을 받았다. 이미 내게서 설명을 전해 들은 지운은 낙태 수술 동의서에 적힌 문항들을 읽어 보지 않았다. 태아의 부친 서명란에 제 이름을 적고 주민등록번호를 기입했다. 주민등록증을 동부하여 동의서에 적힌 이름과 동명인인지 확인 절차를 밟았다. 낙태 수술을 하기 위해선 태아의 부친 동의가 필요했다. 생물학적 부친인 루는 당장 한국으로 올 수 없었다. 죽은 태아가 자궁 내에서 유착될 가능성을 무시할 수 없었다. 시기가 지나면 수술조차 불가능했다. 지운의 집에서 자고 일어난 날 나는 루 대신 동의서에 서명을 해달라고 지운에게 부탁했었다.

차례가 다가왔다. 간호사의 안내를 받고 수술실로 들어갔다. 침대 위에 누웠다. 마취제가 팔마디의 동맥을 타고 흘렀다. 지난 몇 달간 수시로 꺼내 보았던 초음파 이미지가 차가운 공기 속에서 잔상처럼 떠돌았다. 처음엔 동일한 크기의 나란한 두 개의 점으로, 시간이 흐를수록 크기가 확연하게 달라지면서 작은 점과 큰 덩어리의 존재로, 이제 곧 이 세상에서 지워질 생명과 죽음이 공존했던 그 희미한 어둠 속의 아득한 시간들이 지나갔다.

나는 회복실에서 눈을 떴다. 뿌연 형체가 아른거렸고 나는 그게 지운일 거라고 짐작했다. 차츰 정신이 맑아져서 방 안을 돌아보았다. 지운은 없었다. 나 혼자였다. 아까 눈 앞에 어른거렸던 것은 지운이 아니라 지운의 전시회에 걸려 있었고 지운의 안방에도 걸려 있던 인물화였다.

십 대 소녀를 보고 그렸을 테지만 그림 속 여자는 사십 대 언저리 여자의 얼굴이었다. 그림 속 머리카락과 입가에 들러붙은 벌레 무리 같은 입자들을 응시했다. 그림 속 나는 황소 이야기를 조잘거리고 있었다. 이야기에 집중한 나머지 지운이 책가방에서 코닥 사진기를 꺼낸 줄도 몰랐다. 순연한 바람결에 내 긴 머리카락이 흩날렸다. 황소를 잊었다고, 나의 소중한 벗이었던 황소를 잡아먹은 아빠와는 결국 화해하지 못했다고, 이 세상에서 가장 사랑했던 아빠와 다시 예전으로 돌아갈 수 없을 거라고 말하는 열세 살 소녀는 이를 보이며 환히 웃고 있었다. 그런데도 그림 속 눈동자가 유독 슬퍼 보이는 건 윤광 효과 기법 때문이었다.

도넛을 사서 호숫가 벤치에 앉으면 나는 설탕 범벅 도넛을 먹으며 황소 이야기를 했더랬다. 내 이야기를 듣고 있던 지운이, 초록색 물감이 점점이 묻은 손가락으로 내 입가의 설탕 가루를 털어 주었다. 그림 속 도색한 설탕 입자들은 짙은 청록색 물감을 입혀 설탕처럼 보이지 않았던 것이다.

황소 이야기를 하는 동안엔 어떤 존재를 끝까지 사랑했던 기억이 오롯이 되살아났고, 그 기억은 내 안의 변덕으로 자꾸만 남자 친구를 바꾸었던 나 자신을 좀 더 나은 인격체로 느끼게 해주었고, 흐릿한 희망은 그런 날이 또 올 거라는 믿음으로 향하게 했고, 이내 내 마음은 평온해지곤 했다.

나는 병원을 나가서 택시를 잡아탔다. 택시는 인천공항으로 향하는 올림픽대로를 달렸다. 그림을 안고 있었다. 눈가에서 뜨겁게 솟아오른 것이 부디 눈물이 아니길 바랐다.

줄리아나

지현은 줄리아나에 가고 싶다고 말했다.

지현이 전화를 걸어 왔을 때 나는 전 부인 연수와 화상통화
중이었다. 처음엔 화상통화를 마치고 지현에게 전화를 걸
려고 했는데 지현의 번호로 연속해서 세 번 전화가 걸려 왔
다. 전화든 문자든 한 번 이상 하지 않는 지현이었기에 나는
연수에게 양해를 구하고 전화를 받았다. 지현은 강남경찰
서에서 전화를 받고 곧장 내게 전화를 걸었다고 했다. 휴대
폰 너머에서 지현이 떨리는 목소리로 자기 아들일 리 없다
고 거듭 주장했다.

　　말 사이사이를 끊고 간헐적으로 지현의 거친 호흡이
튀어나왔다. 재우가 누군가를 폭행하고 도주했다가 경찰에

게 붙잡혔다는 것이다. 뭔가 오해가 있었을 거라며 나는 지현을 안심시켰다. 재우는 지현이 자신을 닮지 않아 성정이 과하게 온순하다고 걸핏하면 불만을 토로하던 아들인 데다, 학교에서는 상위권 성적을 받는 모범생이 아닌가. 그런 성실한 모범생이 폭행범일 리는 없지 않은가. 차를 몰고 아파트 앞에 도착할 때까지도 지현의 전화를 끊지 않았다.

지현과 나는 강남경찰서로 들어갔다. 재우는 유치장 안에 웅크리고 앉아 있었다. 지현은 그곳으로 선뜻 다가가지 못했다. 지나가는 형사에게 재우의 보호자라고 말하고 담당 형사를 찾아서 책상 앞에 앉았다. 그때까지도 지현은 재우가 그랬을 리 없다고 확신하며 당당하게 행동했다. 똑바른 어조로 피해자라고 말도 안 되는 주장을 하는 자가 어디 있느냐고 물었다. 스웨터 위로 검정색 목도리를 조여 매고 있던 스포츠머리의 담당 형사는 적잖이 난감한 표정이었다.

지현이 사건에 대해 설명을 듣는 동안 나는 유치장 앞으로 걸어갔다.

"재우야, 너무 걱정하지 마."

나는 애써 차분하게 말했다. 무릎 위로 푹 수그린 재우가 고개를 아주 조금 들어 올리고 내 쪽으로 눈을 흘겼다.

구타당한 피해자는 강남병원 응급실로 이송되었다. 재우는 폭행 사건의 가해자였다. 사건 현장 도로에 있는 폐쇄 회로 카메라에 찍혔고 본인도 인정했다. 믿기지 않았지만 모두 사실이었다.

담당 형사와 마주 앉아 있던 지현은 꺼지는 한숨을 내쉬고 자리에서 일어섰다. 차마 재우를 보지 못하겠는지 유치장 반대 방향으로 고개를 휙 틀었다. 나는 화장실에 다녀오고 싶었지만 그럴 수 없었다. 당장이라도 지현이 주저앉아 울 것 같았다. 지현이 경찰서 밖으로 잠시 사라졌다가 파란 상자 표면이 비치는 봉지를 양 손에 쥐고 들어왔다. 머리통을 조아리며 박카스를 돌리는 지현의 모습이 삼류 영화의 한 장면 같다고 뇌까리는데 지현이 휴대폰으로 배달 앱을 켰다. 재우에게 사식을 넣어 주려고 음식 목록을 살피다가 마땅한 게 없는지 입술을 씹었다. "이런 걸 먹을 자격도 없는 놈이야." 지현이 불쑥 화난 목소리로 이 말을 내뱉고 설렁탕 뚝배기 이미지가 뜬 배달 앱을 꺼버렸다. 씩씩거리며 경찰서를 나갔다. 나는 유치장 앞으로 도로 달려갔다. 재우에게 곧 돌아오겠다고 말하는데 재우가 아까보다 더 싸늘한 표정으로 입을 열었다.

"아저씨 때문이었던 거죠?"

줄리아나

바깥으로 나가자 지현은 강남경찰서 현관 계단에 앉아 있었다. 조명 꺼진 빈 무대를 보듯 텅 빈 눈으로 주차장을 바라보며 담배를 피웠다. 밤하늘에서 눈송이가 점점이 떨어졌다. 당장이라도 울 기세였는데 예상치 못한 홀연한 목소리로 지현이 중얼거렸다. 그 순간 나는 장소를 바로 알아듣지 못한 건지, 알아들었지만 그곳이 당연히 아니라고 확신해서였는지, 지현에게 되묻지 않을 수 없었다.

"어디라고?"

그곳은 줄리아나였다.

1990년대 후반 강남에는 줄리아나라는 나이트클럽이 있었다. 영동대교 남단 엘루이호텔 지하였다. 주말 저녁이면 값비싼 외제 차들과 스타크래프트 밴들이 입구 앞으로 행렬했다. 유명 연예인, 운동선수, 정재계 인사 들이 그곳으로 모여들었다. 약속이라도 한 듯 여자들은 굽 낮은 페라가모 구두에 에트로 스카프를 길게 내려트리고 귀 옆으로 크리스털이 박힌 큼직한 헤어핀을 꽂았다. 남자들 중 멋 좀 부린다 싶은 쪽은 실크 셔츠에 사자 문양 버클이 달린 벨트를 찼고, 상대적으로 점잖은 쪽은 앞 단추 두 개를 푼 셔츠에 정장 바지를 입고 등장했다. 나는 그곳의 보조 웨이터였다.

줄리아나는 예약제였지만 예약제란 말이 무색했다. 금요일과 토요일은 특히 그랬다. 예약한 단체 중 제비뽑기나 사다리타기에서 진 한 명이 늦은 오후부터 자리를 잡고 앉아 짜장면을 시켜 먹으며 자리를 맡아 두는 광경을 보는 건 예사였다. 이조차 불가능한 경우엔 담당 웨이터 계좌에 입금하고 자리를 맡아 줄 인력을 고용하기도 했었다. 그토록 자리를 잡기 어려운 줄리아나에서 금요일 밤에 VIP 부스 자리를 잡았다면 특출한 배경이나 나이트클럽 사장과 연줄이 있다는 뜻이었다.

2000년 봄밤, 클럽 안은 만원이었다. 정문 밖에는 대기 손님 줄이 끝도 없이 이어졌다. 그런데도 저녁 아홉 시까지 붉은 벨벳 부스 자리 하나가 비어 있었다. 지나가는 웨이터들이 그 자리가 비어 있는 이유를 내게 물어 왔다. 테이블 등에 나의 상관 웨이터인 제임스 딘 푯말이 붙어 있어서였다. "도대체 얼마를 내서 저길 이 시간까지 잡아 둬?" 웨이터들이 불만 섞인 목소리로 말했다. 그 자리는 클럽 내부를 한눈에 볼 수 있는 명당이었다. 나는 무전기를 귀에 댔다. 상관 제임스 딘의 목소리가 들려왔다.

그날 오후 나는 사장의 호출을 받고 사무실로 갔었다. 제임스 딘과 그의 밑에서 일하는 또 다른 보조 도훈과 함께

줄리아나

였다. 사장은 저녁에 특별 부스 테이블 하나를 빼놓으라고 했다. 술값과 자릿값은 이미 지불되었으니 그 자리에서 시키는 술과 안주 값은 받지 말라고 지시했다. 사장은 재떨이에 담배를 비벼 끄고 그르렁거리는 가래침을 캑 내뱉으며 말을 이었다.

"더 중요한 건, 거기에 앉은 여자들은 오늘 밤 부킹을 하면 안 된다는 거야. 절대로."

열중쉬어 자세로 서 있던 도훈이 나를 힐끔거렸다. 제임스 딘의 보조는 두 명이었는데, 나와 도훈이었다. 자리를 빼놓는 거야 어렵지 않았다. 사장의 지시가 아닌가. 자리다툼이 심하게 일어나는 주말 밤 클럽에서 다른 웨이터들의 원성을 피할 수 있었다. 그러나 후자의 지시는 장담할 수 없었다. 줄리아나에서 여자들은 부킹을 피할 수 없었다. 정중하게 물어보고 허락을 받은 후 데리고 가는 식이 아니었다. 막무가내로 끌고 가다시피 했다. 남자 손님에게 팁 일이만 원을 받은 웨이터들은 마다치 않고 부킹을 이행했다. 남자 손님이 특정 여자를 지목하고 웃돈을 얹어 삼만 원을 바지 주머니에 슬쩍 꽂아 주면 웨이터는 사냥개처럼 그 여자를 끌고 갔다. 당사자가 원하든 원치 않든 그게 이 클럽 안의 규칙이었다. 이런 맹렬한 방식의 부킹을 원하지 않는다면 아예 출입을 하지 말아야 했다. 테이블을 담당하는 세 명의 제임스 딘(제임스 딘 한 명, 보조 제임스 딘 두 명)이 사수해도 다른 웨이터들이 벌 떼처럼 달려들면 도리가 없다는 뜻이었다.

상관 제임스 딘은 그날 밤 다른 손님들은 도훈이 맡고, 내겐 그 자리만 지키라고 당부했다. 도훈은 다른 자리를 관리하는 동시에 나를 지원해야 했다. 도훈이 한쪽 다리를 덜 덜 떨며 입술에 침을 발랐다. 도훈은 골리앗을 만나러 가는 다윗처럼 승산 없는 게임이라는 듯 고개를 저었다. "김희선 이나 전지현이라도 오는 건가. 하하, 그럼 사인 받아야지. 저기 온다." 도훈이 기대에 찬 눈으로 입구를 응시했다. 도 훈의 기대와 달리 김희선도 전지현도 아니었다. 앳된 얼굴 에 학생복 차림인 평범한 여학생들이었다.

나와 도훈은 입구 쪽으로 부리나케 달려갔다. 주뼛거 리며 입장하던 여학생들 중 앞장선 단발머리와 눈이 마주 쳤다. 누가 먼저랄 것도 없이 단발머리와 나는 두 눈을 휘둥 그레 떴다. 할 말을 잃은 듯 입을 헤벌쭉 벌렸다. 그녀가 먼 저 내 이름을 불렀다. 놀라서 내가 바로 대답하지 못하고 머 뭇거리는 사이 그녀가 확인하듯 목소리에 힘을 주어 발음 했다. "지운이 맞지?" 그녀는 지현이었다.

나는 지현을 태운 차를 몰고 줄리아나로 향했다. 명성이 자자했던 그 줄리아나는 오래전 사라졌다. 우리는 그 앞을 지나 '새벽집' 주차장에 차를 주차했다. 새벽집은 줄리아나의 2차 집이었는데 줄리아나에서 부킹에 성공한 이들이 새벽집으로 이동하여 불판에 구운 소고기와 선지 해장국과 육회를 먹으며 동이 틀 때까지 술자리를 이어 갔다. 그로부터 이십 년이 지난 후에도 새벽집이 그대로 남아 있다는 게 이따금 신기했다. 나무 문을 열고 들어갔다. 자리에 앉은 지현은 된장찌개를 주문했다가, 다시 손을 올려 직원을 부르고는 소고기 이 인분을 주문했다.

"소고기 일 인분에 육만사천 원이야. 그때 얼마였더라? 삼만 원이었어."

지현이 메뉴판을 보며 종알거렸다. 나는 지현이 이십 년 전 소고기 가격을 기억해서 놀랐고, 소고기를 주문한 것에는 더 놀랐다. 지현은 소고기를 먹지 않는다. 일행이 소고기를 먹으면 그 자리에 앉아 있긴 해도 매번 냉면이나 된장찌개 같은 걸 따로 시켜서 먹었다. 누군가 소고기를 먹지 않는 이유를 물어 오면 소고기에서 나는 우유 냄새가 싫다고 해명하지만, 나는 지현이 소고기를 먹지 않는 근본적인 이유를 알았다. 개와 사는 사람들이 개고기를 먹지 않고 개고기를 먹는 사람들을 혐오하듯 황소와 살았던 지현은 소고기를 먹지 않는다. 다만 지현은, 개고기를 먹는 사람들에 대한 혐오감을 떳떳하게 밝히는 사람들과 달리 소고기를 먹는 사람들에 대한 혐오감을 드러내지 않을 뿐이다.

"나도 됐어."

나는 지현이 여기까지 동행해 준 것에 대한 고마움으로 소고기를 시켰다고 짐작하여 말했다. 직원이 뼈처럼 새하얀 마블링이 드리운 소고기가 놓인 스테인리스 쟁반을 내려놓았다. "이미 시켰잖아." 지현이 볼멘 목소리로 말했다. 나는 가뜩이나 심란한 지현이 소고기 살점이 숯불에 타 들어 가는 걸 보고 울음을 터뜨릴까 봐 직원에게 쟁반을 돌려주었다. 지현은 쟁반을 도로 낚아채 테이블 위에 올렸다. 직원은 난처한 표정이었다. 어쩔 도리가 없었다. 맨입에 소고기를 먹기가 내키지 않아서 나는 참이슬 한 병을 시켰다. 잔은 하나만 달라고 했다. 지현은 소주를 마시지 못했다. 젊은 시절 치기에 한 번 마셨다가 이박 삼일 동안 변기통을 붙들고 토한 이후로 소주는 아예 입에 대지도 않는다고 했다.

지현은 콜라 한 병을 주문했다. 하이트 맥주잔에 콜라를 붓더니 거기에 소주병을 기울인 다음 티스푼 하나 정도의 소주를 부었다.

"콜라에 조금만 섞어서 마시면 돼."

지현은 마치 독약이 섞인 그릇을 받은 죄인처럼 인상을 우그러트리고 콜라소주를 들이켰다. 그러곤 잔을 탁 내려놓으며 비꼬는 어조로 대, 한, 민, 국,이라는 구호를 나지막하게 읊조렸다.

2002년 월드컵이 시작될 무렵 나는 싱가포르에 살고 있었다. 월드컵 열기는 그곳에 거주하는 한국 교민들에게도 고스란히 전파되었다. 그날 창이국제공항 입국 게이트를 걸어 나오던 지현의 모습은 이후 한국 축구 대표선수들이 골을 넣은 아찔하고 짜릿한 모든 순간을 압도한 장면으로 내 머릿속에 각인되었다. 지현은 머리통에 불빛이 반짝거리는 악마 뿔을 달고 몸매가 적나라하게 드러나는 민소매의 빨간 저지 드레스를 입고 나타났다. 그녀의 배가 저지 드레스를 뚫고 나올 듯 둥글게 팽창해 있었다. 지현은 임신 팔 개월째였고, 붉은악마 배 속의 태아가 재우였다.

공항 청사에서 주차장으로 걸어가는 동안 지나가는 행인들이 신기한 듯 지현을 흘긋거렸다. 그럴 때마다 지현은 거리에서 홍보하는 서커스 단원처럼 명랑하게 두 손을 번쩍 올리고 대, 한, 민, 국, 구호를 외치며 손뼉을 쳤다. 나는 차 트렁크를 열고 그 안에 제법 큰 지현의 여행용 캐리어를 넣었다. 보조석 문을 열어 주고 앞으로 당겨져 있던 의자를 최대한 뒤로 빼주었다. 지현은 엉덩이부터 의자에 앉히고 몸을 비틀어 모아 붙인 두 다리를 간신히 정면으로 놓았다.

비행기가 도착한 건 자정이 넘은 시각이었다. 관광을 하기엔 늦은 밤이었다. 나는 차 시동을 걸며 지현이 투숙할 호텔 이름을 물었다. 지현은 쌍꺼풀 없는 두 눈을 치뜨고 나를 빤히 쳐다보았다. "네가 여기 사는데 굳이 호텔을 예약해야 해?" 지현이 당연하다는 듯 대꾸했다.

차를 몰고 공항 주차장을 벗어나 이스트코스트 해안가를 달리는 동안 나는 몇 번이나 연수에게 전화를 걸려다가 말았다. 길가에 차를 정차하고 연수에게 문자메시지를 보냈다. '미안해. 친구 지현이 오늘 우리 집에서 잘 거야.' 지현은 차창 너머 조등을 밝히고 항만에 떠 있는 선박들을 바라보며 천진하게 미소 짓고 있었다.

"16강엔 올라가겠지?"

나는 지현의 현란한 붉은악마 복장을 흘긋 쳐다보며 말했다.

"나의 소원은 4강이야."

"에이, 그건 불가능해."

"불가능한 게 어디에 있어."

"월드컵이 장난도 아니고. 홈 어드밴티지로 16강은 기대해 볼 수 있겠지만 4강은 어려워."

"내기하자. 4강에 올라가면 뭐 해줄래?"

4강은 불가능한 얘기처럼 들렸다. 4강에 올라가면 지현의 소원 하나를 반드시 들어주겠다고 약속하는 동안 집 앞에 도착했다.

그해 내가 살던 곳은 낡은 페라나칸 양식의 건물 삼 층이었고 엘리베이터가 없었다. 묵직한 캐리어를 들어 올리고 계단을 올라가자 연수가 현관문을 열어 놓은 채 기다리고 있었다. 나는 캐리어를 현관 앞에 세워 두고 곧장 주방에 갔다. 언젠가 연수가 나의 옛날 사진들을 뒤적였던 기억이 떠올랐다. 친구들과 찍은 사진 중엔 여자들도 몇 명 있었고, 그중엔 진짜 여자 친구도 있었는데 연수는 가늘게 뜬 눈으로 사진 속 지현을 콕 집었다. "너, 이 여자애 좋아했지?" 연수가 놀리듯 말했었다.

물을 마시는 동안 나는 긴장을 늦출 수 없었다. 일부러 천천히 물을 마시며 홧홧해진 얼굴에 손부채질을 했다. 두 여자의 첫 만남을 예의 주시하지 않을 수 없었다. 연수는 처음엔 지현의 붉은악마 복장에 놀라서 멈칫했다가 둥글게 튀어나온 지현의 배를 물끄러미 보더니 엉덩이를 뒤로 빼고 두 팔로 지현을 와락 포옹했다.

지현의 갑작스러운 방문에 연수와 나는 준비해 둔 게 아무것도 없었다. 방이 두 개였지만 침대가 있는 방은 하나뿐이었다. 연수나 나나 집에서 자고 갈 만큼 친한 친구가 없었고 한국에서 찾아오는 가족도 없어서 작은방에 별도로 침대를 비치할 이유가 없었다. 거실에 침대로도 변환이 가능한 소파가 있었는데 두 명이 눕기엔 역부족이었다. 연수는 사려 깊은 목소리로 임신부가 바닥이나 소파에서 자는 건 불편할 거라며 지현이 안방 침대를 쓰게 하자고 제안했다.

그날 밤 붉은악마와 붉은악마의 태아가 안방의 더블 침대를 차지했다. 나는 며칠만 참으면 된다고 생각했다. 길어 봐야 월드컵 기간일 거라고 짐작했다. 연수는 한 명이 겨우 누울 수 있는 거실 소파에서 자고 나는 작은방 바닥에 요가 매트를 깔았다. 잠들기 전 연수가 누워 있는 캄캄한 거실로 나가서 방 안의 지현이 엿들을까 봐 나는 목소리를 흠씬 낮추었다.

"미안해, 갑자기 이런 데서 자게 해서."

"무슨 말이야. 지현은 지금 임신부야. 네 친구고. 우린 당연히 해야 할 일을 한 것뿐이야."

"난 지현이 호텔을 예약한 줄 알았거든."

"지운아. 난 정말 괜찮아."

나는 너그러운 연수가 고마워서 그녀의 이마에 입맞춤을 해주었다.

이튿날 퇴근 후 지현을 데리고 머라이언 동상 인근을 거닐었다. 관광객들이 사진을 찍는 동상이 시시했는지 지현은 그 앞에서 기념사진을 찍고 싶어 하지 않았다. 우리는 강변의 칠리크랩 식당으로 향했다. 불어오는 강바람에 지현은 하아 탄식하며 미소 지었다. "네가 어떤 곳에 사는지 궁금했는데." 지현이 말했다. "이제 더 궁금하진 않겠네. 이렇게 몸소 찾아와서 내가 어떤 곳에서 사는지 확인까지 하셨으니." 나는 심상한 어조로 비아냥거렸다. "연수 언니는 정말 좋은 여자인 거 같아. 어떻게 만났어?" 지현이 물었다.

그로부터 한 해 전 나는 싱가포르로 이주했었고 한동안 해운 회사 컨테이너 관리직으로 일했다. 해운 회사 사장의 지시를 받고 회사 광고를 싣는 교민 잡지 사무실에 찾아갔다가 광고 담당자인 연수를 만났었다. 연수는 여섯 살 위였다. 누나, 동생 하며 이따금 퇴근 후 삼겹살에 소주를 마셨다. 싱가포르를 갑자기 떠나게 된 교민 잡지 사장이 연수에게 잡지를 인수할 생각이 있느냐고 물었고, 자금이 부족했던 연수가 내게 동업으로 운영해 볼 생각이 있는지 물었던 게 육 개월 전이었다. 교민 잡지 수익은 내 월급의 두 배 정도였다. 동업자인 연수와 나누면 컨테이너 관리직 월급과 엇비슷했다. 나는 교민 잡지를 운영하면서 미술 공부를 할 계획이었다고 지현에게 말했다.

"사실은 연수 언니와 함께할 수 있는 기회를 노린 거네."

지현이 웃는 얼굴로 쏘아붙였다. 이렇게 나는 가끔, 지현은 더 자주, 서로가 입 밖으로 꺼내기 멋쩍은 대답을 대신해주었다. 지현은 투명한 탄산수가 담긴 와인 잔을 내 쪽으로 내밀었다. "탁월한 선택이었어." 지현이 혼잣말을 종알거리며 건배를 했다. 그때까지도 나는 지현이 돌아가는 비행기 티켓을 무기한으로 열어 둔 사실을 모르고 있었다.

그사이 한국 축구는 월드컵 16강에 진출했고 붉은악마는 갓 동거를 시작한 젊은 연인의 안방을 점령해 버렸다. 지현이 얼마나 더 머물지 가늠할 수 없었다. 연수는 만약의 경우에 대비하여 지현에게 집 인근의 산부인과를 소개해 주고, 관광객들이 주로 찾는 뉴튼 호커센터와 보타닉가든에도 데려가 주어서 나는 고맙지 않을 수 없었다. 한편으로 매

줄리아나

일 지현이 언제 돌아갈지 조바심이 일었다. 그 질문이 목 안에서 맴돌았다. 언제 돌아갈 거야? 거울 앞에서 이를 닦거나 면도를 하다가 문득 동작을 멈추고 그 말을 연습했다. 이윽고 단단히 결심하고 지현 앞에 섰다. 새빨간 티셔츠 아래 툭 튀어나온 배와 태극마크 스티커가 붙은 뺨을 양쪽으로 늘이며 천진하게 미소 짓는 붉은악마를 보자 입술이 떨어지지 않았다. 월드컵이 끝날 때까지만 버티자. 지현이 우리 집에 머무는 것에 연수는 불편한 기색을 조금도 비치지 않았지만 나는 그렇지 않았다. 퇴근 후 집으로 돌아와 편한 속옷 바람으로 돌아다니거나 욕실에서 옷을 입지 않은 채 나와 산뜻한 공기 속에서 젖은 몸을 말리고 싶었다. 반찬을 차리지 않고 대충 해먹는 한 그릇 음식과 인스턴트 라면이 그리웠다. 무엇보다 침대에서 연수를 안고 잠들고 싶었다.

나는 오랜만에 도훈에게 전화를 걸었다. 도훈이 예전의 전화번호를 쓰는지는 확신할 수 없었다. 난데없이 해외에서 걸려 온 전화에 도훈은 주눅 든 목소리로 전화를 받았다가, 내 목소리를 확인하자마자 유난하게 반가워했다.

　"야, 정환이 형이 골을 넣어서 우리가 이탈리아를 꺾고 8강에 진출하는 기적이 일어나니까 죽은 줄 알았던 홍지운까지 전화를 해오는구나!"

도훈은 여전히 웨이터로 근무하고 있었다. 이전의 줄리아나 멤버들이 새로 개업한 나이트클럽이라고 했다. 줄리아나에서 일어났던 그 사건으로 골반뼈가 부러진 도훈은 내가 한국을 떠날 무렵 다리를 절었다. 아무리 돈을 많이 벌어도 인간 대접을 받지 못하는 웨이터 일을 그만두고 식당에 취직하여 서빙 일을 여러 달 했었다고 했다. 그러나 벌이가 시원치 않아서 다시 나이트클럽으로 돌아갔다고 덧붙이며 도훈은 인생 뭐 있냐, 체념 어린 목소리로 웅얼거렸다.

"혹시 내 친구 지현에 대한 소식 들은 거 있어?"

나는 도훈에게 물었다. 지현의 남편이 줄리아나 단골이어서 도훈이 지현과 지현의 남편 사이에 대해 무언가 들은 게 있을 거라고 생각했다.

며칠 후 지현이 누워 있는 안방으로 들어갔다. 티브이가 안방에 비치돼 있었고, 거기에서만 8강 경기를 시청할 수 있어서였다. 지현은 빨간 잠옷을 입고 베개에 등을 기대고 누워 태극기 깃발을 흔들고 있었다.

"다리가 너무 부어올랐어. 슈렉 같아."

지현이 투덜거렸다. 나는 작은방에서 쿠션을 들고 와 지현의 다리 아래 받쳐 주었다. 우리 셋은 침대에 나란히 앉아 월드컵 8강을 시청했다. 여기까지 온 것만 해도 기적 같은 일이어서, 막상 4강 진출에 실패해도 투혼을 다한 선수들에게 감사한 마음이었다. 축구 강국 포르투갈과의 격전을 앞두고 나는 도훈이 해준 말을 뇌까리고 있었다. 네 친구 지현이가 임신한 채로 날랐대. 어디로 잠수 탔는지 찾고 있다는 소문이 있더라고. 나는 한국 팀이 4강에 진출하면 지현의 소원을 반드시 들어주겠다고 큰소리쳤었다. 지현은 그런 일이 생기면 싱가포르에서 살겠다고 농담처럼 말했고, 매번 농담처럼 내뱉었던 말을 실현하고야 마는 지현이 정말로 싱가포르에 눌러앉을 것만 같아서 8강전은 여러 측면에서 긴장을 놓을 수 없는 경기였다.

후반전에서 박지성 선수가 포르투갈 피구 선수의 수비를 유연하게 뚫고 나아가 골을 넣었다. 지현과 연수는 서로를 끌어안고 감격의 눈물을 흘리며 고래고래 환호성을 질렀다. 나는 기뻐서 두 팔을 번쩍 쳐들고 좋아했다가 심장이 철렁 내려앉는 걸 느꼈다. 팔을 내리고 얼싸안은 지현과 연수를 물끄러미 쳐다보았다. 매사 조용하고 차분하던 연수가 그토록 수선을 떨며 좋아하는 모습을 본 게 처음이어서 나는 그만 웃지 않을 수 없었다.

이튿날 나는 지현이 낮잠을 자는 안방으로 들어갔다.

기척에 잠에서 깬 지현이 모로 누운 채 나를 쳐다보았다.

"지현아, 이렇게 우리의 안방을 점령하는 건 곤란해."

"그치? 나도 그렇게 생각하던 참이었어. 소파를 작은 방으로 옮기는 게 낫지 않을까?"

"아니, 아까 연수와 쇼핑몰에 가서 싼 침대 하나 주문했어. 그걸 작은방에 둘 거야."

침대 위에 있던 지현이 몸을 일으켜 두 팔로 나를 안으려다 앞으로 튀어나온 배 때문에 중심을 잃고 그만 뒤로 나동그라졌다.

줄리아나에서 재회했을 때 지현은 대학생이었다. 스스로 버는 알바비로는 그 클럽에 들락거리는 여자들처럼 명품 의류와 장신구로 세련되게 꾸미기도 어려웠겠지만 그래서 수수하면서도 어딘지 모르게 촌스러운 느낌이 섞여서 풋풋했다. 얇은 연회색 니트에 부츠컷 청바지를 입었고 밑창이 두꺼운 운동화를 신었다. 화장을 했지만 화장기가 도드라지지 않았다. 지현의 친구들도 비슷한 차림새였다. "운동화 신고 오는 여자 손님은 너희밖에 없을걸." 나는 지현이 신은 운동화를 눈짓으로 가리키며 말했다. "춤추러 온 거니까." 지현은 그렇게 받아치고 정말로 밑창이 닳도록 그날 밤 신나게 춤을 추었다.

　남자 손님들이 몇 번이나 뉴 페이스인 지현의 무리와 부킹을 성사시켜 달라고 재촉해 왔다. 심지어 웨이터 킹콩은 지현의 자리와 부킹을 해달라고 청한 손님이 십만 원짜리 수표를 주었다며, 반으로 나눌 테니 부킹을 시켜 달라고 조르기도 했었다. 나는 이미 그 자리의 부킹을 막는 조건으로 오십만 원을 받았다는 이야기는 하지 않았다.

　지현도 부킹에는 별 관심이 없어 보였다. 춤추는 데만 몰입했다. 테크노사운드 비트에 맞춰 헤드뱅잉을 하고 간혹 허공으로 뛰어오르며 손을 쳐들고 고성을 지르기도 했다. 어깨를 까닥거리며 그쪽으로 다가가는 키 큰 남자 무리가 보였다. 엄청난 팬을 거느린 유명 농구선수들이었는데 그들은 지현의 무리 옆에서 야릇한 시선을 던졌다. 이 농구선수들로 말하자면 부킹 불패의 신화였다. 그들의 부킹을 마다하는 여자 손님은 한 번도 보지 못했다. 그러나 지현은 파란 레이저 광선이 쏟아지는 댄스홀에서 그들과 눈이 마주치자 단박에 고개를 돌렸다. 농구선수 무리 중 한 명이 지현과 그녀의 친구들이 만든 원을 깨보려고 큼직한 몸통을 욱여넣었으나, 지현은 자그만 몸으로 그의 동선을 막고 춤을 추었다. 그 광경이 꽤나 흥미로웠던 도훈이 나에게 다가왔다.

"네 친구 정체가 뭐야? 재벌 집 딸이라도 되는 거야?"

지현은 삼엄한 보호를 받는 집안의 여식이 아니었다. 간혹 재벌 집 딸들이 경호원과 함께 줄리아나에 입장했다. 그렇다고 잘생긴 유명 운동선수들과의 부킹을 거부하는 건 아니었다. 물론 이 부류의 여자들은 수동적으로 끌려가지 않았다. 남자 손님들이 하는 방식을 흉내 내어 웨이터에게 팁을 주고 마음에 드는 남자를 지목했다. 기필코 그들이 자기네 테이블로 찾아오게 만들었다. 지현의 아버지가 왕년에 씨름선수로 활동하며 여러 번 티브이에 나왔지만 옛날 이야기고, 사회적으로 그 정도의 영향력을 가진 인물은 아니었다. 또한 지현이 부모의 체면을 우려해서 잘나가는 운동선수와의 부킹을 마다할 리도 없었다. 지현은 초등학생 시절부터 '태풍순이'라는 별명을 가지고 있었다. 남성 편력이 심하다는 건 그 학교 학생들 모두가 알았다. 혹시 나를 의식하는 건가? 짐작하는 찰나 헐레벌떡 뛰어온 도훈이 내 착각을 바로 깨주었다. "남자 친구가 지금 미국에서 유학 중이야. 네 동창이 줄리아나에 가보고 싶다고 했는데 같이 올 수 없어서 사장한테 부탁한 거래." 그날 나는 지현이 이름을 대면 알 만한 집안의 아들과 장거리 연애 중이라는 사실을 알게 되었다.

줄리아나

자정이 넘어서자 농구선수들은 취기를 빌려 지현과 그녀의 친구들에게 노골적으로 접근했다. 턱짓을 하며 눈총을 보내오는 상관 제임스 딘과 눈이 마주친 나는 댄스홀로 나가 그들을 막았다. 술로 곤죽이 된 한 명이 내 머리통을 거칠게 밀쳤다. 어찌나 팔 힘이 세던지 나는 바닥에 꽂히는 농구공처럼 춤추는 사람들 사이로 나자빠졌다. 나를 밀친 남자의 일행이 그를 붙들었다. 동시에 지현이 내게 다가와 손을 내밀어 일으켜 주었다. 지현은 내가 일어나는 걸 보자마자 쾅쾅 울리는 음악 소리 속에서 "웨이터 주제에 어디서 껴들어!"라며 윽박을 지르는 그에게 자박자박 걸어갔다. 댄스홀 바로 옆에 있는 테이블 위의 얼음통 손잡이를 움켜쥐었다. 얼음통이 허공에서 세차게 포물선을 그렸다. 통 안에 있던 얼음 알갱이들이 사방으로 날아갔고 그중 하나가 내 얼굴에도 부딪쳤다. 시린 기운에 정신이 번뜩했다. 상대는 이 미터에 가까운 키였고, 지현은 얼음통으로 그의 머리통을 가격하느라 공중으로 번쩍 뛰어올랐다.

그 자리에 있던 모두가 놀랐다. 머리통을 얻어맞은 남자는 홧김에 대야처럼 큰 손을 허공에 치켜들었고, 주변인들이 그를 저지했다. 지현은 아무 일도 없었던 것처럼 원래 추던 춤을 계속 추었다. 이제는 우리가 헤어져야 할 시간……. 어느덧 폐장 노래가 들려왔다. 지현과 나는 그녀의 친구들과 함께 줄리아나를 나가서 새벽집으로 갔다. 새벽집의 주메뉴인 꽃등심을 시키고 지현은 콩나물무침 같은 반찬만 깨작거렸다.

새벽집을 나가서 지현을 집까지 데려다주었다. 당시 지현은 이모 집에 얹혀살고 있었다. 아파트 분양 사기로 피해를 입은 이후 지현의 가족은 경제적으로 서서히 몰락하다가, IMF 때 아버지의 사업체가 부도나면서 가족들이 뿔뿔이 흩어졌다고 했다. 이모 집은 줄리아나 인근 강변의 아파트였다. 지현은 지금 들어가면 술 마시고 외박했다고 잔소리를 들을 거라며 한강에 가서 일출을 보자고 했다. 웨이터 시절에는 아침 아홉 시경 잠드는 게 다반사였다. 나는 지현과 강가에 앉아서 해 뜨는 걸 지켜보았다.

"들었어. 네 남자 친구가 줄리아나 예약해 주었다고. 장거리 연애를 어떻게 이 년 동안이나 할 수 있어?"

"사랑하고 싶으니까."

나는 그 말을 듣고 실소했다. 지현처럼 자주 사랑하는 대상이 바뀌는 사람이 이 말을 하면 나도 모르게 나오는 비웃음이었다. 지현과 석촌호수에 들락거리던 시절 나는 지현에게 어떻게 그렇게나 많은 남자 친구들을 사귈 수 있었

165   줄리아나

느냐고 물은 적이 있었다. 수다스럽게 종알거리는 말투를 가진 지현이 그날따라 담백한 한 문장으로 대답했었다. 사랑하고 싶으니까. 하늘이 분홍색으로 환해지며 찬란한 빛 입자들이 강물에 넘실거렸다.

"나는 사랑하지 않을 때 추락하는 거 같은 기분이 들어. 바닥으로 쾅 떨어져서 박살 나는 게 아니라 끝없이 추락하는 거 같은. 소주를 들이붓고 나서 토하기 직전의 기분과 비슷한데 그 끔찍한 기분이 끝도 없이 이어진다고 생각해 봐."

지현은 졸음에 겨운 목소리로 말했다. 나는 누군가를 사랑할 때 그런 기분이 든다는 말을 하고 싶었지만 그러지 않았다. 그 말을 내뱉으면 지현이 그런 기분을 느낀 게 언제인지, 너를 그렇게 만든 상대 여자가 누구인지 캐물을 것 같아서였다. "어쩌다가 웨이터 일을 시작하게 됐어? 난 네가 미대에 다니거나 유사 직종에서 일할 거라 짐작하고 있었거든." 지현이 졸음이 밀려오는 눈을 꾹 감았다 뜨며 말했다. "여기가 비교적 건전한 방법으로 빨리 돈 벌 수 있는 곳이니까. 목돈을 마련해서 미술 공부하러 파리로 뜰 거야." 나는 대답하면서 돌멩이 하나를 강물에 던졌다. 어릴 적 석촌호수에서 그랬던 것처럼 물수제비를 만들어 지현을 웃게 해주고 싶었는데 그때의 실력이 영 발휘되지 않았다. 돌멩이는 그대로 물속에 잠겨 들었다.

지현은 튀어나온 배 때문에 오리처럼 뒤뚱거리며 걸었다. 우리는 리틀 인디아 거리를 걷는 중이었는데 매대에 진열된 알록달록한 무슬림 기념품들을 들어 보고 놓길 반복하다가 지현이 대뜸 말했다. "연수 언니와 결혼해." "결혼하고 싶은 마음 없어." "연수 언니만 한 여자 찾기 하늘에서 별 따기다." "알아." "그런데 왜 안 해. 혹시 너희 부모님이 이혼한 것 때문에?" "지현아, 우리는, 고작 스물네 살이야." 나는 정색하며 대답했다. 지현이 머쓱하게 웃었다. "결혼을 너무 빨리해서 그런지 나는 가끔 내 나이가 혼동돼. 열 살 더 많은 서른네 살쯤으로." 지현이 말을 이었다. 이 대화를 나누는 동안 히잡으로 코까지 가린 여자들이 드물지 않게 지나갔다. 지현은 그 여자들을 쳐다보다가 매대 위에서 꽃무늬가 박힌 작은 칼집을 집어 들었다. "여자 혼자서 아이 키우는 게 쉽진 않겠지?" 지현이 칼집을 보며 말했다. 그러곤 칼집에서 칼을 꺼내 보았다. 적도의 태양이 쏟아 내는 쟁쟁한 빛에 칼날이 반짝, 예리하게 빛났다.

　　"어쩌다 싱가포르에 오게 된 거야? 난 네가 프랑스에 갈 줄 알았는데."

　　　　　　　　　　　　　줄리아나

지현이 칼을 좌우로 돌려 보며 말했다.

지현이 줄리아나에 드나들던 시절 싱가포르로 이주한 부산 선배로부터 연락이 왔었고 해운 회사에서 일할 생각이 없느냐는 제안을 받았었다. 한 달 정도 고민하다가 이곳으로 왔었다. 컨테이너 관리직을 하며 돈을 모았다. 교민 잡지를 인수할 기회가 왔을 땐 마침내 육체노동에서 벗어나 나인 투 식스 근무를 할 수 있다는 사실에 고무되었다. 연수를 더 자주 볼 수 있는 명분도 생겼다. 해마다 싱가포르 교민들이 늘어나면서 잡지 구독률은 상승 중이었고 이 사업은 앞으로 더 비전이 있을 듯했다. 여섯 살 연상의 연수와는 누나, 동생 하는 사이에서 동업자가 되었고 연인으로까지 발전한 것이었다.

"너희 교민 잡지에 내 글을 실어 주라. 난 작가가 되는 게 꿈이었잖아. 원고료는 장당 천 원. 이거 진짜 싼 거야. 진짜 작가들은 장당 만 원 받아."

지현은 행여 거절당할까 봐 흥정을 밀어붙였다. 지현이 작가가 되고 싶은 적이 있었던가? 금시초문이었다. 우물쭈물하는 사이 지현이 말했다. "더 미루지 말고 파리로 가." 지현과 나는 무슬림 사원 앞이었다. 나는 너나 더 미루지 말고 서울로 돌아가라고 받아치려 했는데 그 순간 지현이 바닥에 주저앉아서 배를 움켜쥐고 신음했다.

지현은 그 후로도 친구들과 줄리아나에 몇 번 왔었다. 땀으로 젖은 갈기 진 머리카락이 이마와 뺨에 볼썽사납게 들러붙을 만큼 열광적으로 춤추었다. 지현이 춤추는 모습을 보는 건 재미있었다. 무성의하게 어깨만 설렁설렁 흔들며 관심 있는 이성에게 추파를 던지는 사람들 틈에서 지현이 유독 혼신을 다해 춤을 춰 보는 이가 웃지 않을 수 없었다. 하루는 좀 이른 시간에 지현이 줄리아나에 찾아왔다. 날씨가 따뜻해진 사월이었다. 지현은 하얀색 반팔 티셔츠에 청치마를 입고 있었고 단발머리는 어느새 승모근까지 자라 있었다. 지현에게서 연한 흙냄새가 끼쳐 왔다. 오전에 대학 동아리에서 단체로 식목일 나무심기 행사에 참여하고 떡볶이 가게 알바를 마치고 오는 길이라고 했다. 영업 전이어서 술과 담배 냄새가 찌든 나이트클럽 안은 휑했다. 음악이 울리고 레이저 광선이 쏟아지는 줄리아나에서의 지현은 화려하게 치장한 여자들 틈에서 독특하고 튀어 보였는데, 휘황한 불빛들이 사라진 어두침침한 공간에서의 지현은 지극히 평범해 보였다. 도훈은 그런 잘나가는 집안의 아들이 김희선도 전지현도 아닌 평범한 여대생에게 빠져 있는 게 좀 이상

줄리아나

하지 않느냐고 미심쩍은 투로 말하곤 했었다.

"밥 먹었어?" 지현이 물었고 나는 고개를 저었다. 지현이 테이블 위에 떡볶이 봉지를 올려 두었다. 지현이 봉지를 풀자 찐 순대와 김말이튀김이 딸려 나왔다. 나는 상관 제임스 딘에게 잠시 친구와 밥을 먹겠다고 허락을 맡으면서, 왜 그랬는지 모르겠지만, 지현이 여기에 찾아온 것을 사장에게는 비밀로 해달라고 부탁했다.

지현이 기다리는 자리로 돌아갔다. 떡볶이를 먹는 지현이 입술을 붙여 모으고 오물거렸다. 어릴 적 석촌호수에서 도넛을 먹을 때도 그랬는데 그 입술을 볼 때마다 나는 뽀뽀하려고 입술을 내미는 것 같은 모양새라고 생각했었다. "나한테 뽀뽀할 생각 하지 마. 남자 친구가 있는 몸이니까." 지현이 내 속을 읽은 것처럼 쏘아붙였다. "하하, 내가?" "응, 네가." "말도 안 돼. 너와 난 친구잖아. 초등학교 때부터." 나는 황당해서 떡볶이 소스가 묻은 나무젓가락 끝을 허공에 찍으며 '친구'를 강조했다. "엄밀히 말하면 초등학교 오륙학년 때 잠깐 친구였지. 구 년 후 성인이 되어 우연히 재회한 거고." 지현이 뾰족하고 가는 나무 꼬챙이로 떡볶이 하나를 콱 찍어서 이번엔 내 입술 쪽으로 내밀었다. "나 좋아하지 마." 지현이 말하며 싱긋 미소 지었다. "넌 이 세상 남자들이 다 너를 좋아한다고 착각하고 사는구나. 이 되지도 않는 자신감은 도대체 뭐냐?" 나는 주먹으로 아주 살짝 지현의 머리통을 쥐어박았다. 지현의 단발머리가 허공으로 찰랑 떠올랐다가 제자리로 가라앉았다. 지현이 배시시 웃었다. "다른 남자들은 다 나를 좋아해도, 넌 안 돼. 너는." 지현이 자못 결연한 표정으로 말했다.

그날 이후 나는 지현이 한 말을 곱씹었다. 다시 지현을 만난 건 반가웠는데 나는 지현의 통통하고 동그란 입술에 키스를 하거나 지현에게 사귀자고 할 의도가 없었다. 지현에게 말하진 않았지만 당시 내게는 미용실에서 근무하는 여자 친구가 있었다. 혹시 지현이 과거의 일로 앙금을 품고 그런 말을 한 건가 싶었다. 하지만 매번 떡볶이 봉지를 들고 나를 찾아오는 걸 보면 그렇지도 않은 듯해서 영 헷갈렸다.

지현과 내가 육 학년 때 그 동네에 지현이네 가족처럼 아파트 분양 사기로 피해를 본 사람들이 많았는데, 그 분양 사기극의 주동자가 내 아버지였다. 그 이유로 나는 반 친구들에게 집단 괴롭힘과 따돌림을 당했었다. 전학 가는 날까지 단 한 명만이 나를 챙겼는데 그 사람이 바로 지현이었다.

지현은 시간제 아르바이트를 했다. 주말엔 롤러스케이트를 타고 주유소에서 기름 넣는 일을 했고, 주중엔 압구정

줄리아나

로데오 거리의 떡볶이 가게에서 서빙을 했다. 지현이 들고 오는 떡볶이는 주인 할머니가 주는 것이었다. "내가 왜 떡볶이 가게에서 아르바이트하는 줄 알아?" "떡볶이를 좋아하니까." "지금 남자 친구, 이 떡볶이 가게에서 만났어. 거기 단골이었거든. 나보고 자기 용돈 나눠 쓰면 되니까 당장 주유소와 떡볶이 가게 알바 그만두래. 자기 여자 친구가 이런 데서 아르바이트하는 거 너무 쪽팔린다고. 그런데 난, 그럴 수 없어." 두 가지 아르바이트를 병행하는 지현의 한 달 아르바이트비가 지현의 남자 친구의 하룻밤 술값도 되지 않는다는 사실은 자명했다. 체면이 구겨지니 그만두라고 하는 남자 친구의 주장도 이상할 리 없었다. "그만두면 내가 쪽팔리거든." 지현이 말하곤 떡볶이를 오물거렸다.

초여름은 줄리아나의 계절이었다.

외국에 나가 있는 유학생들이 대거 돌아오는 시기였다. 지현과 장거리 연애를 하는 남자 친구도 돌아왔다. 한동안 뜸했던 지현은 여름이 무르익어 가는 즈음 남자 친구와 함께 줄리아나에 왔다. 그들은 대형 룸을 잡았고 그 자리에 지현과 남자 친구의 친구들도 동석해 있었다. 지현은 평소처럼 수수한 복장에 운동화 차림이 아니었다. 얇은 끈이 쇄골 아래로 내려오는 살굿빛 시폰 드레스를 입었고 굽이 높은 샌들을 신었다. 반묶음으로 꼬아 묶어 아래로 흘러내린 긴 머리카락은 인위적인 물결을 이루었다. 화장은 짙었다. 인조 속눈썹까지 붙였다. 지현의 남자 친구는 연푸른 셔츠에 진회색 정장 바지를 입고 포마드를 바른 머리카락을 팔 대 이로 넘겼다.

그의 훤칠한 외모가 뜻밖이어서 나와 도훈은 놀라지 않을 수 없었다. 그가 땅딸보다, 곰보다, 인물이 후져서 든든한 배경을 가지고 있음에도 그 주변 친구들처럼 바비 인형 같은 화려한 여자를 사귈 수 없었을 거라는 소문이 있었다. 그가 사실은 게이여서 지현을 꼭두각시로 세워 둔 거라는 소문도 돌았고, 지현이 몰래 콘돔에 구멍을 내어 임신한 바람에 코가 꿰인 거라는 소문도 있었다. 터무니없는 소리였다. 그러나 나는 나서서 내가 지현의 친구여서 잘 안다, 사실이 아니다,라고 해명해 주지 않았다. 그렇게 말하면 지현을 남몰래 흠모한다는 혐의를 면치 못할 터였다. 여대생 뒤꽁무니를 쫓다가 든든한 배경의 유학생에게 밀려서 쪽박 찬 웨이터라는 꼬리표가 붙을 것 같았다. 지현을 두둔해 주지 못한 날이면 은근히 밀려오는 자괴감에 지현에게 그런

　　　　　　　　　　　줄리아나

혐의를 씌우는 도훈과 다른 웨이터들에게 지현이네 가세가
기울었던 이유가 내 아버지가 주동한 분양 사기의 피해 때
문이라고 말하는 버릇이 생겼고, 그렇게 말하고 나면 내가
지현에게 잘해 주는 이유를 나 스스로도 납득할 수 있었다.

　나는 술과 음료와 안주 들을 룸으로 날랐다. 지현의 남
자 친구는 시종일관 지현을 품에 안고 술을 마셨다. 간혹 지
현과 눈이 마주쳤지만 나는 알은체하지 않았다. "걔가 좀
미저리거든." 얼마 전 혼잣말을 중얼거리던 지현은 혹시라
도 클럽에 남자 친구와 함께 오면 모른 척해 달라고 당부했
었다.

　그는 오랜만에 만난 여자 친구에게 애정을 과시했다.
틈틈이 지현의 뺨에 입맞춤을 했다. 지현의 입술 속에 조각
과일을 넣어 주기도 했다. 불꽃을 들고 입장한 쇼 팀이 지현
의 남자 친구에게서 지시받은 아주 커다란 파스텔 톤 꽃다
발을 지현에게 안겨 주었다. 그는 잔을 들고 벌떡 일어섰다.
"내가 이 꽃다발을 장장 육 개월 동안 매일 지현에게 보냈
잖아. 건배!" 그가 호기롭게 외쳤다. 룸에서 나가던 도훈이
내 옆을 스치며 한마디 속삭였다. "결혼식 뒤풀이라며?" 동
시에 지현의 남편이 내 쪽으로 다가와 주머니에 수표 한 장
을 꽂아 주었다. "내 아내가 화장실에 다녀오고 싶어 해. 똥

파리들 꼬이지 않게 가드 좀 해줘." 나는 지현을 화장실까지 데려다주었다. 왜 결혼 소식을 내게 숨겼는지 묻고 싶었지만, 그러지 않았다. 지현이 화장실로 들어가기 전 별안간 내 얼굴 가까이 고개를 돌렸다. "너한테 왜 결혼 소식을 전하지 못했는지 모르겠어." 지현이 말했다. 나는 개의치 않는다는 듯 어깨를 으쓱해 보였다. "아, 결혼식에 널 초대할 수 없어서, 너무 미안해서 말을 못 했던 거 같아." 지현이 대수롭지 않은 듯 말했고, 나는 괜찮다고 말하고 싶어서 입술을 열었다. 그 찰나 지현은 눈부신 알전구가 달린 거울 앞에서 화장을 고치는 여자들을 지나쳐 화장실로 쑥 들어가 버렸다.

지현의 신혼집은 줄리아나 인근의 고급 빌라였다. 결혼 후에도 지현은 종종 줄리아나에 왔다. 남편과 동행하거나 폐장 시간쯤 술에 취해 소파에서 잠든 남편을 데리러 오기도 했다. 지현은 예전처럼 춤추지 않았다. 남편 옆에서 멍하니 앉아 맥주만 홀짝였다. 떡볶이를 들고 나를 찾아오는 일도 없었다. 대신 줄리아나가 쉬는 월요일마다 신혼집 앞 선술집에 나를 불렀다. 지현은 항상 그 선술집에 선불로 한 달 치를 미리 내두었다. 오뎅탕이나 번데기나 회무침 같은 것들을 시켜 놓고 맥주를 마시다가 자정이 훌쩍 넘어 남편이 집으로 돌아오는 길이라는 전화가 오면 퍼뜩 숟가락을 내려놓고 집으로 내달렸다.

한번은 지현의 전 남자 친구와 셋이 술을 마시기도 했다. 그날도 지현은 귀가하는 남편의 전화를 받고 먼저 자리에서 일어났다. 술과 안주가 많이 남았던 까닭에 지현이 떠나고 한 시간가량 지현의 전 남자 친구와 술자리를 이어 갔다. 그는 선술집에서 멀지 않은 병원의 레지던트였다. 자리에서 일어나 그가 계산하려고 지갑을 꺼내자 주인은 이미 계산되었다고 말했다. 그는 당혹스러운 눈치였다. 선술집 미닫이문을 열고 나서는데 밤공기가 쌀쌀했다. 그는 담배 한 개비를 꼬나물고 라이터를 찾아 호주머니를 더듬거리며 내게 물었다. "혹시 지현이가 저를 만나기 전의 남자 친구인가요? 법대생?" 나는 아니라고 대답하면서 그에게 라이터 불을 켜주었다. 지현의 초등학교 동창이라고 말하려 했는데 마음이 이상하게 허탈해지다가 꼬여서 그만 다른 대답이 튀어나왔다. "지현이 다니던 줄리아나의 담당 웨이터였어요." 거짓은 아니지 않은가. "아, 나도 거기 단골이었는데. 이름이 뭐예요?" "제임스 딘이요. 보조였어요." "아, 내 담당 웨이터는 태권 브이였는데. 조만간 한번 찾아갈게요. 혹시 명함 있어요?" "아니요. 그만뒀어요. 해외로 취업을

해서요. 곧 이주해요." 그날까지도 해운 회사 취직 제안을
받고 고민하던 중이었는데 그렇게 말해 버리고 돌아서면서
나는 싱가포르로 이주하겠다는 결심을 굳혔다.

지현은 막 태어난 아들의 이름을 재우라고 지었다. 재우의
'우' 자는 소 '우'라고 했다. "견우성의 '우'기도 해." 지현
이 특유의 홀연한 미소로 말했다. 나는 지현이 소에게 특별
한 애정을 갖고 있다는 걸 알고 있었지만, 이 사실을 충분히
이해하지 못했던 연수는 거듭 혼잣말을 구시렁거렸다. "왜
소 '우'일까. 왜 사람 이름에 소 '우'일까." 나는 지현의 아
버지가 과거 씨름 대회 우승 상품으로 받아 온 황소와 지현
이 일 년 가까이 살았으며, 그 황소와 지현이 아주 각별한
사이였다는 말을 삼켰다.

　연수는 모난 데 없이 착했고 지현에게도 언제나 친절
했다. 실제로 연수는 자기와 너무나 다른 기질을 가진 지현
을 좋아했다. 하지만 그즈음엔 내가 지현에 대해 너무 많은
걸 알고 있다고 느낄 때마다 토라졌다. 꿍한 얼굴로 대답을
잘 하지 않았다. 왜 그러느냐고 물으면 아무 일도 아니니 신
경 쓰지 말라고 했다. 그럴 때마다 나는 침대 사이드 테이블
의 등을 끄기 전 지현에 대한 험담을 넌지시 흘렸다. 초등학

　　　　　　　　　　　　　　줄리아나

교 때 지현이 얼마나 악명 높았는지 알아? 남자 친구가 일
년에 한 번씩 바뀌었어. 어쩔 땐 한 학기도 못 갔고. 지현이
얼마나 다혈질인지 알아? 줄리아나에서 덩치가 산만한 남
자 농구선수 면상에 얼음통을 갈겼다니까. 자기중심적인
걸로는 지현을 따라올 자가 없을걸? 결혼하고 나서 전 남자
친구와 나를 단골 선술집에 불러 놓고는 남편 전화를 받더
니 우리 둘만 덩그러니 남겨 두고 쌩하니 가버렸어. 그날 전
남자 친구의 새된 표정을 너도 봤어야 해……. 그러면 연수
는 소리를 죽이고 끌끌끌 웃었다. "그래서 내가 지현을 좋
아하는 거라니까." 속삭이며 나를 안아 주었다.

지현의 이혼소송은 중단되었다. 지현의 남편은 이혼
하지 않겠다고 주장하다가 지현이 소송을 강행하자 합의해
주었다. 지현은 전남편에게서 받은 위자료로 당분간 싱가
포르에서 생활하겠다고 결정했다. 앞으로 어디에 살지, 무
슨 일을 하며 먹고살지 아무것도 정하지 않았지만 전남편
편인 대, 한, 민, 국으로는 돌아가지 않을 거라고 하면서 붉
은악마처럼 두 손을 쳐들고 구호를 외치듯 말했다.

대학을 졸업했으니 어디에서든 직장을 구할 수 있을
거라고 지현은 자신했으나 싱가포르에 온 지 두 달이 지나
도록 취직을 하지 못하고 있었다. 외국인에게 허용되는 체

류 유효기간이 다가오고 있었고 한 달 이내로 취직을 하지 못하면 지현은 싱가포르를 떠나야 했다. 지현은 당분간 그곳에서 지낼 수 있는 비자가 필요하다며 교민 잡지의 직원으로 등록하여 워킹 비자를 받을 수 있을지 내게 물었다. 나는 이 문제를 연수와 상의했다. MOM에서 외국인 직원을 고용할 수 있는 쿼터가 있다는 걸 확인한 후 지현을 교민 잡지의 직원으로 등록했다.

지현은 교민 잡지에 짤막한 글을 발표하고 싶어 했는데 몇 달이 지나도록 완성하지 못하고 애를 먹었다. 제목은 「첫사랑이 끝났다」였다. "사랑의 속성을 알아 버린 어른들의 쓸쓸하고, 일그러진 사랑 이야기야." 재우가 잠들면 이렇게 비장한 목소리로 말하고는 식탁에 앉아 노트북을 열었지만, 한 단락을 채우지 못하고 머리카락을 쥐어뜯거나 캔 맥주를 까 마시기 십상이었다. 지현이 원고를 쓰는 동안 재우가 잠에서 깨어나면 연수와 나는 예술가의 탄생을 기원하며 재우를 돌봐 주었다. 하루는 얼마나 썼는지 궁금해서 노트북을 보았더니 아이엘츠IELTS 공부를 하고 있었다. 다른 몇 번은 싱가포르 내 회사들의 취업 공고가 떠 있었다.

그사이 재우는 건강하게 자랐다. 조산아로 태어나 걱정했지만 금세 살집이 붙었는데 그 일등 공신이 연수였다.

줄리아나

재우는 잠귀가 밝아서 자주 깼다. 어디서 읽었는지 연수는 뱃구레를 늘리면 더 많이 먹고 더 오래 잘 거라면서 분유 탄 우유병의 눈금을 매일 조금씩 올렸다. 온라인에서 찾은 레시피로 브로콜리와 같은 야채와 생선 살, 다진 고기, 멸치 가루를 섞어 이유식을 만들어 먹이기도 했다. 지현은 재우가 잠투정이 심해서 자기도 잠을 온전히 잘 수 없다며 매일 불평을 늘어놓았다. 신기하게도 재우는 연수의 품에선 곤히 잠들었다. 연수는 재우를 재울 때 미야자키 하야오의 「하울의 움직이는 성」을 틀어 놓았다. 잔잔한 리듬에 맞춰 재우를 안고 그네처럼 흔드는 연수의 자태는 너무나 자연스럽고 평온해 보여서 아름다운 자연의 일부처럼 보이곤 했다.

일요일 오전 우리는 보타닉가든에 갔다. 잔디밭에 돗자리를 깔았다. 연수가 새벽부터 일어나 싼 김밥을 먹었다. 풀밭 위를 기어 다니던 재우가 벌레를 주워 먹어 세 사람을 기함시켰다. 지현이 재우의 입 속에 손가락을 비집어 넣으며 재우의 몸을 붙잡아 달라고 소리쳤다. 나는 재우의 포동포동한 몸통을 잡았고 연수는 숱 없는 재우의 머리통을 붙잡았다. 지현이 재우의 입 속에서 침 범벅이 된 벌레를 끄집어냈다. 다리가 여러 개 달린 징그러운 송충이였다. 일촉즉발의 위험한 상황이었는데 셋 다 그 벌레를 보자마자 웃음을 터뜨렸다. 재우는 물티슈로 손을 닦는 지현의 상체를 잡고 일어서더니 잔디밭 앞으로 세 걸음 걸어 나갔다. 첫걸음마였다. 연수는 놀라서 두 손으로 입을 막았다. 지현은 끼악 환호성을 내지르며 재우에게 다가갔다. 나는 입술을 꾹 다물고 침을 삼켰다. 침 범벅이 된 벌레가 목구멍으로 기어 들어가는 것 같았다. 나는 눈가에서 주르륵 흘러내린 눈물을 팔마디로 훔쳤다. 두 여자는 재우가 벌레를 잡아 삼켰던 순간보다 더 놀란 얼굴로 나를 쳐다보았다.

"재우에게 설렁탕이라도 싸다 주자."

나는 얼굴이 발개진 지현에게 말했다. 유치장 밥이야 뻔했다. 나는 목격자로 호출을 받아서 강남경찰서에 들락거릴 일이 많았다. 스테인리스 식판에 나오는 음식들을 숱하게 봤었다. 그만큼 줄리아나 근무 시절 클럽 안에서는 폭행 사건이 비일비재하게 일어났다. 지현이 아는지 모르지만 그중 지현의 남편이 연루된 사건도 있었다. 만취한 지현의 남편이 도훈을 구타했었다. 자기가 유학하는 도중 제 아내에게 껄떡거린 놈이 너였냐고 윽박을 지르며 도훈의 면상에 주먹을 휘두르기 시작했다. 무릎을 꿇고 용서를 구하라고 했다. 도훈은 무릎을 꿇지 않았다. 그게 자기가 아니라고 반박하지도 않고, 어쩌면 그녀와 초등학교 동창인 다른 제임스 딘 보조를 자기로 오해하는 걸지도 모른다고 고자질하지도 않았다. 폐장 시간이 한 시간 앞당겨졌다. 사장은 손님들에게 양해를 구한 뒤 일찍 클럽 문을 닫으라고 지시했고, 지금부터 클럽 안에서 일어나는 일은 신고하지 말라며 웨이터들에게 함구령을 내렸다. 셔터를 내린 줄리아나 안에서 지현의 남편은 분이 풀릴 때까지 도훈을 두들겨 팼다.

"낙태한 이후로 재우가 나와도 말하지 않아."

지현이 입술을 앙다물었다. 이번엔 콜라에 소주 두 잔을 부었다. 나는 설렁탕을 포장해 달라고 주문했다. 지현은 약간 취해 보였지만 정신은 멀쩡해 보였다. 나는 핏발 선 지현의 눈을 쳐다보았다.

"한 명의 심장이 멈추었다는 걸 얘기했어?"

"아니. 아기들 보행 신발까지 두 켤레 건넨 마당이어서, 그 말이 도무지 나오지 않았어."

지현이 울음을 터뜨리면 건네주려고 냅킨을 슬며시 손에 쥐었다. 지현은 콜라소주와는 도무지 어울리지 않는 큼직한 깍두기를 젓가락으로 집어서 입 속에 넣고는 우두둑, 우두둑, 소리 내어 씹어 먹었다. 나는 손을 내밀어 테이블 아래로 움켜쥐고 있던 냅킨을 건넸다. 지현은 냅킨을 천천히 얼굴로 가져가더니 김치 국물이 묻은 입술을 쓰윽 훔쳤다. 재우는 제 엄마가 낙태하고 약혼자였던 루와 헤어진 이유가 나 때문이라고 오해하는 듯했다. 유치장 앞을 떠나기 전 아저씨 때문인 거죠,라고 물어 왔을 때 재우의 눈에는 언뜻 살기가 스치기도 했었다.

"많이 다쳤대?"

나는 재우가 폭행한 여성의 상태를 물어보았다. 지현은 당장 합의가 불가피하니 피해자가 입원한 강남병원에 가보자고 했다. 술기운이 올라서 차를 몰고 갈 순 없었다. 병원까지 그리 먼 거리가 아니어서 우리는 걷기로 했다.

직원이 포장 용기에 랩을 씌워 담은 설렁탕을 건네주었다. 지현이 가방 속에서 새끼손가락 크기의 작은 칼집을 꺼냈다. 오래전 싱가포르 리틀 인디아 거리에서 샀던 그것이었다.

지현은 칼집에서 칼을 뺐다. 날을 세운 칼로 포장 용기 위를 푹 찔렀다. 내가 의아한 표정을 짓자 지현이 말했다. "너무 뜨거우면 델까 봐." 우리는 설렁탕을 들고 새벽집을 나섰다.

강남병원 응급실 정문 앞에서 나는 걸음을 멈추었다.

먼저 자동문 안으로 들어간 지현이 나를 기다렸다. 내가 따라가길 바라지 않는다는 걸 눈치채고 지현이 다시 밖으로 나왔다. "소고기 사줬잖아." 지현이 나를 향해 퉁명하게 쏘아붙이는데 응급실에서 걸어 나오던 중년 남자가 지현의 뒷모습을 보고는 흠칫 놀라며 반대 방향으로 몸을 틀었다.

지현의 전남편인 듯했다. 내 눈길을 따라 고개를 돌린 지현이 그를 발견하고 쫓아갔다. 목소리를 높여 그의 이름을 불러 댔다. 지나가는 사람들이 일제히 주목했다. 그는 난감한 표정으로 어쩔 수 없이 돌아서서 지현을 기다렸다.

재우가 폭행한 여성은 이십 대 후반으로 재우의 친부와 수년째 동거하는 여성이었다. 재우의 부친은 지난해부터 양육비와 교육비를 보내 주지 않았다. 그 와중에 어린 여자 친구와 여행지와 고급 레스토랑에서 커플 사진을 찍어 SNS에 올리는 전남편과 지현 사이에 몇 번의 거친 말다툼이 일어났고 얼마 전부터는 아예 연락을 끊고 있었다. 그를 가만히 노려보던 지현이 손에 들고 있던 설렁탕 봉지를 그의 머리통에 휘둘렀다. 용기를 덮은 랩이 칼자국을 낼 때처럼 푹 소리를 내며 찢어졌다. 허연 설렁탕 국물과 함께 고깃점과 국수 가락이 그의 머리카락에 올올이 엉겨 붙었다. 지현은 당차게 발길을 돌려 건물 밖으로 나왔다.

차를 세워 둔 새벽집으로 향하는 동안 지현과 나는 한 마디도 나누지 않았다. 새벽집 골목에 접어들어서야 긴 침묵을 깨고 나는 정점 없는 생의 슬픔,이라고 속삭였고, 지현은 약한 자의 기쁨,이라고 받아쳤다.

"이번엔 점프를 할 필요가 없었어. 그만큼 키가 크지 않아서."

지현이 말미에 풋 실소했고, 나는 아까부터 참고 있던 웃음을 터뜨렸다. 농구선수 머리통에 얼음통을 갈기고 나서 그랬던 것처럼 지현은 태연하게 어깨를 들썩거렸다. 노란 가로등 빛 아래로 무수한 눈발이 조명처럼 흩날리는, 구줄리아나 앞이었다.

데이트

연수는 나의 전 부인이다. 29인치 여행용 캐리어를 들고 현관문으로 들어서자 노란 벙거지를 쓴 연수가 나를 맞아 주었다. 여섯 달만의 재회였는데 그사이 연수의 상태는 더 악화돼 있었다. 그녀는 휠체어에 앉아 있었고 자잘한 꽃무늬 민소매와 반바지는 남의 옷을 빌려 입은 것처럼 죄다 홀렁했다. 나를 향해 반갑게 비죽 들어 올린 연수의 가뭇한 팔마디와 반바지 아래로 드러난 두 정강이가 앙상했다. 옷이 큰게 아니라 연수의 몸피가 줄어든 거였다. 노란 벙거지 때문인지, 마른 몸 때문인지 연수는 가느다란 가지에 매달린 시든 개나리처럼 보였다.

나는 욕실로 들어가 손을 씻었다. 싱가포르로 오는 비행기 안에서 연수를 보고 놀라거나 걱정스러운 표정을 짓

　　　　　　　　　데이트

지 말자고 다짐했음에도 쉽지 않았다. 가슴이 먹먹해지고 목울대와 눈자위가 달아올랐다.

"와인 한잔 할까?"

연수가 명랑한 어조로 말했다. 식탁에 미리 차려 둔 나무 도마 위의 치즈와 와인을 연수가 눈짓으로 가리켰다. 나는 휠체어 손잡이를 밀고 식탁 쪽으로 걸었다. 과연 연수가 술을 마셔도 괜찮은지 알 수 없었지만 원하는 대로 해주고 싶었다. 연수는 식탁 맞은편에서 깊게 쌍꺼풀 진 커다랗고 검은 눈을 반짝이며 나를 응시하며 연방 손부채질을 하다가 모자 윗부분을 손으로 잡아당겨 벗었다. 머리카락이 한 올도 남아 있지 않았다. 연수의 어깨 너머 저쪽 선반 위에는 연수와 제시카가 함께 찍은 사진이 보였다. 나는 아직 제시카가 집으로 돌아오지 않은 건지 궁금했다.

간혹 연수가 제시카와 찍은 사진을 카카오톡으로 보내줬었다. 건강미 넘치는 더치 여성이었다. 제시카 말고도 연수는 나와 이혼한 후 두 번 연애를 했었다. 사고를 일으키지 않았던 멀쩡한 남자인 나와도 헤어진 후 이윽고 성정체성을 찾았다고 했지만 솔직히 나는 그 말을 믿지 않았었다.

"제시카는 잘 지내고 있어?"

"안 그래도 며칠 전 연락 왔어. 싱가포르를 떠나게 됐다고."

"아, 자기 나라로?"

"시드니로 발령이 났대. 자기는 세라와 언제?"

"아직 얘기 안 했나? 헤어졌어. 젠장, 헤어지던 날 지현이 앞에 있었어."

"풋, 너희는 아직도 그러고 있구나."

나는 침묵한 채 포도주를 내 앞의 잔에 따랐다. 병을 들어 보이자 연수가 고개를 끄덕였다. 연수의 잔에도 포도주를 따랐다. 연수는 특유의 온화한 미소를 지었다. 2005년, 내가 싱가포르를 떠나던 날에도 연수는 지금처럼 미소 지었더랬다. 그때와 다른 점이 있다면 희미하게 떠돌던 슬픈 기운이 그 자리에서 지워졌다는 것뿐이었다.

"소원이 있어."

연수가 똑 부러진 발음으로 말했다.

"어디 말해 봐. 다 들어줄게."

"데이트하고 싶어."

"데이트라……. 이 몸이 현재 잠시 싱글이라 가능하긴 하지만."

"하하, 너 아니야. 나에게 호감을 갖는 멋진 더치 여자와 데이트해 보고 싶어. 그리고 예전에 우리가 지현에게 해

준 것처럼 데이트 장소 유리창 밖에서 네가 점수를 붙여 줬으면 좋겠어. 어때, 재밌겠지?"

"연애가 하고파?"

"이기적인가?"

헬쑥하고 핏기 없는 안색이지만 영롱하게 빛나는 연수의 눈동자는 여전히 아름다웠다. 외모가 많이 변했고 앞으로도 더 변하겠지만 연수가 살아 있는 마지막까지 변치 않을 것이 있다면 연수의 눈일 터였다. 연수는 유방암이 세 번째 재발했다. 이번이 마지막이다. 처음 암을 발견하고 수술을 받은 후 연수는 내게 이혼하자고 제안했다. 프랑스에는 나 혼자 가는 게 옳다고 주장했다. 교민 잡지를 운영해야 하기도 했지만 타인에게 조금이라도 민폐 끼치는 걸 싫어하던 연수여서 그런 결정을 내린 것 같았다. 연수는 고집을 꺾지 않았고 우리는 헤어졌다.

나는 얼마 전까지 연인으로 한집에서 동거했던 제시카에게도 연수가 그랬을 거라고 짐작했다. 제시카는 석 달 전 떠났다. 자처하여 혼자 남게 된 연수의 생의 마지막 소원은, 아이러니하게도 다시 데이트를 해보는 것이었다.

오래전 지현이 싱가포르에서 우리와 함께 살 때였다. 연수와 나는 유모차를 끌고 크림색으로 회칠된 건물 일 층 카페 앞을 왕복했었다. 유리창 안에는 이십 대 중반의 지현이 상큼한 여름 원피스를 입고 앉아 있었다. 하루는 파란 넥타이를 목젖 아래까지 조여 맨 중년 남자가 지현의 건너편에 앉아 있었는데 족히 마흔은 되어 보였다. 열이 많은 체질인지, 긴장한 것인지 남자는 거듭 냅킨을 들고 땀으로 번들거리는 얼굴을 닦아 냈다. "허약한 체질인가?" 나는 지나가는 말로 내뱉었다. "지현이 너무 예뻐서 긴장했나?" 연수가 말을 이었다. 남자가 이번엔 냅킨을 반대로 돌려 인중을 꾹꾹 눌렀다. 지현은 유리창 바깥에서 서성이는 우리를 의식하고 힐긋거리느라 데이트 상대에게 집중하지 못하고 있었다.

그해 지현에게 허락된 소개팅 시간은 한 시간이었다. 연수와 나는 충분히 데이트를 즐기고 오라 했지만 갓 돌을 넘긴 어린 아들을 맡기고 소개팅 자리에 오래 앉아 있기가 지현은 편치 않은 모양이었다. 어쩌면 상대에게서 한 시간 이상의 가치를 발견하지 못했을 수도 있다. 다행히 우리가 살았던 페라나칸 양식의 낡은 건물 일 층에 카페가 있었고 덕분에 지현이 소개팅하느라 오가는 시간을 줄일 수 있었다. 상대가 어느 장소가 좋은지 물어 오면 지현은 주저하지 않고 일 층 카페 이름과 주소를 알려 주었다.

연수와 나는 유모차를 끌고 그 앞을 지나가는 척하며 목을 빼고 카페 안을 엿보곤 했다. 상대 남자의 외모와 표정을 살펴보았다. 장난기가 발동해서 어느 날부터인가 나는 포스트잇에 점수를 적어 유리창에 붙이기 시작했다. 40, 45, 50. 그때까지 55점을 넘긴 남자는 없었다.

지현은 다이어트를 했다. 임신 동안 불어난 몸무게를 줄이느라 모유수유도 한 달 이상 하지 않았고 일 년 넘게 식단을 조절했다. 나는 매일 저녁 마시는 맥주부터 끊으라고 핀잔을 주었다. 그러면 지현은 테라스 등나무 의자에 앉아서 존 메이어의 음악을 들으며 마시는 차가운 맥주가 없는 찜통 같은 열대의 삶은 상상할 수 없다며 구시렁거렸다. 이튿날이면 맥주 때문에 더 극단적인 다이어트를 감행해야 하면서도 그랬다. 소개팅에서 데이트로 발전하지 못하고 번번이 실패하는 이유가 몸무게 때문이 아니란 걸 깨닫고 난 후에도 지현은 다이어트를 중단하지 않았다.

연수와 나는 사무실에서 저녁 여섯 시경 돌아왔다. 오전에 지현이 피로하거나 아픈 기색이면 둘 중 한 명이 먼저 퇴근하여 귀가하기도 했다. 연수는 나와 교민 잡지를 운영하는 동업자였다. 일의 특성상 싱가포르로 이주하여 개인 사업을 하는 교민들을 자주 만났다. 교민 잡지에는 주로 새로 생긴 식당, 여행사, 학원, 미용실, 해운 회사 광고가 실렸다. 연수와 나는 고객과 친해지면 넌지시 주변에 괜찮은 싱글 남자가 있는지 물었다. "저희와 같이 사는 여자 친구가 싱글이거든요." 연수가 부연했다. 사람들은 흔쾌히 소개시켜 줄 남자가 있다고 말했다가, 지현이 돌 지난 아들이 있는 이혼녀란 사실을 들으면 주저하는 기색이었다. 그러면 연수가 얼른 지현의 사진을 내밀었다. 정말 예쁘죠, 하고 목소리와 눈동자에 바투 힘을 줄 때면 연수는 외판원처럼 보이기도 했다.

연수는 지갑에 항상 지현의 사진을 넣어 다녔다. 지현의 사진을 본 사람들은 그제야 안심하고 소개팅을 주선해 주었지만 소개팅에 나간 지현은 죽상이 되어 돌아오곤 했다. 소개팅에 나온 남자들은 나이가 많았고 대부분 지현보다 열 살 위였다. 이혼 경력이 있는 한국 남자들로 국한되었기 때문이다. 지현은 매번 실망했고 이게 나이 차이 때문은 아니지만 나이 차이 때문이 아니라고도 단언할 수 없다고 했다. 이혼한 이유를 물어보면 하나같이 전 부인에 대한 험담을 나열하기에 급급하다고 했다. "참나, 현모양처가 아니었대. 술, 담배를 했대. 친구들과 어울려 유흥을 즐겼대. 남편이 밤늦게 술을 마신다고 바가지가 이만저만이 아니었

데이트

대. 마지막 거 빼고 이 중에 나와 다른 게 뭐지?" 지현이 불평하면 연수가 얼른 냉장고에서 찬 맥주를 꺼내 왔다. 나이 차이보다 세대 차이를 절감하고 집으로 돌아온 지현을 위로해 줄 것은 그뿐이었다.

지현은 머리가 얼얼할 정도로 차가운 맥주를 마시고 나면 표정이 좀 누그러졌다.

"결혼을 너무 빨리한 너의 죄지."

무심결에 내가 내뱉은 말이 끝나기도 전에 연수가 내 쪽으로 은근히 눈을 흘겼다.

"세상에, 지금이 어느 시대인데. 더군다나 여긴 한국도 아니잖아."

연수가 지현을 두둔하고 나섰다.

연수와 나는 결혼 준비 중이었다. 영사관에서 혼인신고만 하고 결혼식은 생략하기로 했다. 분양 사기로 동네 사람들의 종잣돈을 들고 중국으로 도주한 아버지는 초등학생 때 이후로 연락이 두절된 상태였다. 아버지와 이혼한 어머니는 자기한테까지 찾아와 위장 이혼인 거 다 안다고, 어디에 숨었는지 밝히라고, 안 그러면 네 아들까지 죽을 줄 알라고 난동을 부리는 빚쟁이들을 상대하다가 우울증과 공황장애를 앓았다. 장거리 국제 비행은 언감생심이었다. 연수는 부모님이 일찍 돌아가셔서 시골에서 소작농을 하는 할머니 손에 컸는데, 연로한 할머니도 장거리 비행을 할 수 있을 만큼 건강하지 않았다. 여동생은 직장을 다니는 데다 갓난쟁이까지 돌봐야 해서 참석할 수 없다고 통보해 왔다. 결혼식 하객이라고 해봐야 지현과 재우가 전부였다. 연수와 나는 어차피 가족 한 명 참석하지 못하는 결혼식을 굳이 할 필요가 없다고 생각했다. 결혼식 대신 넷이서 인근 휴양지로 여행을 가거나 플러튼 호텔에서 근사한 저녁 식사를 하자고 제안한 건 연수였다. 그만큼 지현과 재우를 가족처럼 여기며 애정과 배려를 아끼지 않는 연수의 마음은, 지현과 나 같은 미성숙한 인간들은 도저히 모방할 수 없는 것이었다.

하루는 연수가 담당하는 거래처와 저녁 식사 할 일이 생겨서 내가 먼저 귀가했다. "설마 웨딩 촬영조차 하지 않으려는 건 아니지?" 지현이 재우를 포대기로 업고 흔들며 물어 왔다. 포대기를 두른 지현의 모습은 매일 보아도 낯설었다. 이십 대 중반의 젊고 예쁜 여자가 나이 많은 언니의 아들을 대신 봐주고 있는 것처럼 보였다. "웨딩 촬영? 그런 걸 굳이 해야 하나." 나는 무성의하게 대꾸했다. 형식적인 절차는 생략하기로 연수와 이미 합의해서였다. 지현은 가당치 않다는 듯 눈을 부라렸다. "무슨 말이야! 평생 한 번뿐인 결혼식인데. 우리 재우 엄마, 웨딩드레스는 입게 해줘야지." 지현이 따지고 들었다. 그 무렵 재우가 생모인 지현보다 연수를 더 따라서 우리는 농담처럼 연수를 재우 엄마라고 부르곤 했다.

나는 장난기 어린 얼굴로 지현을 쳐다보았다. "결혼 말이야, 정말 한 번뿐인 거 맞아?" 나는 짓궂은 얼굴로 지현에게 물었다. 지현이 입술을 부루퉁 내밀며 팔꿈치로 내 옆구리를 툭 쳤다.

지현의 성화에 못 이겨 결국 우리는 연수의 웨딩드레스를 사러 쇼핑몰로 나갔다. 연수가 고른 웨딩드레스는 중저가 의류 매장에 걸린 흰색 민소매 원피스로 30% 세일 가격표가 붙어 있는 것이었다. 연수는 커트 머리여서 미용실도 갈 필요가 없다며 마다했다. 웨딩 촬영 날 아침 지현은 자기가 가지고 있던 몇 가지 색조화장품을 펼쳐 두었다. 그 것들을 연수의 얼굴에 발라 주었다. 타고난 인물이 수려한 연수는 화장을 입히고 나니 색다른 매력을 발산했다. 지현은 연수가 영화 「블루」의 여주인공 쥘리에트 비노슈보다 더 예쁘다고 너스레를 떨었다.

촬영 장소는 35도의 뙤약볕이 내리쬐는 보타닉가든이었다. 사진사는 땀을 줄줄 흘리며 셔터를 눌렀다. 지현은 사진사 뒤에서 유모차를 앞뒤로 밀며 나와 연수에게 좀 더 다정한 포즈를 취하라고 성화를 부리며 손짓을 해댔다. 나중에 인화된 사진을 보자 연수의 얼굴에 바른 색조 화장은 땀으로 다 지워지고 입술에 바른 짙은 벽돌색 립스틱만 덩그마니 남아 있었다. "차라리 화장을 하지 말걸." 지현이 속상해했다. 그런 지현을 보며 연수가 너그러운 목소리로 대꾸했다. "너 아니었으면, 이런 멋진 웨딩 사진조차 가지지 못했을 거야."

　　교민들 사이에 연수와 나의 결혼 소식이 퍼졌다. 소문의 근원지는 지현이었다. 한국 식당 하나를 빌려 잡지에 광고를 싣는 거래처 고객들을 초대한 것이었다. 지현은 웨딩 사진 촬영에서 연수의 얼굴에 발라 준 화장의 실패를 만회하고 싶은 듯했다. 아침부터 재우를 업고 톰슨 로드 화훼시장에서 산 꽃들을 나르고, 가느다랗고 고불고불한 끈이 달린 풍선들을 천장에 매달았다. 풍만한 젖무덤의 가슴골이 노골적으로 드러나는 비키니를 입은 여자들이 요염한 시선을 던지는 주류 광고 전단지와 불고기, 삼겹살, 비빔밥 같은 조악한 푯말이 줄줄이 붙은 식당을 연분홍빛 풍선과 하얀 꽃으로 장식해 두었다. 식당 분위기는 마치 유령의 집에 들어선 것처럼 기괴하고 을씨년스러웠다.

나는 두 여자를 실망시키지 않으려고 줄곧 피를 빨아 먹기 직전의 드라큘라 같은 억지 미소를 지었다. 연수는 사진 촬영을 위해 구매한 하얀 원피스를 입고 있었다. 나는 그 자리에 참석한 교민들에게 감사의 뜻으로 공손히 술을 따랐다. 교민회장이 내게 축의금 봉투를 건넸다. 화장실에 간 참에 봉투를 슬쩍 벌려서 확인해 보니 축의금치고는 과히 부담스러운 거액이었고 나는 그날 교민회장에게 더 깍듯하게 굴었다.

지현이 걸어 둔 풍선들에서 자꾸 바람이 후루룩 빠져나왔다. 풍선을 입술에 물고 공기를 주입하느라 정신이 없는 지현을 대신하여 연수가 재우를 안고 있었다. 그날따라 재우가 유난히 울고 보챘다. 교민회장이 단체 사진을 찍자며 바람을 잡았다. 스무 명 남짓한 사람들이 대들보를 중심으로 모였다. 연수는 내 옆으로 재우를 안고 섰다. 지현이 얼른 이쪽으로 달려왔고 사진기 셔터를 누르기 직전 재우가 연수의 원피스 위에 토했다. 초저녁에 먹은 간장과 참기름에 비빈 밥을 다 게워 낸 것이었다.

내가 재우를 안아 들었고 연수는 화장실로 달려갔다. 원피스가 거무죽죽한 토사물로 얼룩진 바람에 결국 사진은 찍지 않기로 했다. 연수는 그날 일을 회상할 때마다 재우가 효도했다고, 단체 사진을 찍지 않아서 정말 다행이라고 말했다. 누군가를 좀체 미워하지 않는 연수가 예외를 두고 노골적으로 싫어하는 사람이 있었는데, 바로 교민회장이었다.

연수와 나는 데이팅 앱의 리뷰들을 살펴보았다. 틴더와 범블과 커피미츠베이글과 힌지 중에서 연수에게 적합한 데이팅 앱이 무엇일지 상의했다. 본인의 사진을 SNS처럼 게시하는 힌지가 나을 거라고 연수가 말했다. "민머리인 걸 알려야겠지?" 연수가 힌지를 다운로드하며 씩 웃었다. 연수는 내게 사진을 찍어 달라고 부탁한 뒤 그 사진들을 앱에 올리며 영어로 자기소개를 적었다.

저는 유방암이 세 번 재발했습니다. 담당의는 비관적이에요. 얼마나 더 살 수 있을지 모른다는 뜻입니다. 그러나 저는 데이트를 하고 싶습니다. 사랑하고 싶습니다.

"마지막 문장은 꼭 넣어야 해?"
나는 냉소적인 말투로 연수에게 물었다.
"여기에도 누군가 나 같은 처지의 사람이 있을 수 있잖

아. 이게 내 진심이고."

연수는 부드러운 어조로 반박했다. 물론이었다. 싱가포르가 아무리 서울시보다 규모가 작은 나라라고 해도 이곳에도 누군가 연수처럼 병들었지만 사랑을 꿈꾸는 사람은 있을 터였다. 마지막으로 연수는 원하는 상대를 적는 빈칸을 채웠다. 사십 대 중반에서 육십 대 미만의 더치 여성.

"정말 사랑을 하고 싶어?"

나는 얼떨떨한 표정으로 물었다.

"응. 하고 싶어."

연수는 단호하게 대답했다. 그래서일까. 사랑 따위 개밥그릇에 던져 줘라, 입버릇처럼 말하면서 잠시도 공백기를 갖지 않고 지속적으로 연애를 해온 지현과 달리 연수는 신중한 편이었다. 마음 깊이 좋아하는 사람이 나타날 때까지 기다렸다. 나는 몸이 부서져 가고 있는 연수가 사랑으로 마음까지 부서지는 걸 바라지 않았다.

연수와 비슷한 처지의 데이트 상대는 없었다. 연수는 한 달 가까이 댓글이나 쪽지를 아예 받지 못했다. "범위가 너무 협소해. 나이나 국적을 좀 더 넓게 잡았다면 벌써 신청을 받았을 텐데." 나는 풀이 죽은 연수를 격려했다. 연수는 제 취향과 바람을 포기하지 않았다. 다만 실제의 제 모습보다 좀 더 예쁘게 나온 사진을 찍으려고 노력했고, 사진이 바랐던 만큼 잘 나오지 않은 걸 보고는 내가 지현이었다면 자기 얼굴에 화장을 해줬을 거라며 아쉬워했다.

연수는 눈매가 짙은 데다 코가 오똑해서 굳이 화장할 필요가 없었다. 예전부터 자외선차단제만 발랐지 색조 화장은 하지 않았었다. 연수가 거울에 비친 제 얼굴을 보다가 돌연 지현이었으면 죽기 일주일 전에도 데이트 상대를 유혹하는 데 성공했을 거라고 자조했다. 나는 위로한답시고 지현은 상대를 유혹하는 것에는 성공해도 그 관계를 지속하진 못했을 거라고 대꾸했다. 연수는 일주일 후 죽을지도 모르는데 관계를 지속하는 게 무슨 의미가 있겠느냐고 반문했다.

그날 나는 유튜브에서 몇 가지 화장법을 시청했다. 색조 화장품 브랜드를 검색했다. MRT를 타고 오차드 세포라에 가서 펄이 섞인 아이섀도 세트와 마스카라와 립스틱을 샀다. 돌아가는 전철 안에서 연수가 사용하는 데이팅 앱 힌지에 내 계정을 만들었다.

"쪽지가 왔어!" 연수가 달뜬 목소리로 말했다. 나는 연수가 내민 휴대폰을 보았다. 사진을 게시하지 않은 남성이었다. "그러니까 넌 여성보다는 남성에게 더 인기가 있는

거였네." 나는 연수에게 말했다. 연수는 익명의 남성의 쪽
지에 댓글을 달았다. 관심을 가져 준 것은 온 마음을 다해
고맙지만, 자긴 남성에게 관심이 없기에 이 데이트는 성사
될 수 없다,라고 밝혔다. 당신과 어울리는 짝을 찾길 바라
요,라는 마지막 문장으로 인사를 대신했다.

　　이 한 번의 쪽지로 연수는 자신감을 얻었다. 나는 연수
의 얼굴에 어설프게나마 색조 화장을 해주었다. 화장을 마
친 연수가 손거울을 보았다. 역시 그림을 전공해서 화장도
잘하나 보다,라며 칭찬을 아끼지 않았다. 내 화장 실력의 공
이었다고 말할 순 없지만, 그로부터 정확히 일주일 뒤 더치
여성의 댓글이 달렸다. 그녀는 연수를 만나고 싶다며 집 근
처로 직접 찾아오겠다고 했다. 그 댓글을 읽는 연수의 얼굴
에 화색이 돌았다. "지현이 처음 데이트했던 그 더치 기억
나?" 연수가 고무된 목소리로 말했다.

지현은 소개팅에서 번번이 낙담하고 돌아왔다. 하루는 맥
주를 마시다가 나이 든 이혼남을 만날 수밖에 없는 자신의
상황이나 세대 차이가 나는 데이트 상대의 가치관을 바꿀
수 없으니 상대적으로 바꾸기 쉬운 제 마음을 바꾸겠다고
중얼거렸다. 마음에 들지 않아도 말이 통하는 남자 대신 말

이 통하지 않아도 마음에 드는 남자를 만나겠다는 것이었다. 제 영어 실력으로는 소통이 원활하지 않겠지만 시도해 보겠다고 결심했다. 연수와 나는 지현다운 발상이라며 추임새를 넣었다.

지현이 그렇게 말하고 얼마 지나지 않아서 그녀는 정말로 데이트를 시작했다. 동갑내기 더치였다. 이제 막 싱가포르로 이주한 그는 더치계 은행에서 근무했다. 키가 백구십이 넘는 장신에 웨이브 진 금발이었고 근육질이었다. 커피 광고 속에서 튀어나온 것 같은 미남이었다. 신사적인 그는 만날 때마다 문이라는 문은 죄다 열어 주고 지현이 앉을 의자를 빼주었다. 그는 지현처럼 맥주광이기도 했다. 이 모든 장점들은 애초에 예상되었던 언어적 문제를 쉬이 압도했다.

몬순 무렵 우리는 그를 집으로 초대했다. 지현과 그와 나는 테라스 등나무 테이블에 둥글게 앉아서 폭우가 쏟아지는 야경을 보며 맥주를 마셨다. 나는 그에게 지현의 어떤 점이 끌렸느냐고 물었다. 그는 주저하지 않고 지현의 매력은 너무나 많아서 어느 하나로 정의하기 어렵다고 말했다. 덧붙이길 이렇게 맥주를 화끈하게 잘 마시는 여자는 처음이라며 감격의 미소를 보냈다. 방에서 재우를 재우고 테라스로

데이트

나오던 연수가 유리창에 노란 포스트잇을 붙였다. 95점. 나는 연수가 너무 과한 점수를 줬다고 생각했다.

연수는 의자에 앉으며 그에게 지현과 어떻게 만났는지 물었다. 이미 지현에게 들은 이야기를 되묻는 게 이상했는데, 나중에 연수가 설명하길 처음 만난 시점의 기억은 어쨌든 남녀 버전이 다르다는 것이었다.

그는 더치 커뮤니티의 조기 축구회에서 축구를 하다가 골절상을 입어 정형외과에 갔고, 수납 창구 앞에 서 있는 지현을 발견했다고 했다. 지현은 하얀색 칼라 민소매 셔츠에 청반바지를 입고 있었다. 그는 와우, 하고 과장된 감탄사를 덧붙이며 한눈에 반했고 병원 대기실에서 줄곧 지현을 주시했다고 말했다. 지현이 병원을 나가자 제 순서가 왔는데도 무시하고 한쪽 다리만으로 경중경중 뛰어 지현을 따라갔다. 연락처를 물었는데 지현이 대뜸 저는 아이 엄마예요, 라고 대답했다. 그래서 왜 반지를 끼고 있지 않느냐고 물었더니 지현이 남편은 없다고 말을 이었다. 그는 아이가 있는 게 무슨 문제라도 되느냐고 말하며 사람 좋게 웃었다. 그 반응에 지현은 초여름 태양처럼 환히 웃었고 그 자리에서 서로의 연락처를 교환했다.

그와 지현은 각자 싱가포르에 온 이유와 직업에 대해

짧은 대화를 나누었다. 지현은 소규모의 한국 커뮤니티 잡지에 연재할 글을 쓰고 있다고 말했다. 그는 그날 이후 일주일간 일부러 연락을 하지 않았다고도 우리에게 정직하게 고백했다. 이 작전은 늘 성공적이었는데 다른 여자들처럼 지현이 먼저 연락을 해올 것이고 초반의 파워 게임에서 자신이 주도하리라 짐작하고 최적의 타이밍을 기다렸다는 것이다. 하지만 그의 짐작을 깨고 지현에게선 열흘이 지나도록 연락이 오지 않았다. 자신에게 관심 없는 여자는 처음이었다. 승부욕이 불타올랐다. 그는 잘생긴 금발의 은행가였지만, 지현의 과거를 까마득히 몰랐던 것이다.

사실 그는 처음부터 지현의 표적이었다. 지현은 병원에서 그를 발견했다. 지현은 그가 자기를 예의 주시하고 있는 걸 눈치채고 있었다. 그는 기억하지 못했지만 지현은 상냥한 미소로 그에게 유혹의 눈길을 주고 유유히 병원 밖으로 나갔다. 허둥지둥 쫓아 나와 연락처를 물어본 남자가 연락을 해오지 않으니 그게 전략이라는 것도 간파하고 있었다. 열흘 후 그에게서 연락이 왔을 때 지현은 재우를 안고 연수와 나란히 앉아 티브이를 보고 있었다. 파이널리! 하는 외침을 듣고 주방에서 샌드위치를 만들던 나는 뒤돌아보았다. 지현은 재우의 머리통에 연방 뽀뽀 세례를 퍼붓다가, 트로피를 쳐들 듯 재우를 번쩍 들어 올렸다가, 흔들의자에 내려 두었다. 곧이어 연수와 지현은 사춘기 여자아이들처럼 두 손을 맞잡고 소리를 꽥꽥 질러 대며 기뻐했다.

연수는 지현과 더치 남자의 첫 만남을 경청하다가 그의 감탄사를 흉내 냈다. "와우! 정말 낭만적이다." 그는 미소 지으며 맥주를 마시고는 연수와 나는 어떻게 만났는지 물었다. 연수는 우리가 처음엔 일 관계로 알게 되었고, 소주에 삼겹살을 먹으며 타지 생활의 고충을 나누던 친구 사이였다가, 교민 잡지의 동업자가 되었다고 말했다. 연이어 나무 주걱으로 냄비 바닥에 들러붙은 탄 음식을 긁듯 연수는 기묘한 웃음소리를 나직하게 흘렸다. "지운이 어차피 일 때문에 매일 보는 사이인데, 같이 살까요? 물어서, 그래,라고 대답하고 같이 살게 되었어요." 연수의 말에 지현은 "에이, 싱거운 놈"이라 비웃으며 나를 흘겨보았다. 그 더치 놈은 자기가 태풍순이의 꾀에 넘어간 바보 천치인 줄도 모르고 허허허 웃어 댔다.

지현은 그 더치와 십 개월 정도 사귀었다. 토요일마다 그와 데이트를 하며 그의 집에서 자고, 일요일 아침 그와 브런치를 먹은 후 정오가 넘어서 돌아왔다. 미안한 얼굴로 재우를 건네받으면서는 나와 연수도 데이트를 하고 오라고 부추겼다. 간혹 연수와 나는 단둘이 영화를 보러 나가기도 했는데 대부분은 집에서 재우와 시간을 보냈다. 지현은 일요일 오후 내내 쉬지 않고 그 더치와의 연애담을 쏟아 냈다. 연수는 부러운 눈길로 이야기를 들으며 시종일관 그 더치 놈에게 배운 감탄사를 연발했다. 와우, 와아우, 와아아우.

나는 그가 영 마음에 들지 않았지만 그에게서는 꼬투리 잡을 게 별로 없었다. 나는 술자리에서 교민회장에게서 귀동냥한 말을 지현과 연수에게 들려주었다.

"더치들이 국제적으로 명성이 자자한 구두쇠라네. 이득 앞에선 물불 안 가린대. 여기 동남아시아에서도 더치와 거래할 때는 다들 초주검이 된다는 거 있지. 새끼들, 좋아하는 여자와 데이트하면서도 더치페이를 하냐. 에이, 쪼잔한 새끼들."

그러나 연애 초 석 달 동안 더치페이를 해왔던 그가 갑자기 더치페이를 중단했다. 지현에게 사랑한다는 말을 고백한 날부터였다. 지현은 그날부터 엉덩이춤까지 춰가며 더치는 더치페이를 하지 않는다고 노래를 불렀다.

이렇듯 유난스럽게 연애했던 까닭에 지현이 그와 헤어지고 다른 남자를 사귀기 시작했을 무렵 연수는 그 상황을 도무지 이해해지 못했다. 정말 괜찮은 남자였는데…… 틈만 나면 아쉬움 가득한 목소리로 소곤거렸다. 그를 진짜로 마음에 들어 했던 사람이 어쩌면 연수가 아니었을까 의심이 들 정도였다.

지현은 더치 이후 연달아 프랑스인과 스페인 남자를 사귀었다. 두 살 연하의 프랑스 남자는 몇 번 외도를 한 게 발각되어 콘돔 세 박스를 이별 선물로 주고 헤어졌다. 한 살 위의 싱가포리언 남자는 알고 보니 기혼자인 걸 알고 한 달 만에 헤어졌다. 공백은 없었다. 기존의 남자 친구와 문제가 생길 때마다 새로운 남자들이 나타나서였다. 어느새 지현은 민족에 따른 데이트 특성을 분별할 줄 알았다. 어느 민족이나 연애 시 장단점이 있다는 걸 터득했다. 폭넓은 다양성의 이해로 그녀의 데이트에는 가속이 붙었다.

"아주 유럽을 싹쓸이할 셈이냐."

나는 비꼬는 투로 지현을 놀리곤 했다.

"유럽에 한 번 가보지도 않고 유럽 문화를 다 섭렵하고 있어. 자랑스럽지?"

지현이 능쳤다.

"왜 이제 북미 대륙으로 진출하셔야지."

"노 노, 그 지역은 날 안 좋아해. 청교도 문화라서 보수적이야. 가족중심주의인 데다 연애에 관해서도 뭐랄까, 옳고 그룹의 흑백논리가 잔재해 있어."

그즈음 연수와 나는 저녁마다 불법다운로드 한 「섹스 앤 더 시티」 시리즈를 시청했는데, 드라마를 보던 연수가 문득 지현이 캐리와 사만다를 섞어 놓은 인물이라고 말한 날이었다. "지현이 부러워? 너도 그렇게 살고 싶어?" 나는 짐짓 태연한 목소리로 물었다. "부럽지. 하지만 나는 불가능해. 그러기에 난 상처가 너무 깊잖아." 나는 연수의 대답을 듣고 멈칫했다. 대관절 연수에게 어떤 상처가 있는지조차 몰라서였다. 그 뒤의 말은 더 놀라웠다. 연수는 나를 만나기 전 남성 혐오를 가지고 있었다고 고백했다.

데이팅 앱에서 만난 더치 여자가 집으로 찾아왔다. 저쪽에서 먼저 불편하지 않다면 집으로 오고 싶다고 제안했다. 그렇지 않아도 휠체어를 탄 연수가 외출하기는 쉽지 않았을 터였다. 나는 정중하게 현관문을 열어 주었다. 더치 여자는 왜소하고 말랐지만 근력운동을 꾸준히 해온 다부진 몸이었다. 반백의 머리카락을 하나로 동여 묶고 민트색 구슬 줄이 달린 안경을 끼고 있었다. 나는 식탁 위에 재스민 티 두 잔을 내려놓았다. 더치 여자에겐 보이지 않도록 연수만 볼 수 있는 찻잔 표면에 작은 포스트잇을 붙여 두었다. 85점.

나는 자리를 피해 주었다. 방으로 들어갔다. 간만에 듣는 연수의 웃음소리에 마음이 놓였다. 두어 시간 후 노크 소리가 들려왔다. 방문을 열었다. 더치 여자는 티를 잘 마셨다고 인사하며 이제 돌아가야 한다고 말했다. 나는 현관문까지 더치 여자를 배웅했다. 아까의 웃음소리가 무색하리만치 연수의 표정은 어두워 보였다. 연수는 그만 자고 싶다고 맥없이 웅얼거렸다. 연수를 방으로 데려다주고 나와 주방에서 라면을 끓이고 있는데 잠시 후 연수가 나를 불렀다. 나는 연수의 방으로 종종걸음 쳤다. 침대에 누운 연수가 나를 쏘아보았다.

"왜 내가 데이트하는 사람에겐 그렇게 후해? 지현이 데이트했던 사람들한테는 55점 이상 준 적이 없잖아."

연수는 더치 여자가 이곳에 찾아온 진짜 이유를 말하기 시작했다. 더치 여자는 싱가포르로 여행을 왔다가 데이팅 앱을 통해 만난 인도네시아 여자와 사랑에 빠졌고 그 연애를 지속하기 위해 이곳에 체류하기로 결정했다. 연애 상대는 워킹 비자로 식당에서 서빙을 했다. 더치 여자는 영어 학원 강사직으로 이민국에 비자 신청을 하길 바랐으나 학원 사장은 나이 든 그녀를 위해 제 학원 사업으로 나온 인력 쿼터를 사용하길 꺼렸다. 그녀는 인근 국가로 여행을 다

녀오며 체류 비자를 연장하는 중이었고 불안정한 상황이
었다.

연인이 생긴 더치 여자는 자신의 데이팅 앱을 정리하
려고 들어갔다가 연수의 계정을 보았다. 연수는 이곳의 영
주권자였다. 연수가 보증을 서주면 이곳에 일 년 정도 체류
할 수 있는 워킹 비자를 발급받을 수 있었다. 더치 여자는
그 부탁을 하러 연수를 찾아온 것이었다.

"내가 이래서 더치를 싫어한다니까." 나는 메마른 목소
리로 말했다. 베개를 안고 있던 연수가 나를 물끄러미 쳐다
보았다. "라면 끓이던 중이었어?" 나는 연수를 휠체어에 앉
히고 주방으로 이동했다. 냄비 속 라면 국물은 다 졸아 있었
다. "어쨌든 의미 있는 일이 아닐까? 내가 보증을 서주면 그
여자의 사랑이 지속되는 거잖아." 연수가 심드렁한 어조로
말하는 동시에 나는 국물이 다 졸아 든 냄비를 쓰레기통에
뒤집었다.

그날 밤부터였다. 연수는 매일 포도주를 마셨다. 마주
앉아 포도주를 홀짝이는 동안 연수는 그동안 내가 몰랐던
그녀의 비밀을 하나씩 꺼내었다. 일곱 살 때 구멍가게에서
백 원짜리 카스텔라를 도둑질했다가 발각됐던 이야기나 자
기를 고아라고 놀리던 아이들 책가방에 똥 묻은 휴지를 슬

213   데이트

쩍 문질렀다는 이야기였다. 도무지 연수가 그랬을 거라고 상상되지 않는 경험담이었지만 어릴 때였으니 속상한 마음을 그런 식으로라도 달래려고 했나 보다고 이해했다. 어쨌든 연수와 동일 인물인 것 같지 않은 어린 여자아이의 복수극을 듣고 처음엔 신선한 충격이 왔는데, 시간이 갈수록 연수가 비밀을 꺼내는 그 시간이 나는 괴롭기만 했다.

연수가 싱가포르로 오게 된 경위를 듣고 나는 며칠 제정신이 아니었다. 연수는 여동생과 함께 할머니 손에서 컸다. 상고를 졸업하고 담임선생님 추천을 받아 그 지역의 협동조합에서 근무했었다. 조합 금고에서 상당한 금액의 돈이 사라진 사건이 있었다. 근무자 중 가장 가난했던 연수가 의심받았다. 조합장은 따로 연수를 불러내 갈비와 술을 사주며 위로와 격려를 주었다. 주량이 약한 연수는 소주 몇 잔을 마시고, 자기편이 되어 준 유일한 사람에게 도둑으로 몰린 억울한 심정을 토로했다. 술기운이 오르자 속상한 마음은 더 붉거졌고 그래서 술을 더 들이켰다가 어느 순간 기억이 끊겼다.

연수는 제 얼굴 위에 빗방울이 똑똑 떨어지는 걸 느끼고 잠에서 깨어났다. 벌거벗은 조합장이 연수의 몸 위에서 헐떡이고 있었다. 두 손으로 조합장을 밀쳐 냈다. 그의 몸이 땀으로 번들거려서 손바닥이 쓰윽 미끄러졌다. 연수는 그의 머리통을 치려고 사이드 테이블 위에 놓인 스탠드 기둥을 손으로 움켜쥐었다. 그의 머리통을 쳤고, 침대 위로 핏물이 흥건해졌고, 발간 핏물이 묻은 시트로 몸을 감싸고 여관을 빠져나와 도움을 요청하고……. "그런 순간에는 무슨 말이 나오는지 알아?" 연수의 질문에 나는 대답하지 못했다. "살려 주세요. 나는 그 악몽을 수도 없이 꿨는데 그때마다 살려 달라고 소리쳤어. 그런데 현실에선 그러지 않았어. 얼굴도 기억나지 않는 아버지보다 늙은 조합장이 기절한 내 몸 위에서 그 짓을 하고 있었는데. 나는 스탠드 기둥을 잡고 아무 말도 하지 않았어."

연수는 그 후로도 일 년 가까이 조합장과 밀회를 가졌다. 그와 헤어지고 집으로 돌아가서는 밤마다 폭식을 했다. 삽시간에 몸무게가 십 킬로그램 불었다. 살이 찐 거라고 생각했다가 생리를 하지 않은 지 몇 달이 지났다는 사실을 깨달았다. 마침 그 동네 할머니로부터 해외에서 교민 잡지를 운영하는 아들이 채용 공고를 냈다는 소식을 우연히 들었다. 혹시 전화를 받은 사람이 영어로 말할까 봐 영어로 자기소개를 수십 번 연습했더랬다. 난생처음으로 국제전화를 시도했다. 몇 번의 신호음이 울린 뒤 교민 잡지 사장이 통쾌

데이트

한 한국어로 여보세요, 하고 전화를 받았다. 연수는 한국어를 듣고 당혹스러워서 선뜻 화답하지 못했다. 상대방의 여보세요,를 여러 차례 들은 후 연수는 조심스러운 어조로 영어를 하지 못해도 그곳에서 일할 수 있는지 물었다. 사장은 교민 잡지에선 외국인과 만날 일이 별로 없다고 대답했다. 사장이 기대 월급을 물었다. 연수는 월급 액수는 얼마든 개의치 않는다고 대답했다. 그렇게 해외에서 취직자리를 얻었다. 막상 떠나려고 생각하자 생활고를 겪는 할머니와 아직 고등학생인 여동생이 마음에 밟혔다. 하나, 결심을 굽히지 않았다. 곧장 싱가포르행 비행기 티켓을 예매했다. 그건 연수가 이십오 년을 살면서 처음으로 자신을 위해 한 선택이었다.

"싱가포르에 오길 잘했네."

"여기라고 그런 사람이 없는 건 아니야."

연수는 씁쓸한 미소를 지었다.

이튿날 포도주를 마시면서 연수는 이곳에 와서도 비슷한 일을 한 번 겪을 뻔했다고 했다. 다행스럽게도 상사였던 교민 잡지 사장의 도움을 받아 그런 일을 면할 수 있었다. 한국에 살 때 감기에 걸리면 할머니가 오렌지주스를 주었는데, 연수가 근무 중 기침을 하거나 코를 풀면 자기 할머니처럼 오렌지주스를 사다 주었던 사장이었다고, 연수는 기억했다. 연수를 집에 데려다주는 척하며 외딴 데로 유인하려던 작자는 온건한 마음을 가진 사장의 저지에 실패했고, 앙금을 품고 교민 잡지에 광고를 싣는 거래처 고객들에게 입김을 넣어 교민 잡지의 광고 칠십 퍼센트 이상이 떨어져 나갔다. 일 년 이상 고전을 겪던 사장은 사업을 접으려다가 마음을 고쳐먹었다. 교민 잡지를 연수가 인수하겠다고 나섰던 것이다.

인수 자금이 부족하여 나에게 동업을 물어본 건 핑계였다고 했다. 인수금이 얼마 되지 않아서 연수가 모아 둔 돈으로 충분했었다. 나를 눈여겨보았던 연수는 나와 가까워지기 위해 거짓말했다고 부연했다. 연수에게 그런 짓을 시도했던 작자는 축의금을 가장 많이 낸 교민회장이었다.

날마다 연수의 진실 폭로가 이어졌다. 연수는 수면제를 복용 중이었는데 약기운에 곤히 잠든 연수를 보면서 나는 불면에 시달렸다. 밤마다 맥주와 소주를 섞어 마셨다. 하루는 자정이 넘은 늦은 시간까지 마시다가 지현에게 전화를 걸었다.

"우리 재우 엄마는 어때?"

휴대폰 너머에서 지현이 잠기운 역력한 목소리로 물었

데이트

다. 나는 연수의 상태가 그다지 좋지 않다는 말을 전했다. 그리고 연수가 지현과 재우를 많이 그리워한다는 말도 덧댔다. 지현은 음, 하고 생각에 잠기듯 말미를 흐렸다. 지현은 이곳에 올 수 없었다. 재우가 대학입시 준비 중이었다. 적어도 재우가 대학에 입학하여 한국을 떠나는 몇 달 후에야 지현이 상가포르에 방문할 수 있을 텐데 과연 그때까지 연수가 버틸 수 있을지 장담할 수 없었다.

연수는 항암 치료를 중단했다. 매일 억지스러운 밝은 어투로 그 고통스러운 걸 중단하길 정말 잘했다고 말했지만, 그녀의 몰골엔 매일 죽음을 향한 그림자가 어렸다. 수면제 효과가 떨어진 건지 잠결에 통증을 호소하는 신음이 들려오곤 했다.

"너는 괜찮아?" 지현이 우려스러운 목소리로 물었다. 모르겠다고 대답했다. 지현이 "괜찮지 않네" 하고 말을 이었다. 정말로 알 수 없었다. 연수의 임종이 다가오는 이 시간이 힘든 것인지, 매일 밤 불시에 날아오는 폭격 같은 진실 폭로전이 더 감당하기 힘든 것인지. 무엇이든 훌훌 잘 털어내는 지현이라면 괜찮지 않을까. 누군가는 연수의 이야기를 들어 주어야 하지 않을까. 그걸 상대할 적임자가 내가 아니라는 것은 자명했다.

어릴 적부터 꿈이었던 미술 공부를 하러 프랑스로 유학 가고픈 의중을 비쳤을 때 연수는 이혼하자고 했다. 이제부터 보게 될 제 모습을 내가 받아들일 수 없을 거라고 단언했었다. 그때 연수는 이미 유방암 수술을 한 차례 받은 후였다. 그녀의 삶에서 노력과 결과는 비례하지 않았다. 연수는 더없이 훌륭한 아내였다. 열정적으로 최선을 다해 일하는 교민 잡지 발행인이었다. 흡연가도 아니었다. 술은 마시지만 과음은 하지 않는 편이었다. 조깅 같은 가벼운 운동도 규칙적으로 해왔다. 그러나 연수의 삶에서 유독 연수가 애정을 갖고 신경 쓰는 잡지, 관계, 건강은 해가 지날수록 내리막길이었다.

그 무렵 나는 지현이 재우를 데리고 싱가포르를 떠난후 마음을 잡지 못했었다. 술에 취하면 재우의 이름을 중얼거리다가 잠이 들었다. 연수가 지현의 연락처를 알아내려고 여러 번 시도했지만 쉽지 않은 듯했다. 지현은 작정이라도 한 듯 종적을 감추었다. 동시에 각종 앱과 사이트가 등장하면서 잡지에 실리던 한인 업체 광고는 눈에 띄게 줄어 갔다. 잡지는 다른 종이 사업과 마찬가지로 사양산업으로 전락해 갔다.

지난해 교민 잡지는 명분상 유지가 필요했던 한인회에

헐값에 매각됐다. 연수가 발행하는 마지막 호는 298호가 될 예정이었지만 나머지 숫자가 남는 게 마뜩지 않아서 한인회에 양해를 구하고 300호로 마무리했단다. 연수는 포도주잔을 손에 쥐고 자기는 애초에 종이 인간이었다며 자조했다. 자기처럼 초라한 구물은 어떤 연애 상대 앞에서도 제 삶과 사랑을 멋있게 광고할 수 없었을 거라고 했다. 그런 면에서 자기를 선택했던 내가 어리석고 멍청했다고도 주절거렸다. 술주정을 듣는 동안 혹시 예전의 상처를 마음에 담아 두었다가 되갚는 건가 싶기도 했다. 자기에게 상처 준 아이들의 책가방에 똥 묻은 휴지를 문질렀던 보복처럼. 나는 연수가 환자라는 걸 망각하고 홧김에 식탁 위 와인 병목을 사납게 잡아챘다. 개수대 수챗구멍에 남은 포도주를 부었다. 초인종이 울렸다. 모니터를 보니 얼마 전 다녀간 더치 여자였다. 나는 열림 버튼을 누르려다가 말았다. 운동화 뒤축을 꺾어 신고 뛰어나갔다. "미친년, 곧 죽을 사람에게 그런 부탁을 하는 게 인간이냐!" 더치 여자 면전에 욕을 퍼부었다. 집으로 돌아오자 연수가 싸늘한 얼굴로 나를 쳐다보았다.

최근 연수는 낮에도 수면제를 복용했다. 연수가 낮잠 자는 틈을 타서 나는 장을 보러 나갔다. 건물 건너편 화단 턱에 앉아 있는 더치 여자가 시야에 들어왔다. 모른 척하고 반대 방향으로 발길을 돌렸다. 여자가 뒤따라오며 내 이름을 불렀다. 나는 무시했다. 급기야 여자는 등 뒤로 달려와서 내 티셔츠를 잡았다. 나는 팔을 휙 돌려서 여자의 손길을 뿌리쳤다. 여자가 이번에는 내 팔을 붙잡았다. 연수가 보증을 서주어 마침내 이민국으로부터 취업 승인이 났는데 보증인이 이민국에 함께 가주는 절차가 남았고, 그날 연수 혼자서 움직일 수 없으니 내게 도움을 요청하러 왔다는 것이다.

"씨발, 더치."

나는 무뚝뚝한 표정으로 혼잣말을 내뱉었다. 지난번처럼 격분한 감정은 아니었지만 그렇다고 인정머리 없는 더치 여자를 돕고 싶은 마음은 추호도 없었다.

"다른 방법이 없어요."

"인간으로서 해선 안 될 짓이라는 건 알죠? 연수는 착한 여자예요. 죽기 전 누군가와 데이트를 해보고 싶었을 뿐이라고요."

여자는 내 말에 움찔했다. 그녀의 온몸이 뻣뻣하게 굳어 가는 것 같았다. 눈동자에 혼돈의 빛이 출렁였다. 여자는 내게 잠시 시간이 되는지 물었다. 얼음 심장을 가진 더치에게 할애할 시간은 없었다. 더치 여자는 오해가 있다고 재차

　데이트

부연하면서 잠깐만 시간을 내달라고 사정했다.

나는 바로 옆 공원의 돌테이블에 그녀와 마주 앉았다. 이글거리는 햇볕이 내리쬐어 돌의자는 불판이었다. 내가 엉덩이 좌우를 번갈아 가며 붙였다 떼길 반복하는 동안 여자는 첫 방문을 했을 때 연수와 나눴던 대화를 들려주었다. 그러곤 사진 한 장을 내밀었다. 연수가 갓난아기를 안고 있는 사진이었다. 머리숱이 없고 머리통이 좌우로 넓죽한 아기는 재우처럼 보였다.

장바구니를 들고 집으로 돌아갔다. 연수는 존 메이어의 「Slow dancing in a burning room」을 들으며 무연한 시선으로 창밖을 쳐다보고 있었다. 나는 주방으로 들어갔다. 바깥에서 흡수된 열기에 온몸이 끈적거리고 후덥지근했다. 냉장고 문을 열고 냉기를 쐬면서 장 봐온 식품들을 넣었다. 연수가 먹고 싶다고 해서 사온 생물 시바스와 토마토와 바질과 마늘과 백포도주 한 병이었다. 찬물을 꺼내 마시는데 전화벨이 울렸다. 지현의 영상통화였다. 나는 통화 버튼을 눌렀다. 지현의 옆에 재우가 있었다.

"재우의 진짜 엄마와 통화 좀 하게 해줘."

지현이 조잘거렸다. 나는 휴대폰을 들고 창가에 앉아 있는 연수 앞으로 걸어갔다. 지현이 영상통화를 하고 싶어

한다고 연수에게 말했다. 연수는 몽롱한 잠에서 깨어난 듯 어어어, 대꾸했다. 무의식중에 머리카락을 정돈하려다가 제 민머리를 만지고는 머쓱하게 미소 지었다.

"재우야, 네 진짜 엄마다." 지현의 목소리와 함께 재우의 얼굴이 화면에 등장했다. 연수는 재우를 보자마자 눈시울을 붉혔다. 감정을 억누르는 것인지 꽉 다문 입술이 꿈틀거렸다. 재우는 예의 바르게 "안녕하세요!" 하고 인사했다. 옆에 있던 지현이 "이건 뭐 이산가족 상봉이 따로 없구먼"이라고 말하는 소리가 들려왔다.

재우는 나와 지현을 통해서 연수에 대해 들어 왔다. 재우는 아기 때라서 기억나지 않는다고 말하면서도 언젠가 연수 이모를 꼭 한 번 만나고 싶다고 말하기도 했었다. 지현의 아버지 장례식 때였을 것이다. 연수는 화면 속 재우를 손가락으로 애틋하게 쓰다듬다가 손가락을 허투루 놀려서 종료 버튼을 눌렀다. 화면이 꺼지자 연수가 엉엉엉, 소리 내어 울었다. 나는 연수가 그렇게 통곡하듯 우는 걸 처음 보았다.

나는 소파에 앉고 연수는 휠체어에 앉아 서로를 마주 보았다. 나는 말문을 열었다. "그 아이는 난양공과대학에서 공부하고 있어." 연수는 영문을 몰라서 두 눈만 끔뻑거렸다. 더치 여자가 내민 연수의 사진을 보고 나는 사진 속 아

데이트

기가 오래전 우리와 동거했던 친구의 아들이라고 말했었
다. 더치 여자는 그 아기가 아들이 아닌 딸이라고 정정해 주
었다. 나는 도로 사진을 들여다보았다. 아기 때 재우와 함께
살았던 그 시절의 연수보다 앳된 얼굴이었다.

　연수의 청을 받고 더치 여자는 싱가포르 내 네덜란드
영사관과 커뮤니티의 도움을 받아 수소문하기 시작했다.
예상보다 시간이 더 소요되긴 했지만 더치 여자의 체류 보
증을 서주기 위해 연수가 이민국에 방문하기 전 그 아이의
소식을 찾아냈다. 그 아이의 이름은 더치 언어로 아름답다
는 뜻의 아라벨라였다.

　나는 주방에 놓인 포도주병을 흘긋거렸다. 연수가 포
도주를 마실 거라 예상했는데 의외로 연수는 차분한 목소
리로 따뜻한 물로 목욕을 하고 싶다고 말했다. 옷가지를 벗
긴 앙상한 연수의 몸에 복숭아 향 보디 워시로 거품을 내주
었다. 온수로 거품들을 씻겨 주면서 더치 여자가 해준 말들
을 뇌까렸다. 연수는 싱가포르에 온 지 다섯 달 후 출산했
다. 이국에서 혼자 아이를 키울 여력이 없기도 했고 앞으로
의 시간이 두렵고 막막해서 출산 직후 아이를 입양 기관에
보냈다. 싱가포르에 거주하던 더치 부부가 아이를 입양했
다는 소식을 들은 게 마지막이었다.

나는 연수에게 우리가 처음 데이트했던 날을 상기하여 말해 주기 시작했다. 35도의 무더운 날씨였는데 나는 장롱에 걸린 하나뿐인 정장을 빼입고 나갔었다. 양복 재킷 안쪽으로 땀이 고였다. 연수가 삼겹살집에 먼저 도착해서 기다리고 있었고 나는 숯불 앞에 앉은 지 십 분 만에 얼굴이 벌겋게 익어 버렸다. 얼굴에 땀이 폭포처럼 쏟아져 내렸다. 땀을 닦는 데 플라스틱 통에 있는 냅킨들을 모조리 써야 했다. 연수가 고기를 뒤집으며 내게 만나는 여자가 있는지 물었었다. 나는 이렇게 더운 곳에서 누군가를 좋아하는 마음이 생겼겠냐고 되물었다. 연수가 소주를 주문하려고 했고, 나는 첫 데이트에서 술을 마시고 싶지 않다고 말하며 미리 예매해 둔 영화 티켓을 보여 주었다. "이거 데이트예요?" 연수가 놀란 눈으로 물었다. 우리는 식사를 마치고 영화관으로 갔다. 강한 에어컨 바람에 연수가 몸서리쳤다. 이를 딱딱 부딪치며 떠는데 땀으로 젖은 냄새나는 재킷을 벗어 줄 수 없어서 나는 영화관에서 나가자고 했다. 우리는 건물 옥상으로 올라가 해안가에서부터 불어오는 짠내 나는 따뜻한 미풍을 맞으며 인조 잔디밭에 누웠다. 연수가 대뜸 얼굴을 내쪽으로 돌리고 물었다. "우리 사귈래요?"

그날 나는 야트막한 언덕 위 아파트에 방 하나를 임대

하여 살던 연수를 집 앞까지 데려다주었다. 헤어지기 직전 연수는 명색이 데이트인데 헤어질 때 포옹도 입맞춤도 안 하냐며 미소 짓는 얼굴로 내게 핀잔을 주었다. 시간이 흘러 그런 반응을 보인 것에 몇 번이나 후회가 밀려들었으나 그 순간 나는 연수에게 정직하게 말했다. 누군가를 좋아했던 마음을 접으려고 싱가포르에 왔고 아직 그 마음을 완전히 접은 게 아니어서 시간이 필요하다고.

목욕을 마치고 나온 연수가 덥다고 벗어 둔 노란 벙거지를 뒤집어썼다. "어디에 가고 싶어?" 물었더니 가만히 고개를 주억거렸다. 나는 연수의 얼굴에 화장을 해주었고 연수는 화장한 얼굴로 침대에 누웠다. 나는 연수가 잠든 걸 확인하고 건넌방으로 돌아갔다. 옷을 갈아입으려고 상의를 벗었다. 바닥으로 노란 포스트잇이 떨어졌다. 99점이라고, 적혀 있었다.

요 네스뵈를 더
사랑할 권리가 있다

그들의 천적은 엄마가 근무하는 회사의 잘생긴 남자 동료
가 아니었다. 동네 단골 술집에서 엄마와 수다를 떠는 남자
동창도 아니었다. 길거리에서 눈길을 주는 외간 남자도 아
니었다. 요 네스뵈였다. 요 네스뵈는 세계지도의 서북쪽 끝
에 위치한, 도마뱀처럼 기름하고 울퉁불퉁하게 생긴 노르
웨이에 산다. 구글 위키백과에 그렇게 나온다. 질투와 경쟁
의 불씨는 엄마와 내가 살았던 싱가포르, 홍콩, 자카르타,
서울에서 시작되곤 했지만, 그 불길이 머나먼 노르웨이까
지 전해질 리 만무했다. 그러니까 엄마의 연애가 매번 이별
로 끝나는 데 가장 큰 원인을 제공한 요 네스뵈는 당연히 이
사실을 모른다.

　엄마는 연쇄연애범이었다. 나는 엄마의 오래전 연애를

　　　　　　　요 네스뵈를 더 사랑할 권리가 있다

다 기억하지는 못한다. 어린 시절 내 관심사는 오직 도마뱀 뿐이어서 나는 도마뱀 유치 작전에 빠져 있었다. 집 안 도처에 널린 흑미 같은 도마뱀 배설물 때문에 허구한 날 엄마에게 구박을 받았는데도 나는 어디에도 마음 붙이지 못하는 낯선 환경 속에서 가능한 한 많은 도마뱀을 집 안으로 끌어들이는 데 전념했다. 후미지고 그늘진 구석 곳곳에 몰래 식빵 쪼가리나 죽은 벌레들을 숨겨 놓느라 분주했다. 엄마가 모르게 해야 하는 비밀스러운 작업이었다.

엄마가 다른 엄마들처럼 매일 청소를 일삼는 청결한 가정주부가 아니어서 다행이었다. 회사에 출근하지 않은 매주 토요일, 엄마가 청소기를 돌리는 정오가 되기 전 나는 이 물증들을 없애야 했다. 그 바람에 창밖 수영장에서 아파트 친구들이 낄낄낄, 깔깔깔 웃음소리를 터뜨리며 노는 걸 구경할 수 없었다. 이 시기부터 내가 원하는 것들 중 무언가는 포기해야 한다는 사실을 배웠다.

그 시절 나는 엄마의 연애에 불만이 없었다. 하지만 아래층에 사는 동갑내기 제이콥은 반대였다. 제이콥 엄마의 남자 친구가 집에 방문하기로 한 날 제이콥은 가출했다. 막상 집을 뛰쳐나오고 보니 갈 데가 없던 제이콥은 울상이 되어 우리 집으로 찾아왔다. 얼마나 울었는지 눈두덩이 시뻘

젛게 부어올라서 눈을 절반밖에 뜨지 못했다. 나는 제이콥을 데리고 바깥으로 나갔다. 무더운 날이었다. 제이콥이 미끄럼틀 아래로 들어가자고 했다. 비좁은 공간에서 나는 제이콥과 부딪히지 않으려고 가지런히 모아 세운 무릎을 가슴 쪽으로 끌어당겨 그러안았다. 그렇게 많은 식량을 제공했는데도 나와 마주칠 때마다 당혹스러워하는 도마뱀처럼 경직된 시선으로 제이콥을 쳐다보았다.

매번 이렇게까지 소동을 부리는 제이콥을 이해할 수 없었다. 나보다 어두운 제이콥의 피부색을 이해하기까지 시간이 필요했었는데, 이번엔 가시적으로 볼 수 없는 마음의 문제여서 더 긴 시간이 필요할 것 같았다. 엄마의 남자 친구가 집에 방문하는 게 뭐 그리 대수란 말인가. 하지만 제이콥은 나의 친구였다. 홍콩에서 자카르타로 이사한 후 콘도 수영장에서 노는 아이들을 흘긋거리며 공연히 기다란 나뭇가지 끝으로 수영장 언저리를 쑤시고 다닐 때 내게 먼저 손짓해 준 아이가 제이콥이었다.

"그 새끼가 오면 죽여 버릴 거야."

제이콥의 말에 나는 놀라지 않았다. 제이콥은 뭔가 마음에 들지 않으면 버릇처럼 죽여 버리겠다고 말하곤 했지만 실제로 죽인 적은 없다. 무수한 다리가 달린 징그러운 송

충이나 일렬로 행렬하는 개미 떼를 발견해도 제이콥은 다른 아이들처럼 발로 밟거나 돌멩이로 찍어 죽이지 않았다.

제이콥은 나와 비밀을 공유했다. 주로 엄마의 연애로 인해 자라난 마음속의 슬픔과 분노에 대해 장황설을 늘어놓았다. 콘도에서 우리 엄마와 제이콥의 엄마만 이혼하고 홀로 아이를 키우는 싱글맘이었다. 이 공통분모로 제이콥은 우리가 서로를 이해할 수 있는 유일한 존재라고 짐작하는 모양이었다. 하지만 나는 제이콥을 이해하지 못했다. 엄마와 연애하는 남자들이 내게 잘 보이려고 부단히 애를 쓰는데 왜 기분이 나쁘겠는가. 어쩌면 나는 엄마가 일삼는 연애의 가장 큰 수혜자일지도 몰랐다.

엄마의 남자 친구들은 내게 선물을 주었다. 나는 그들에게서 포켓몬스터 카드 세트, 바구니에 한가득 담긴 캔디 리셔스 젤리와 초콜릿, 로알드 달의 동화책 시리즈, 신형 닌텐도, 박지성 친필 사인 축구공을 받았다. 선물 중에서 고가의 아이패드와 이백 불어치의 온라인게임 이용 카드가 제일 마음에 들었다. 나는 엄마가 더 많은 남자들과 연애하길 바랐다.

제이콥의 콧구멍에서 콧물이 줄줄 흘러내렸다. 손등으로 눈물을 훔치다가 딸려 온 코딱지가 뺨에 매달려 있었다.

제이콥은 티셔츠 하단을 끌어 올려 연방 콧물을 닦았다. 더 닦을 만한 마른 부분이 남아나지 않을 지경이었고 제이콥이 곧 내 티셔츠까지 끌어당길지 몰랐다. 제이콥의 상한 마음을 달래 주어야 했다.

"죽여 버리자."

나는 단호하게 맞장구쳤다. 뙤약볕이 내리쬐는 오후였다. 온몸이 끓어올랐고 티셔츠와 바지는 땀으로 축축하게 젖어 들고 있었다. 볕으로 이글거리는 미끄럼틀 철제에 닿기라도 하면 살갗이 델 듯했다.

"제이콥, 죽여 버리는 계획은 에어컨이 나오는 곳에서 세우자."

제이콥과 나는 미끄럼틀 밑에서 기어 나가 빈 평션룸으로 들어갔다. 나는 당장 에어컨 리모컨을 찾아 들었다. 시원한 바람을 쐬자 제이콥의 표정이 누그러졌다. 나는 제이콥에게 두루마리 화장지를 던졌다. 제이콥은 화장지로 코를 팽 풀었다. 그러곤 결연한 목소리로 그날 밤 방문 예정인 엄마의 남자 친구를 어떻게 죽일지 열거했다.

① 밥을 먹는 도중 주방으로 물을 가지러 가는 척하며 등 뒤에 칼을 숨기고 나와 그 남자의 등에 꽂아 버린다.

② 와인병을 미리 따서 그 안에 살충제를 가득 넣어 둔다.

③ 테라스 난간에 서 있을 때 밀어 떨어트린다.

나는 허술하기 짝이 없는 제이콥의 살인 계획을 가만히 듣다가 말문을 열었다.

"제이콥, 와인에 살충제를 넣으면 엄마도 죽잖아."

"아, 그러네."

"그리고 너희 집 주방은 이 층이야. 밀어서 떨어트려도 죽지 않아. 기껏해야 팔이 부러지는 정도일 거야."

"흠, 그런가?"

"그리고 칼로 찌를 땐 목이어야 해. 요기, 옆. 그래야 바로 죽거든."

"……재우, 넌 그런 것들을 어떻게 알아?"

이렇게 질문하는 제이콥의 목소리가 두려움으로 떨렸다. 혹시 자신의 친구가 냉혈한 사이코패스일지도 모른다는 의혹의 눈초리였다. 나는 그 동네에서 드물게 범죄의 세계를 아는 여덟 살 남자아이였다. 엄마가 책을 읽을 때마다 그게 유일한 가족이 빠져든 세계라는 이유만으로 그 안의 내용이 궁금해서 따라 읽었다. 글을 깨우치고 나서 첫 번째로 시도한 성인소설은 『모방범』이었다. 나는 그 책을 읽으면서도 당최 무슨 말인지 알아먹을 수 없었다. 어쨌든 범죄소설광인 엄마의 영향이었는데, 이따금 나는 엄마와 범죄를 주제로 다양한 대화를 나누곤 했다.

어느 날 저녁이었다. 나는 책을 읽고 있는 엄마에게 다가가 내용을 물었다. 엄마는 내 뒷목에 가느다란 팔을 부드럽게 밀어 넣어 어깨를 감쌌다. '개구리 시리즈'나 『피노키오』를 읽어 주던 유치원생 시절처럼, 엄마는 달콤한 목소리로 설명해 주었다.

"연쇄살인사건이 일어났어."

"연쇄살인사건이 뭔데?"

"어떤 나쁜 놈이 사람을 죽였어. 그런데 한 명만 죽이는 게 아니라 계속 죽여. 같은 방식으로. 그걸 연쇄살인이라고 해. 끔찍한 방법으로 죽이는데, 이 살인자는 아주 영리해. 자기가 한 짓을 감쪽같이 숨기거든. 증거인멸을 하는 거야. 경찰이 찾아내지 못하도록. 그래서 우리의 해리 홀레 경찰이 그 나쁜 놈을 찾고 있는 중이야."

"증거인멸이 뭐야?"

"옳지 못한 행동을 한 증거들을 없애는 행위를 증거인멸이라고 해. 왜 없앨까? 살인자가 경찰에게 나쁜 짓을 들키지 않으려면 증거를 없애야만 하는 거야. 잡혀서 감옥에 가거나 처형당하지 않으려고."

나는 식빵 쪼가리와 죽은 벌레를 몰래 배치했다가 엄

요 네스뵈를 더 사랑할 권리가 있다

마가 청소하기 전에 없애는 행위가 '증거인멸'이라는 걸 터득하게 되었다. 내가 살인자고, 도마뱀 유치 작전이 살인이고, 식빵 쪼가리와 죽은 벌레를 없애는 행위가 증거인멸이고, 엄마가 경찰이라고 비교하자 이해가 쉬웠다.

"엄마, 살인은 절대로 하면 안 되는 거지?"

나는 다른 의미에서 확인이 필요해 물었다. 엄마는 아름답고도 앙증맞은 존재를 발견한 듯 황홀한 눈빛으로 나를 꽉 끌어안고 좌우로 흔들었다. 담배 냄새가 코를 찔러서 나는 눈살을 찌푸렸다. 엄마는 골초였다. 집 안에서는 담배를 피우지 않았지만, 테라스 나무 바닥에 놓인 비타민워터 플라스틱 빈 병은 이삼 일이면 젖은 담배꽁초로 가득 찼다. 나는 엄마의 품에서 벗어나려고 온몸을 비틀었다. 엄마는 다정한 눈길로 내 앞머리를 쓰다듬으며 말했다.

"연쇄살인자에게 살인은 멈출 수 없는 거지. 인간이 사랑을 멈출 수 없는 것처럼."

살인과 사랑이 동의어로 들렸다. 사랑은 무진장 잔인하고 무섭고 두려운 것일지도 모른다는 생각이 얼핏 스쳤다. 엄마는 어린 아들의 호기심을 풀어 주기 위한 부모로서의 도리를 다 마쳤다는 듯 내 어깨를 두른 팔을 풀고 책으로 눈을 돌렸다. 표지에 굵고 선명하게 '요 네스뵈'라고 적힌 책이었다.

나는 엄마에게 그토록 소중한 존재였다. 엄마가 소파에서 이 책을 읽는 도중 남자 친구가 다가와서 엄마의 어깨에 팔을 감고 머리카락 사이로 콧등을 밀어 넣어 킁킁거리면, 단박에 인상을 구기며 밀어내기 일쑤였다. 엄마는 도마뱀을 집으로 끌어들여선 안 된다고 나를 꾸짖을 때처럼 꼿꼿하게 세운 검지를 허공으로 추켜세우고 자신의 독서 시간을 방해하려는 남자 친구에게 경고를 보내곤 했다. 섹스가 도마뱀이었군. 그런데 엄마는 왜 섹스를 거절하고 요 네스뵈가 쓴 허구의 살인사건에 더 빠져든 걸까. 요 네스뵈 소설처럼 미스터리했다. 내 또래 남자 친구들이 세상에서 가장 대단한 사건인 양 시도 때도 없이 섹스에 대해 떠들어 대고, 나와 함께 있는 엄마를 보고선 자기들끼리 엄마가 섹시하다며 숙덕거릴 즈음이었다. 범죄소설 책을 들고 다니던 나는 친구들을 향해 냉소적으로 쏘아붙였다.

"그래 봤자 섹스가 살인사건보다 더 대단한 건 아니잖아."

얼마 전까지 나는 엄마의 연애가 마침내 종지부를 찍을 줄 알았다. 엄마가 남자와 만나고 헤어져 온 그 숱한 과정들에

개의치 않아 왔지만, 이번엔 좀 달랐다. 아들인 내가 보기에 루는 괜찮은 남자였다. 이전의 남자 친구처럼 엄마 말이라 면 법전처럼 맹신하고 따르거나 술을 아예 마시지 않는 매 우 건전한 부류는 아니었지만, 그런 부류처럼 내게 옳고 그 름을 가르치려 들지도 않았다. 심지어 엄마는 루와 약혼을 하고 임신까지 했었다. 내게는 동생이 생길 수 있는 마지막 절호의 기회였다. 곧 독립할 내가 집을 떠나기 전 엄마에게 새로운 가족이 생긴다는 사실에 기뻐하지 않을 이유가 없 었다.

엄마는 독립적이지만 이 독립성은 지극히 선택적인 것 이었다. 엄마는 혼자 살아 본 경험이 없고, 앞으로도 그럴 계획이 없다. 엄마가 혼자 사는 상황은 기필코 막아야만 하 는 일이었다. 그렇지 않으면 내가 어디로 가든 엄마가 누렇 게 바랜 요 네스뵈 시리즈들을 몽땅 짊어지고 따라올지 모 른다.

지난 저녁, 루가 해외에서 보내 준 선물을 받았다. 아이 폰과 연동되는 무선 이어폰 두 세트였다. 혹시나 내가 이어 폰을 잃어버릴 경우를 대비해서 여분을 하나 더 보내는 거 라고 했다. 루에게 문자로 고맙다는 인사를 전했다. 루는 이 어폰이 더 필요하면 언제든지 얘기하라는 말과 함께 어색한 농담을 덧붙였다. 아직도 엄마가 요 네스뵈를 '짝사랑' 하고 있는지 묻는 말이었다. 나는 대답 대신 눈물이 사방으로 떨어지는 웃음 이모티콘을 전송했다. 자기를 차버린 여자의 아들에게 선물을 보내다니. 엄마에겐 이별의 슬픔을 운동과 명상으로 해소하라며 요가 50회 이용권을 선물해 주었단다. 전직 대학 팀 럭비선수 출신이었던 루는 근육질이고 나보다 키가 한 뼘 반 더 크지만, 나보다 한 뼘 반 더 작은 엄마와는 비교할 수 없을 만큼 섬세한 감수성과 배려심을 가졌기에 단 한 번도 엄마를 이겨 보지 못했다.

　루와의 문자를 마치고 침대에 누웠다. 루와 엄마의 연애 초창기 때, 루가 '버드'에 상심했던 표정이 떠올랐다. 서양에선 마흔 살 생일을 거창하게 기념한다는 사실을 버드 사건 때 알게 됐다. 한국에서의 환갑이나 칠순 잔치처럼 특별한 날이라고 했다. 루는 과거 서양에서 사람들 대부분이 흑사병으로 마흔 살을 넘기지 못하고 죽어 나갔던 암흑기가 장기간 이어졌었다고 알려 주었다. 그래서 마흔 살이 되면 가족과 친구들이 이 값진 생존을 기념하기 위해 성대한 파티를 열어 주는 전통이 생겼다는 것이다. 다가오는 엄마의 마흔 살 생일에 루는 발리로 여행 가기를 바랐다. 아니면 근사한 레스토랑을 예약하고 엄마의 가족과 친구들을 초대

　　　　요 네스뵈를 더 사랑할 권리가 있다

해 깜짝파티를 열어 줄 계획이었다. 루와 나는 어느 쪽이든 엄마를 행복하게 해줄 거라고 믿었다.

그러던 어느 밤, 루가 이탈리아 출장에서 가져온 트러플 치즈와 살라미를 곁들여 요리한 김치 날치알 파스타를 셋이 먹고 있을 때였다. 엄마는 두 손을 모으고 두 눈을 반짝였다. 루의 훌륭한 요리 솜씨에 감격한 거라고 나는 짐작했다.

"이번 생일엔 오슬로에 갈 거야."

엄마는 고양된 목소리로 말했다. 이때까진 괜찮았다. 발리에서 노르웨이로, 거리가 부쩍 멀어졌을 뿐 여행의 목적은 마찬가지였다. 루는 곧장 휴대폰을 들었다. 에어비앤비에 접속하면서 내게 오슬로에 같이 갈 건지 물었다. 나는 루의 이런 점이 좋았다. 당연하게 여겨지는 것조차 내 의사를 먼저 확인해 주었다. 루는 내가 동행하면 방 두 개짜리 숙소를 예약하겠다고 했다. 솔직히 나는 엄마와 루의 여행에 끼고 싶지 않았다. 셋이서 루의 고향인 이탈리아에 갔다가 코모에서 일주일 정도 지냈는데, 정말로 따분하고 지루하기 짝이 없는 여행이었다. 하지만 엄마의 마흔 번째 생일이 아닌가. 지금까지 살아 준 엄마의 생명력에 대한 고마움을 떠들썩하게 표현해야 하는 날이었다.

"뭐, 나도 가면 가는 거지만, 엄마 생일이니까 엄마의 결정에 맡길게."

나는 조심스러운 어조로 의견을 전했다. 포크를 쥔 손에 땀이 찼다. 제발 나를 빼주길 바랐다. 그런데 엄마가 난데없이 폭소를 터뜨렸다. 루와 나는 눈을 마주친 채 종잡을 수 없는 그 웃음이 멈추길 기다렸다. 잠시 후 엄마가 웃음기 묻은 목소리로 말했다.

"무슨 소리야. 나 혼자 갈 거야."

아싸! 나는 속으로 쾌재를 불렀다. 반면 루는 자못 심각한 얼굴로 말간 카키색 눈을 끔뻑이며 휴대폰을 식탁 위에 내려놓았다.

"버드! 요 네스뵈의 단골 바야. 거기 요 네스뵈의 지정석이 있어. 그러니까 오슬로의 버드에 책을 들고 가면 요 네스뵈에게 사인을 받을 수 있는 거야!"

"엄마, 그 버드라는 바, 요 네스뵈가 매일 오는 곳 맞지?"

"아니."

"요 네스뵈가 버드에 안 오면?"

"그래서 오슬로에 있는 동안 매일 버드에 가보려고. 만약 나타나지 않으면 버드 주인에게 책을 맡기고 올 거야. 나중에라도 친필 사인 된 책을 받을 수 있을 테니까. 나는 버

요 네스뵈를 더 사랑할 권리가 있다

드에 갈 거야!"

"버, 버, 버드에서 마흔 살 생일을…… 그러니까 버, 버
드에 혼자 가겠다고?"

루가 말을 더듬었다.

"내 생일이잖아. 다들 불만 있어?"

불만이 있을 수 있겠는가. 물론 루의 얼굴엔 불만이 현
현했다. 셋이 함께 시간을 보낼 때마다 엄마를 이해할 수 없
다는 표정을 짓는 루를 자주 목격하곤 했는데 그 순간에도
루는 황당하다는 듯 엄마를 바라보았다. 과연 새된 표정이
었다.

나는 개인주의자다. 가족과 친구의 일에 별로 관심이 없다.
동거인으로서 엄마의 삶에 대해선 완전히 무관심할 수 없
기에―그랬다간 다른 사람들처럼 죽여 버리겠다고 말하는
데서 끝나지 않고 엄마는 내게 죽음에 가까운 고통을 맛보
게 하려고 수단과 방법을 가리지 않고 공격해 올 테니까―
관심을 두는 척하지만, 이제 엄마의 삶은 엄마의 것이라고
생각한다. 그런 엄마의 삶이 내 삶 속으로 침입해 올 불길한
가능성이 연장되었다. 비상이었다.

요 네스뵈의 공식 출판사인 아스케하우그와 살로몬손

에이전시의 온라인 주소를 찾아 두었다. 엄마에게 물려받은 유전자 중에서 그나마 쓸 만한 글쓰기 재능을 적극적으로 써먹어야 할 시간이 온 것이다. 편지의 첫 줄을 타이핑하는데 엄마가 불쑥 내 방으로 들어왔다. 나는 다급히 쓰던 것을 지웠다.

엄마는 영상통화를 하자고 했다. 나는 짜증 섞인 목소리로 누구와 하려는지 물으며 제발 루는 아니기를 바랐다. 엄마는 이혼한 아빠를 포함해서 헤어진 모든 전 남자 친구들과 무람없이 연락하며 지내 왔다. 심지어 그들 중 누군가의 결혼식에 초대받기도 했다. 내게 고가의 아이패드와 게임 이용권을 선물해 주었던 지구과학 교수의 결혼식에는 나까지 초대를 받았다. 젠장, 공짜는 없었다. 어쩔 수 없이 나는 그 결혼식에 엄마와 동행했다. 신부의 웨딩드레스보다 더 화려하고 섹시한 드레스를 입으려는 엄마를 아침부터 말렸지만 소용이 없었다.

결혼식장에서 엄마는 결혼 당사자의 가족들보다 더 호들갑을 떨었다. 신부는 당장 이혼하고 싶은 표정이었다. 나는 지구과학 교수가 여자 친구의 아들에게 그토록 값비싼 선물 공세를 하고 뭐든 여자 친구가 원하는 대로 순순히 따라 주었는데도 결국 차인 이유를 알 것 같았다.

요 네스뵈를 더 사랑할 권리가 있다

나는 아직 루의 얼굴을 보고 싶지 않았다. 문자로 안부 인사를 하는 것과는 다른 문제였다. 루는 엄마와 나에 비해 눈이 세 배는 더 커다래서 속마음이 훤히 비쳤다. 상처받은 눈을 보는 건 여간 괴로운 일이 아니다.

엄마의 전 남자 친구들은 엄마와 헤어지고 나서 어떻게든 나와 연락을 지속하려고 애썼다. 지푸라기라도 잡고 싶은 애절한 그들의 눈을 보는 건 정말이지 고역이었다.

"싱가포르에 있는 연수 이모와 영상통화 하기로 약속 했어."

엄마가 말했다. 나는 연수 이모를 잘 모른다. 하지만 엄마와 엄마의 베프인 지운 삼촌에게 수없이 들어 온 이름이다. 요즘 같은 시대에 찾아보기 어려운 천사와 같은 마음을 지닌 분이라고, 유방암이 세 번 재발했으며 앞으로 얼마나 살 수 있을지 모른다고, 갓난아기였던 나를 마치 친자식처럼 애틋한 사랑과 정성으로 보살펴 주었던 분이라고 했다. 상처받은 눈을 바라보아야 하는 일과 비슷한 심정으로 나는 영상통화가 꺼려졌다.

"나중에."

"나중에 언제?"

"인터널 시험 끝나고."

"안 돼. 한 달이나 남았잖아."

"다음 주."

엄마는 잠시 고민에 빠진 듯 눈알을 굴렸다.

"말했잖아. 연수 이모의 건강이 좋지 않다고."

"알았어. 이따 다섯 시에."

"왜 지금은 안 되는 건데?"

"내 인생에서 가장 중요한 일을 하는 중이거든."

"그게 뭔데."

내 인생의 가장 큰 악성 혹을 떼어 내려는 중이라고,는 말할 수 없었다.

"이 나이에 내가 엄마한테 일일이 보고해야 해?"

"알았어. 다섯 시야. 잊지 마."

엄마가 방문을 닫고 나갔다. 나는 요 네스뵈 에이전시 홈페이지를 살펴보았다. 접수되는 팬레터 양이 너무 많아서 요 네스뵈가 모든 편지에 답장할 수 없다고 양해를 구하는 공지문이 올라와 있었다. 대관절 얼마나 많은 팬레터를 받는다는 것인가. 다른 팬레터보다 그럴듯한 한 방이 필요했다. 차별화 공략. 요 네스뵈가 답장을 하지 않고는 못 배길 감동의 편지. 글쓰기 챔피언에게 데뷔도 하지 않은 글쓰기 예비 선수가 내세울 게 뭐가 있을까.

나는 요 네스뵈가 세계적 작가로 명성을 날리는 데 일
조해 온 해리 홀레 시리즈를 떠올렸다. 기괴하고 잔인한데
그 방법이 독특하고 예술적이기까지 한 갖가지 살인 방법
들. 정의로운 경찰로서 거침없이 활동하는 해리 홀레에게
유독 아킬레스건이었던 존재들. 피비린내 나고 살인사건이
난무하는 서늘한 이야기 속에서 엄마가 발견한 멜랑콜리의
씨앗. 엄마와 나라는 유기체의 삶과 너무나 닮은 꼴. 나까지
시리즈 완독을 강요하게 만든 인물들. 빌어먹을, 라켈과 올
레그. 나는 요 네스뵈에게 보낼 편지 내용을 타이핑하기 시
작했다.

제이콥은 요 네스뵈 소설을 좋아하지 않았다. 내가 침대 위
에 앉아 요 네스뵈 책에 몰입해 있으면 제이콥이 기다리다
못해 책장에서 요 네스뵈의 다른 책을 몇 번 꺼내 온 적이
있긴 했다. 한두 장 읽고서 제이콥은 연거푸 하품을 하다가
내 옆에서 잠들곤 했다.

　　제이콥은 걸핏하면 이렇게 재미없는 걸 왜 보는지 모
르겠다며 투덜거렸다. 이런 지루한 책벌레와는 친구가 될
수 없다고 으름장을 놓기도 했다. 하지만 제이콥과 나는 방
과 후는 물론이고 주말 내내 같이 시간을 보낼 만큼 친한 사

이였다. 싱글맘과 사는 공통점 때문만은 아니었다. 제이콥과 나는 동네의 다른 남자아이들에 비해 왜소한 편인 데다 여자애들처럼 얼굴형이 갸름하고 고왔다. 우연의 일치였다. 이 지구상에 싱글맘과 사는 남자아이들이 죄다 이렇게 생겨 먹진 않았을 것이다. 하여간 이 작은 몸집과 곱상한 생김새 때문에 제이콥과 나는 남자아이들 무리에 잘 끼지 못했다. 더러 놀림과 괴롭힘을 당하기도 했다. 그나마 그 무리에 가끔 불려 가는 건 제이콥이었다. 제이콥은 운동신경이 뛰어나서 축구나 수구를 할 때 빠질 수 없는 존재였다. 만년 달리기 꼴찌인 나는 제이콥의 입김에 억지로 무리에 끼곤 했다. 주로 골키퍼를 맡았다. 그렇게 우리는 남자아이들 무리에 잠시 섞여 들었고, 수영장이나 축구장을 벗어나면 다시 겉돌았다.

주말마다 자녀를 둔 이웃들은 수영장 옆에서 바비큐 파티를 했다. 제이콥의 집과 우리 집만 초대받지 못했다. 엄마와 함께 외출했다가 집으로 돌아가는 길에 콘도 엘리베이터에서 이웃 가족과 마주치면 친구의 아빠는 마치 콘돔 설명서를 처음 읽는 청소년 남자아이처럼 층수 이동 표시판을 집중적으로 쳐다보았고, 친구의 엄마는 이성 친구와 여행을 가겠다고 성화를 부리는 청소년 딸아이의 부모처럼

요 네스뵈를 더 사랑할 권리가 있다

마지못해 엄마의 인사만 받고 차갑게 고개를 돌려 버렸다. 반갑게 미소 짓는 사람은 분위기 파악을 못 한 엄마뿐이었다. 제이콥 엄마의 사정도 비슷하다고 했다. 제이콥과 나는 우리의 엄마들이·다른 엄마들에 비해 너무 야한 옷을 입는다거나 EQ가 바닥이라고 놀리며 낄낄거렸다.

그렇다고 싱글맘들에게 차별과 손해만 있는 건 아니었다. 우리의 엄마들은 다른 엄마들이 할 수 없는 걸 당당히 할 수 있었다. 연애였다. 과연 연쇄살인의 살인자가 살인을 끊지 못하듯 엄마들도 연애를 끊지 못했다. 간혹 일 분기 정도—한 계절이라고 표현하는 게 더 어울리지만 우리가 사는 곳은 일 년 내내 여름이었다— 침체기가 오기도 했지만 새로운 분기가 오면 새뜻한 원피스를 입고 연애를 개시했다.

제이콥 엄마와 우리 엄마의 연애 장르는 정반대였다. 남자 보는 취향이 달라서였다. 엄마의 남자 친구는 대체로 성품이 상냥하고 온순했다. 내게 선물 공략을 펼치며 내 기분을 좋게 해주어 점수를 따려고 안달이었다. 나는 엄마의 잔일을 도맡아서 해주는 그들을 ‘엄마의 비서’로 여겼다. 제이콥 엄마의 남자 친구는 성질이 거칠고 악독했으며 제이콥에게 선물 한 번 사주지 않았다. 제이콥 엄마는 매번 남자 친구에게 쩔쩔맸고, 제이콥은 제 엄마가 ‘그들의 하인’

처럼 행동한다며 불평했다. 나는 연애라는 것에는 필연적으로 강자와 약자가 존재한다고 믿기 시작했다.

제이콥은 엄마의 남자 친구가 엄마를 때리는 걸 목격했다고 고백했었다. 한두 번이 아니었다고 했다. 맞서 싸우고 싶었지만 체격 차이 때문에 지레 겁먹고 문 뒤에 숨어 있던 게 두고두고 분하고 후회된다 말하면서, 제이콥은 주먹으로 애꿎은 소파나 침대 매트리스 같은 데를 쿵쿵 내리쳤다.

내가 열 살이 되던 해였다. 외할아버지가 자카르타에 방문했다. 왕년에 씨름선수였던 거구의 외할아버지는 나를 만나기만 하면 씨름 기술을 전수해 주곤 했다. 자카르타에서도 예외는 없었다. 외할아버지와 나는 씨름을 하기 위해 놀이터 모래사장으로 나갔다. 모래사장이 발 디딜 수 없을 만큼 뜨거운 날에는 거실 바닥에 여러 겹의 요를 깔았다. 외할아버지는 여행용 캐리어에서 천으로 된 빨간 샅바를 꺼내 내 사타구니에 감아 주었다. 손아귀로 샅바를 감아서 잡는 법과 안다리와 바깥다리 걸기 기술 등을 가르쳐 주었다. 상대가 막강한 힘으로 밀어붙일 때 그 힘을 역이용해 쓰러트리는 법도 알려 주었다. 그 적확한 타이밍을 포착하려면 고되더라도 상대의 힘을 온전히 느껴야 한다며, 남자는

요 네스뵈를 더 사랑할 권리가 있다

자고로 자기 몸을 지킬 줄 알아야 한다고 훈계했다.

하루는 시소에 앉아 외할아버지와 나를 지켜보던 제이콥이 외할아버지가 하는 말을 궁금해했다. 나는 시소에서 홀로 발을 구르며 계속 통역을 해주었다.

제이콥은 씨름은 진짜 멋있는 운동이고 씨름을 하면 무적이 될 수 있을 것 같다며 자기도 배우고 싶다고 했다. 그런 제이콥의 말을 알아듣지 못하는 외할아버지를 위해 나는 또 통역했다.

"제이콥도 해보고 싶대요."

나는 외할아버지와 제이콥 사이에서 꼭 필요한 말만 전달했다. 외할아버지가 호탕하게 웃으며 시소로 다가가 제이콥을 번쩍 들어 올렸다. 제이콥은 허공에서 대롱거리다 외할아버지 앞에 세워졌다. 나는 시소에서 발을 구르며 계속 통역을 해주었다.

제이콥은 씨름을 잘 발음하지 못해 자꾸만 씨움이라고 했는데, 동작에 대한 습득은 나보다 빨랐다. 외할아버지는 기특하다는 듯 두툼한 손으로 제이콥의 정수리를 헝클어트렸다.

외할아버지   녀석, 아주 잘하는구나. 특히 다리걸기 기술이 제법이야. 몸집이 커지고 힘만 좀 더 키우면 씨름선수 해도 되겠어.

나   제이콥, 힘이 더 강해지면 씨름선수 해도 되겠대.

제이콥   우리 엄마 새 남자 친구가 할아버지만큼 힘 이 강해요. 할아버지보다 키도 더 크고요.

나   제이콥 엄마의 친구도 힘이 강하대요.

나는 거짓말을 했다. 엄마들이 연쇄연애범인 사실은 외할 아버지에겐 비밀이었다. 우리가 어디에 살든 외할아버지는 일 년에 한 번 정도 방문했는데, 외할아버지가 오기 전 엄마 는 나를 앉혀 두고 자못 진지한 얼굴로 엄마의 연애를 외할 아버지에게 비밀로 해달라고 당부했다. 이유를 물으면 엄 마는 설명하기가 너무 길다고만 대답했다. 어쨌든 외할아 버지는 결코 이해할 수 있는 세계가 아니라고 중얼거리며 외할아버지가 도착하기 전 집 안에 있는 남자 친구 사진을 모조리 숨기곤 했다. 증거인멸이었다. "샅바를 단단히 잡고 버티는 거야. 다리를 벌려서 균형을 잡고 엉덩이를 최대한 뒤로 빼. 그리고 다리를 지그재그로 놀려. 그러다 보면 나를 넘어뜨리려고 움직이던 상대의 힘이 슬쩍 빠지는 순간을

요 네스뵈를 더 사랑할 권리가 있다

느끼지. 그때야." 외할아버지가 씨름 기술을 가르쳐 줄 때 알려 준 바로 그 타이밍이었다. 엄마의 힘이 슬쩍 빠지는 순간, 내 쪽으로 힘의 균형을 기울일 수 있는 기회. "그럼 게임 시간 늘려 줘." 엄마는 어쩔 수 없이 고개를 끄덕였다. 나는 외할아버지가 더 자주 방문하길 바랐다.

외할아버지	씨름은 힘이 강하다고 무조건 이기는 경기가 아니지. 아무리 센 놈도 그 힘이 흔들리는 순간은 있으니까.
나	좋겠대.
제이콥	네, 진짜 멋지고 좋은 아저씨예요.

제이콥이 자랑스럽게 말했다. 제이콥이 변한 데는 이유가 있었다. 제이콥 엄마의 새 남자 친구는 이전 남자들과 달랐다. 그는 제이콥에게 자주 선물을 준다고 했다. 엄마의 남자 친구가 주는 선물은 제이콥이 내 삶에서 부러워하던 부분이었고 나도 일종의 우월감을 가지고 있었는데, 그 무렵 상황이 역전되었다. 제이콥은 엄마의 남자 친구에게서 아이패드를 선물받았다. 야광 로고가 들어간 나이키 에어 맥스도 받았고, 얼마 지나지 않아서는 플레이스테이션 신

형까지 손에 쥐었다. 한편 당시의 엄마의 남자 친구는 펜싱을 막 시작한 내게 선수용 FIF 펜싱마스크를 선물해 준 게 전부였다. 훗날 세계대회에 출전하라고 독려하며 사준 펜싱마스크는 너무 커서 내 머리통에 맞지도 않았다. 언제 쓸 수 있을지 모를 헐렁한 펜싱마스크보다 아이패드와 나이키 에어맥스와 플레이스테이션이 훨씬 더 근사한 선물이라고 제이콥과 나는 입을 모았다.

저녁 식사 자리였다. 식탁 위에는 엄마가 조금 전까지 읽던 『스노우맨』이 놓여 있었다. 나는 엄마에게 제이콥 엄마의 새 남자 친구가 스웨덴 출신이라고 운을 뗐다. 이어서 제이콥이 그에게서 어떤 선물들을 받았는지 구체적으로 늘어놓았다. 엄마가 알아듣고 펜싱마스크보다 더 멋진 선물을 내게 주도록 남자 친구에게 압력을 넣어 주길 바라서였다. 마침 엄마의 남자 친구가 오븐에서 꺼낸 스테이크를 접시에 받쳐 들고 식탁으로 왔다.

"스웨덴? 그쪽이 인물은 좋지. 근데 근친상간과 성범죄 일 위의 나라잖아."

엄마가 대꾸했다. 열 살 아이가 들어야 할 대답은 아니었다. 나는 근친상간이란 단어를 용케 알아들었는데, 그 이유는 엄마의 취미 생활 영향이었다. 엄마는 범죄소설에 대한 흥미를 범죄학으로 확장시키곤 했다. 우리 집 책장에는 연쇄살인 범죄소설을 비롯해 온갖 범죄자들에 대한 심리학 연구서들이 빼곡하게 꽂혀 있었다. 엄마는 남자 친구와 내가 함께하는 저녁 식사 자리에서 아동학대나 아동 성폭력에 대해 침을 튀기며 열변을 토하고 분개하기도 했다. 그날도 그랬다.

"아동이나 청소년 성폭행 범인은 면식범이야. 삼촌, 오빠, 아버지, 부모의 친구, 애인. 밀레니엄 시리즈가 괜히 나온 게 아니라니까. 그 작가도 스웨덴 사람이지, 아마도?"

엄마가 무심히 말했다. EQ가 이리도 낮을 수 있단 말인가. 엄마의 남자 친구는 얼굴이 달아올라서 안절부절못했다. 엄마가 재빨리 "너를 의심하는 건 아니야"라고 해명했지만, 어색해진 분위기는 그대로였다. "제발 엄마는 그 범죄소설을 끊어야 해." 내가 핀잔을 주었으나 분위기를 전환하는 데 별 도움은 되지 않았다.

엄마는 그 누구에게도 나를 맡기지 않았다. 남자 친구와 함께 셋이서 시간을 보낼 때조차 잠시도 나를 남자 친구와 단둘이 두지 않았다. 공원 같은 곳에 셋이 나들이를 나갔다가 화장실에 갈 때도 나를 데려갔다. 엄마는 손을 씻겨야 한다거나 따로 할 얘기가 있다는 핑계를 댔다. 그래서 초등학교를 졸업한 열두 살 때까지 나는 여자 화장실에 끌려 들어가야 했다. 친구들이 주말마다 하는 슬립오버에도 나는 가지 못했다. 엄마의 근무시간 동안 나를 대신 돌봐 줄 유모를 고용했을 땐 집 안 곳곳에 CCTV를 설치했다. 유모의 휴일과 회사 행사가 겹치는 주말이면 나를 행사장까지 데리고 갔다. 나는 행사장 구석 어딘가에 웅크리고 앉아 행사 출입증 카드 케이스를 연방 이로 물어뜯었다. 엄마가 걱정하는 사이코패스를 피하려다가 내가 사이코패스가 될 것만 같았다.

몇 달 후 제이콥 엄마는 새 남자 친구와 결혼했다. 나는 제이콥의 집에서 딱 하룻밤만 자고 오겠다고 사정했지만 엄마는 허락해 주지 않았다. 제이콥의 생일을 맞아 슬립오버를 하기로 했고, 콘도 내 다른 친구 두 명도 제이콥 집에서 자기로 했다. 그때껏 나는 다른 애들처럼 말썽을 피우거나 고집을 부린 적이 없었는데, 이번만큼은 제발 제이콥 집에서 자고 오게 해달라며 며칠 동안 엄마를 졸랐다. 제이콥은 엄마와 새아빠가 방에서 잘 나오지 않고, 특히 밤에는 자기 방을 아예 확인하지 않아서 밤새도록 게임할 수 있다고 매일같이 자랑했었다. 저녁 일곱 시가 되면 아이패드와 노트북을 모조리 엄마의 방으로 회수해 가는 갑갑하고 따

분한 일상에서 벗어나 생일 파티를 핑계로 제이콥네 집에
서 원 없이 게임을 해보고 싶었다. 거듭 부탁했지만 엄마는
매몰차게 거절했다. 내가 성인만큼 몸과 생각이 자라서 스
스로를 보호할 수 있을 때까지 그런 일은 결단코 일어나지
않을 거라고 못 박았다. 나는 다른 아이들이 다 할 수 있는
걸 못 하는 게 억울해서 방문을 닫고 들어가, 소리 내어 울
었다.

제이콥의 집은 복층이었다. 생일 파티가 끝나자 파자
마로 갈아입은 친구들이 제이콥의 방이 있는 이 층 계단으
로 우르르 뛰어 올라갔다. 속이 부글거리는 채로 집에 돌아
온 나는 엄마와 눈도 마주치지 않고 방으로 곧장 들어갔다.
엄마가 쫓아 들어와 생일 파티가 어땠는지 캐물었지만 나
는 눈을 내리깔고 입술을 일자로 다물었다. 엄마가 왜 이러
는 거냐며 따져 물어서 나는 한마디 내뱉지 않을 수 없었다.

"엄마가 내가 친구네 집에서 슬립오버 하는 게 싫듯이
나도 엄마 남자 친구가 내 집에서 슬립오버 하는 게 싫어."

엄마는 한 대 얻어맞은 듯 얼얼한 표정으로 침묵했다.
골반에 양손을 얹고 코뿔소처럼 거칠게 호흡했다. 비로소
엄마가 한발 물러서리라는 기대감이 스멀거렸다. 제이콥
집에 가서 자고 오라고 하면 주저하지 않고 달려가겠다는

마음의 준비를 하고 있었다. 드디어 엄마가 입을 열었다.

"알았어. 앞으로 집에 남자 친구 데려오지 않을게."

그 후로 엄마는 정말 남자 친구를 데려오지 않았다. 엄마는 평소 아파트 옆 공원이나 쇼핑몰, 아파트 일 층 수영장이나 벤치처럼 집에서 멀리 떨어지지 않은 장소에서 데이트를 즐겼는데, 내가 일침을 가한 후엔 아예 데이트조차 나가지 않았다. 이미 읽은 요 네스뵈 책들만 읽고 또 읽었다. 남자 친구와 헤어진 건 아니었고 당분간 전화 통화로 데이트를 대신했다. 남자 친구가 무슨 질문을 한 건지 모르겠으나 "오늘은 요 네스뵈를 읽을 계획"이라고 대답하는 엄마의 목소리가 방 벽 너머에서 들려왔고 간혹 엄마가 날카롭게 높이는 목소리도 들려왔다.

"나는 요 네스뵈를 더 사랑할 권리가 있어."

몇 달을 티격태격하다가 종내 그 영국인 남자 친구와도 헤어졌다. 나는 내가 내뱉은 말의 대가를 치러야 했다. 드라마 시청이나 통화를 하느라 바빠서 내게 무관심한 유모와 지내던 평화로운 시간은, 내가 게임하는 것에 더 예민하고 공격적인 엄마가 집에 오래 머무는 시간으로 바뀌었다. 엄마는 예전보다 더 내 생활에 집중했다. 숙제 검사를 빠트리지 않았고, 더 많은 책을 읽도록 강요했다. 펜싱장까

지 따라와서 대기실에 앉아 범죄소설을 읽다가 내가 실점
하는 모습을 보면 손가락으로 브이를 만들어 '너를 지켜보
고 있다'는 제스처를 보였다. 어느 날 저녁밥을 먹다가 나는
넌지시 엄마에게 남자 친구를 집에 데려와도 된다고 항복
했다. 하지만 엄마는 방침을 바꾸지 않았다.

　제이콥의 생일 파티 이후로 분위기가 심상치 않았다.
축구나 수구를 하면 제이콥부터 찾던 아이들은 더 이상 제
이콥을 부르지 않았다. 쪽수를 맞추기 위해 실력이 형편없
는 나를 끼워 주면서도 제이콥에겐 아예 물어보지도 않았
다. 어느 순간 콘도 안 어디에도 제이콥이 보이지 않았다.
며칠 학교조차 나오지 않았다. 분명 아프다는 거짓말을 하
고 방 안에 처박혀 플레이스테이션과 아이패드로 종일 게
임하고 있을 거라고 짐작했다. 부러워 미칠 지경이었다.

　엄마의 휴대폰으로 제이콥에게 전화를 걸어 보았지만
받지 않았다. 그렇게 이 주가 지났다. 제이콥의 집으로 내려
가는 길이었다. 승강기 앞에서 같은 층에 사는 친구와 마주
쳤다. 나보다 한 살 위의 라사도 제이콥의 생일 파티에 초대
받았었는데 그날 슬립오버를 하며 목격한 장면을 내게 말
해 주었다. 그날 밤 자다 깬 라사가 물을 마시려고 일 층으
로 내려갔다가 뒷문 쪽에서 수상한 소리가 들려와 가보았

더니 제이콥의 새아빠와 제이콥이 헬퍼들이 쓰는 창고 옆 화장실에서 섹스를 하고 있더라는 것이었다. 나는 믿지 않았다. 허튼소리 지껄이지 말라며 다그치자 라사가 제이콥도 환장하는 눈치였다고 목소리에 힘을 주었다. 확실한 근거가 있다고 했다. 제이콥이 새아빠의 종아리에 뱀처럼 자기 다리를 꼬아서 걸고 있었다고 했는데, 나는 그 말을 듣는 동안 제이콥이 외할아버지에게 씨름을 배우며 다리기술을 시도하던 장면을 떠올렸다.

나는 제이콥의 집으로 가던 발길을 돌렸다. 그로부터 한 달 남짓이 지났다. 학교에서 돌아오는 길에 경찰차 한 대가 콘도 앞에 서 있는 걸 보았다. 현관에서 손과 옷에 검붉은 피를 묻힌 제이콥이 경찰들에게 끌려 나오고 있었다. 제이콥의 엄마는 보이지 않았다. 제이콥이 자꾸만 나를 쳐다보았다. 무언가 할 말이 있는 것 같은 표정이었다. 나는 제이콥과 시선을 마주치지 않으려고 고개를 틀고 서둘러 인터폰을 눌렀다.

현관문이 열리기 직전, 누군가 내 등을 툭툭 쳤다. 흠칫 놀라서 돌아보니 경찰이었다. 제이콥이 내게 꼭 하고 싶은 말이 있다고 했다는 것이었다. 나는 숨을 골랐다. 불편하면 거절해도 된다는 경찰의 말에 어떤 대답도 하지 못한 채 우물쭈물 입술을 씹었다. 그때 엄마가 현관문을 박차고 뛰어 나와서 나를 와락 안았다. 그러고는 경찰을 향해 꼿꼿하고 날카롭게 세운 검지를 디밀었다. 내 아들을 괴롭히면 아동에게 정신적 학대를 가한 것에 대해 고소할 거라고, 고소당하고 싶지 않으면 당장 물러서라고 경고했다. 찌든 담배 냄새가 풍기는 엄마의 품에서 나는 처음으로 얼굴을 돌리지 않고 가만히 있었다. 제이콥의 칼에 찔린 피해자는 제이콥의 엄마였다.

엄마가 영상통화 버튼을 눌렀다.

"우리, 연수 이모 만나러 싱가포르에 갈까?"

엄마가 물었다. 아무리 나를 친자식처럼 돌봐 준 분이라 해도 기억조차 없는 사람이었다. 고온다습한 그곳 날씨가 진저리 나게 싫기도 했다. 제이콥 사건이 터진 후 엄마와 나는 동남아시아의 삶을 접고 자카르타를 떠나 한국으로 돌아왔다.

엄마의 휴대폰에서 영상통화 연결 신호음이 길게 울렸다. 며칠 전 우연히 들은 엄마와 지운 삼촌의 통화 내용이 떠올랐다. 그때 엄마는 클렌징오일로 화장을 지우느라 세면대 위 선반에 휴대폰을 세워 두고 스피커로 통화했었다.

지운 삼촌은 연수 이모가 과거에 회사 상사에게 성폭행당한 사건을 엄마에게 말해 주었고, 엄마는 충격을 금치 못했다. 엄마의 눈썹에 발린 오일에 마스카라는 묽게 번져 있었다. 엄마의 눈두덩 한쪽은 한 대 세게 맞아서 생긴 멍든 자국처럼 거뭇했다. 엄마는 맥이 빠진 목소리로 소곤거렸다.

"아, 연수 언니에게 딸이 있었구나. 입양한 부부가 더치여서 예전에 그렇게 더치들에게 더 친절했었나 보다." 신호음이 끊기고 영상통화가 연결됐다. 휴대폰 화면에 지운 삼촌의 얼굴이 먼저 등장했는데 몹시 피로하고 지친 기색이었다. 곧바로 민머리의 야윈 연수 이모가 나타났다. 나를 바라보는 연수 이모의 눈동자에 슬픔과 기쁨이 어지러이 뒤섞여 출렁였다. 연수 이모는 이내 눈물을 흘렸다. 나는 짐짓 밝은 목소리로 인사했다. 최대한 빨리 영상통화를 마치려면 공손하고 상냥하게 거리를 두어야 했다. 슬픔에 공감하며 걱정하듯 안위를 물으면 통화가 길어질 테니까. 연수 이모가 화면 속 내 얼굴을 쓰다듬으려는 듯 구부러진 손가락을 주춤주춤 놀리는 게 보였다. 불시에 영상통화 화면이 뚝 꺼졌다. 엄마가 다시 영상통화를 시도해 보자고 종알거리며 버튼을 눌렀지만, 나는 학원에 가야 하는 시간이라고 핑계를 대고 서둘러 집을 나섰다.

요 네스뵈를 더 사랑할 권리가 있다

"아유, 누굴 닮아서 저렇게 싸가지가 없어."

엄마의 볼멘소리가 뒤따라왔지만 개의치 않았다. 낯선 사람의 슬픔에 공감하느니, 친한 사람의 비난을 듣는 게 나는 더 편했다.

물리학원의 빈 강의실에 들어갔다. 수업은 두 시간 후 였다. 책상에 앉아 노트북 전원을 켜고, 해리 홀레 시리즈를 떠올렸다. 시리즈 순서에 맞지 않게 열 살 때 읽은 요 네스 뵈의 첫 책이 『스노우맨』이었다. 나는 이 책이 엄마가 연애 를 중단한 결정적 원인이라고 확신했었다. 『스노우맨』에서 살인자는 여자들을 죽인다. 자녀가 있는 여자들이다. 남편 이나 애인을 두고 다른 남자와 외도하는 여자들을 고통스 러운 방법으로 죽인다. 프롤로그에서 열 살 남짓한 남자아 이는 자기 엄마가 아빠를 배신하고 다른 남자와 섹스하는 걸 목격한다. 그 아이가 성인이 되어 연쇄살인마가 된다. 최 근 고전 영문학 시간에 햄릿의 오이디푸스콤플렉스를 배우 다가 『스노우맨』의 그 프롤로그 장면이 떠올랐다. 그렇다면 내가 아직까지 살인자가 되지 않은 건 엄마가 다른 남자와 섹스 하는 걸 보지 않아서일까? 나는 먼젓번에 쓰다 만 편 지 내용을 읽어 보았다.

요 네스뵈, 당신 때문에 내 인생은 망했습니다. 엄마가 스노우맨을 읽은 후 연애를 하지 않습니다. 제가 열 살 때 엄마는 고작 서른네 살이었는데 그때부터 육 년 동안 연애를 포기한 겁니다. 엄마에게 다가오는 모든 남자를 스노우맨의 살인자와 동일범으로 간주했습니다. 그리고 엄마는 이제 마흔이 넘었습니다. 곧 혼자가 됩니다. 내가 대학을 가기 위해 집을 떠나면 엄마는 혼자 살게 될 거라고요!!!!!!

나는 글을 통째로 지웠다. 그러고는 백지에 해리 홀레 시리즈의 핵심 주연인 라켈과 올레그의 삶과 비슷했던 엄마와 나의 인생을 써나갔다. 라켈과 올레그와 다른 점이라곤 해리 홀레처럼 든든한 존재가 우리 곁에 없다는 것뿐이라고 쓰면서, 요 네스뵈가 이 대목에서 웃길 바랐다. 아빠를 알코올중독자인 라켈의 전남편으로 비유한 게 미안했지만, 아빠가 이 편지를 읽을 리 없으니 괜찮았다. 더 미안한 마음이 드는 건 루였다. 루의 존재는 아예 기록조차 하지 않았다. 루에 대해서 언급하면 엄마와 내가 덜 불쌍해 보일 터였다.

나는 엄마가 만년 소설가 지망생이라고 썼다. 사실이었다. 그러니 영어 구사가 가능한 엄마를 보조원이나 견습

생으로 써달라고 부탁했다. 엄마가 추리소설가가 되지 못하면 곧 성인이 되는 내가 올레그처럼 범죄를 저질러 감옥에 수감될지도 모른다고 썼다가 유치한 협박처럼 읽혀서 지웠다. 그 대신 자카르타에 살던 시절 콘도 수영장에서 찍은 수영복 차림의 엄마 사진을 첨부했다. 해리 홀레가 라켈에게 홀딱 반했던 노란색 비키니였는데, 엄마가 그걸 입고 있을 때 이웃의 싱글 남자들이 번번이 연락처를 물어보았던 기억이 나서였다. 엄마의 머리카락은 라켈처럼 진갈색의 긴 머리카락이기도 했다. 순간『레드브레스트』에서 라켈의 아버지이자 올레그의 외할아버지의 비극적 죽음이 떠올랐다. 외할아버지와 올레그의 외할아버지를 연결시킬 방법이 없을까 잔머리를 굴려 보았다. 나는 몇 달 전 외할아버지가 돌아가셨다고만 적었다.

한 달이 지나도록 답장은 오지 않았다. 예상하지 못한 바가 아니었는데도 실망스러웠다. 답장해 주지 않은 요 네스뵈에게 실망한 건지, 요 네스뵈의 마음을 움직이지 못한 나의 필력에 실망한 건지 알 수 없었다. 요 네스뵈 팬카페에 들어가 보았다. 요 네스뵈 신간 기념행사의 초대장을 받았다는 글이 게시돼 있었다.『네메시스』를 가장 재밌게 읽었다는 독자였는데, 책 감상평을 써서 보냈더니 답장을 받았다고 했다. 나는 재빨리 그 사람에게 쪽지를 보냈다.

축하해요! 감상평이 대단했나 봐요. 요 네스뵈에게 답장
도 받고.

— 너무 행복하네요.

혹시 뭐라고 썼는지 물어봐도 될까요?

— 첫 문장에, 답장을 주지 않으면 『네메시스』의 안나 베
트센처럼 베레타 M92F로 자살해 버릴 거라고 했어요 :)

와우

— 왜요? 너무 과했나요? 이 문장을 쓰기까지 용기가 필요
했죠.

역시 연민과 동정을 유도하기보다는 협박이 더 효과적
인가. 이렇듯 과감하게 첫 줄을 쓴 사람을 칭송하지 않을 길
이 없었다. 나는 이 요 네스뵈 광팬과의 소통을 위해 요 네스
뵈의 소설 속 문장을 응용하기로 했다. 부득이하게 엄마를 설
득해야 할 일이 생길 때 이 문장은 꽤나 유용한 방법이었다.

이제 살아남은 사람들은 연민 대신 용기를 가져야 할 테니
까요.

요 네스뵈를 더 사랑할 권리가 있다

— 해리 홀레 시리즈 중 어느 편을 가장 좋아해요?

사실 저는 해리 홀레 시리즈보다 『아들』을 더 좋아해요.

— 오! 그 책 읽으려고 막 주문했는데.

나는 '이런 우연이!'라고 썼고, 바로 후회했다. 요 네스
뵈 팬카페에서 요 네스뵈 책을 읽는 사람을 만난 게 무슨 우
연이겠는가. 하지만 이미 전송되어 지울 수 없었고 진짜 우
연은 그 후로 일어났다. 대화는 자연스럽게 게임 이야기로
넘어갔다. 그도 나처럼 리그오브레전드를 했고 골드인 나
보다 레벨이 높은 플래티넘이었다. 그는 공대에서 컴퓨터
사이언스를 전공한다고 했는데 그건 대학입시 원서를 쓰면
서 내가 지망한 학과였다.

우리는 종종 쪽지로 대화를 주고받았다. 나는 이 사람
을 M92F라고 불렀다. 여자 친구 혜빈이가 누구와 얘기하
는 거냐고 물으면 컴퓨터사이언스를 전공하는 대학생 형이
라고 답했다. 나는 이 사람이 정말 남자일 거라고 추측했다.
리그오브레전드 플래티넘이고 '답장을 주지 않으면 베레
타 M92F로 죽어 버린다'고 협박하는 여자가 상상되지 않아
서였는데, 곰곰이 생각해 보니 『네메시스』에서 M92F로 자
살한 안나 벤트센도 여자였고 M92F도 여자였다.

어느새 M92F와 가까워져 농담까지 주고받는 사이로 발전했다. M92F는 내게 컴퓨터사이언스 필독서를 추천해 줬고, 최근 대학 동아리에서 개발 중인 앱에 대한 이야기도 들려주었다. 단서가 되는 키워드 몇 가지를 입력하면, 오래전 헤어져서 연락이 두절된 가족, 친구, 동료, 은사를 찾아 주는 앱이라고 했다. 그런 앱을 개발한 이유를 묻는 내게 M92F가 되물었다. 삶에는 스치고 지나가는 소중한 존재들이 너무나 많지 않아? 지나치게 감성적인 발언이었지만, 이 감성적인 아이디어를 테크놀로지로 승화하는 방법은 제법 체계적이었다. 이미 정부에서 오천만 원의 지원금도 받았다고 했다. 부모님을 통해 알게 된 더치 스타트업 대표와의 협력을 추진 중인데, 이 스타트업은 구글 맵보다 더 상세하고 정확한 위치 포착이 가능하다고 설명했다.

이런 전문적이고 흥미로운 이야기를 나누는 날도 더러 있었지만, 우리는 대부분 지엽적인 이야기를 나누었다. 중국 우한을 시발점으로 세계 각국에 퍼지고 있는 전염병에 대한 대화를 하기도 했다. M92F는 여름방학 때 요 네스뵈를 만나러 오슬로에 가지 못할까 봐 걱정하고 있었다. 그건 나에게도 문제가 아닐 수 없었다. 여름에 요 네스뵈 신간 기념행사가 열리는 오슬로에서 M92F와 만나기로 했고 이 기

요 네스뵈를 더 사랑할 권리가 있다

회에 요 네스뵈와 만나 담판 지을 획기적인 계획까지 짠 마당이었다. 이 모든 것이 수포로 돌아가지 않길 바랐다.

— 한국 사람들은 다 영어를 잘해?

젊은 세대는 웬만큼 해.

— 웬만큼 이상으로 잘하는 거 같아서.

아, 나는 어릴 때 동남아시아에서 국제 학교를 다녔어.

— 이런 우연이! 나도 동남아시아에서 자랐는데.

어디?

— 싱가포르, 인도네시아, 말레이시아, 태국, 홍콩. 아, 발리에서도 팔 개월 동안 있었다! 부모님이 변호사였는데 프로젝트를 맡아서 어딘가로 발령받을 때마다 이주했어. 여기저기 떠돌아다닌 셈이지.

진짜 고향은 어딘데?

— LOL (폭소)

왜?

— 요즘 같은 시대에 고향이란 게 있기나 해?

그래도 국적이란 건 있잖아.

— 뭐 굳이 내 여권상 국적을 따지자면 네덜란드.

와우, 더치!

— 왜?

우리 엄마가 더치들과 친해.

— 왜?

자기만큼 맥주를 잘 마신다고. 맥주 좋아해?

— 아니. 아마도 내겐 맥주 유전자가 없는 듯.

맥주 유전자라…….

— 혹시 한국인들 맥주 좋아해?

지나치게.

— 그럼 왜 나에겐 맥주 유전자가 없을까. 생부모도 양부
모도 다 맥주 유전자를 가진 사람들인데.

낳아 주신 부모님이 한국인이야?

나는 타이핑을 멈추었다. 휴대폰을 침대 위에 내려 두
었다. 몹시 이상하고 낯설고 찜찜하고 울렁거리는 기분이
들었다. 이유는 알 수 없었다. 설마 이성으로서의 호감은 아
니겠지? 엄마와 동일한 취향을 가진 여자와 썸을 타는 건
상상만으로도 오싹했다. 아닐 거야. 정말 아닐 거야. 제발
아니어야 해. 의자 위의 쇼핑백을 들고 거실로 나갔다. 가부
좌를 틀고 소파에 앉은 엄마가 보였다. 쿠션을 끌어안은 채
로 티브이 화면을 멍하니 바라보고 있었다. 코로나 확산으

로 전 세계 곳곳의 나라들이 국경을 봉쇄한다는 소식이 보도되고 있었다. 메르스나 사스처럼 한두 달 후면 나아지겠지. M92F와 오슬로에서 만나기까지는 사 개월이나 남았으니까 그 전엔 종식될 거야.

"기분이 몹시 이상하고 낯설고 찜찜하고 울렁거릴 때 엄마는 어떻게 해?"

터무니없는 질문을 받은 것처럼 엄마는 나를 빤히 쳐다보았다.

"어떻게 하긴. 맥주나 마시는 거지. 서 있는 김에 맥주 한 병 가져와. 싱가포르로 연수 이모 만나러 가려고 했는데 왜 이런 감염병이 돌고 난리라니."

"싱가포르에 가려고 했어?"

"응. 주말에 잠시 다녀오려고 비행기표 예약해 뒀었어. 못 가게 됐지만."

"나는?"

"아빠 집에서 며칠 지내야지."

"싫어. 집에 혼자 있는 게 나아."

"하긴, 너희 아빠 여자 친구가 너무 못생겨서 같이 지내는 게 힘들긴 하겠다."

"에이, 솔직히 못생긴 건 아니다."

"심보가 못생겨 먹었단 소리야."

나는 냉장고 문을 열었다. 흰 빛이 쨍한 자리에 다른 집처럼 차곡차곡 쌓아 올린 반찬 통은 없었다. 각종 브랜드의 맥주병들이 그 자리를 대신했다. 개중 샴페인처럼 철사로 고무마개가 고정된 그롤쉬 맥주병을 집었다. 그롤쉬가 더치 브랜드인가, 영국 브랜드인가. 뜬금없는 궁금증이 들었다. 더치 브랜드였다가 영국 회사가 인수했는지, 영국 브랜드였다가 더치 회사가 인수했는지, 하는 말을 루에게 들은 기억이 있지만 순서가 헷갈렸다. M92F 말마따나 지금 같은 시대에 그런 기원을 따져서 뭐하겠어. 맥주 두 병의 마개를 따자 '펑' 소리가 연달아 울렸다.

"저 쇼핑백은 뭐야?"

엄마가 물었다. 나는 쇼핑백에서 꺼낸 요 네스뵈 신간을 엄마에게 건넨 후 마개를 딴 맥주병을 내밀었다.

엄마는 병목에 입술을 댔다가 떼더니 내 손에 쥐인 맥주병을 쳐다보았다. 심드렁한 표정으로 건배를 청한 엄마가 '짠' 소리와 함께 다시 쿠션을 끌어안고 소파에 몸을 묻었다.

정말 이렇게 계속 혼자 살려는 건 아니겠지. 나는 불길한 마음으로 맥주를 천천히 들이켰다. 차디찬 탄산 알코올

요 네스뵈를 더 사랑할 권리가 있다

이 내장으로 스며들자 조금 전까지의 몹시 이상하고 낯설고 찜찜하고 울렁거리는 기분이 다소 가라앉는 듯했다. 초록색 병을 식탁 위에 내려놓았다. 문득 M92F의 이름이 궁금했다.

들배지기의 순간

씨름이라니.

연수 이모의 두 번째 기일이다. 엄마와 지운 삼촌과 나는 하버프론트역에서 출발한 모노레일을 타고 센토사역에 내렸다. 해외여행 제재가 풀린 싱가포르의 관광지는 역사 출구부터 관광 인파로 북적거렸다. 자그만 싱가포르 국기를 꽂은 배낭을 메거나 'I LOVE SINGAPORE'라고 프린트된 흰반팔 티셔츠와 모자를 뒤집어쓴 사람들이 드물지 않게 지나갔다. 애초에 연수 이모의 기일을 맞아 싱가포르에 다녀오자고 했을 때부터 외곽의 묘지나 봉안당, 수목장처럼 한적하고 고즈넉한 애도 장소를 예상했던 건 아니었지만, 막상 후덥지근한 해벽 역사에서 길게 늘어진 야자수 이파리

들배지기의 순간

들과 여가 놀이의 커다란 광고판들과 '센토사에 온 걸 환영한다'는 떠들썩한 안내 방송을 듣자 누군가의 죽음을 애도하러 왔다기보다 소풍이나 관광을 온 기분이었다.

우리는 이 지역을 잘 아는 지운 삼촌을 따라서 연수 이모의 유골을 뿌렸다는 바닷가의 어느 지점을 향해 걸어가다가 해변에 이르러서는 각자 신발을 벗어 손에 쥐고 맨발로 걷기 시작했다. 민간 비치발리볼 경기가 열리는 모래사장 매트 옆을 지나고 쾅쾅 울려 대는 EDM 속에서 비키니와 트렁크 차림의 젊은이들이 술잔을 들고 파티를 벌이는 비치 클럽을 지나는 동안, 나는 이상하고 낯선 마음을 내내 지울 수 없었다. 몇 번의 영상통화에 불과했지만 연수 이모가 이런 번잡한 축제 분위기를 좋아할 거라 생각한 적은 없었는데. 단정하고 조용한 사람이었는데. 왜 이런 곳에 연수 이모의 유골을 뿌렸을까, 속으로 뇌까리는데 저 멀리에서 뜻밖의 광경이 벌어지고 있었다.

사막에서 신기루를 발견한 듯 나는 두 눈을 끔뻑거렸다. 두 그루의 높은 야자수 기둥 사이에 '싱가포르 한인회 씨름 대회'가 적힌 현수막이 보였다. 한국인의 기일을 이국에서 보내는 것도, 이국에서 한국 민속경기인 씨름을 보게 된 것도 모두 농담 같았다.

나와 같은 방향을 바라보던 지운 삼촌이 돌연 적적한 얼굴로 혼잣말을 웅얼거렸다. 모래에 묻힌 오른쪽 발을 좌우로 쓸었다. "뭐라고?" 역에 내린 지 삼십 분이 지나기도 전 고온다습한 열대 날씨에 지쳐 버린 엄마가 손부채질을 하며 지운 삼촌에게 물었다. 지운 삼촌은 공연한 말을 꺼냈다는 듯 살살 도리질 치며 대답했다. "됐어. 실없이 튀어나온 말이야." "뭔데." 엄마가 되물었다. 지운 삼촌의 입술이 꾸물거렸고 엄마는 대답을 기다리듯 지운 삼촌에게서 시선을 떼지 않았다. 꾹 닫혀 있던 지운 삼촌의 입술 틈으로, 적도의 숨 막히는 열기에 속절없이 흘러내리는 아이스크림처럼 그 단어가 흘러나왔다.

들배지기…….

죽기 전날 연수 이모는 오래전 싱가포르를 방문했던 내 외할아버지에게 호기심으로 씨름 기술 몇 가지를 배웠고, 그 기술들이 흥미로워서 진지하게 훈련을 받았고, 며칠 후 외할아버지와의 씨름에서 들배지기로 외할아버지를 이겼던 기억을 언급하면서 그 들배지기의 순간이 생에서 가장 멋지고 황홀한 순간이었다고 고백했었다.

들배지기의 순간

"아, 기억난다. 연수 언니가 그 말을 하고 나서 지운이 너, 충격 받은 얼굴이 생생하더라. 연수 언니의 삶에서 가장 멋진 순간을 선사한 사람이 네가 아니었다는 것에 실망한 거지?"

엄마는 이 말을 내뱉고는 바라선 안 되는 걸 바란 사람을 나무라듯 얄궂은 표정을 지어 보였다. 지운 삼촌은 고개를 절반 떨어트렸다. 모래사장 속에서 무언가를 찾으려는 것처럼 묵묵히, 느릿느릿 걷는 지운 삼촌의 모습에 기시감이 들었는데 나는 그 모습을 어디서 보았던 것인지 바로 기억해 내지 못했다.

연수 이모가 들배지기의 추억을 묘사한 날 엄마와 나는 서울에 있었다. 지운 삼촌이 연결해 준 영상통화로 침상에 누워 있는 연수 이모를 보고 있었는데 폐색 짙은 연수 이모의 뺨은 빵 반죽을 주먹으로 야무지게 눌러 친 것처럼 움푹했고 야윈 얼굴 위로 마른 미소가 뻣뻣하게 묻어 있었다. 그런데도 연수 이모의 삶이 하루밖에 남지 않았다고는 전혀 예상치 못했다. 통화를 마친 후 엄마와 나는 연수 이모가 앞으로 족히 서너 달은 더 살 것 같다는 대화를 나누었는데, 그건 화면 속 연수 이모가 들배지기로 왕년의 씨름왕을 이겼던 바로 그 짜릿하고 황홀한 순간을 말해서인지도 몰랐다.

"너는 연수 언니에게 네가 대단한 존재인 줄 알았구나. 그래서 실망한 거고."

엄마가 놀리듯 말했다.

"아니, 나한테 실망했던 거였어. 나는 그토록 멋지고 황홀한 순간을 연수에게 주지 못했으니까. 받기만 하고."

지운 삼촌은 여전히 미안하고 주눅 든 표정이었지만 잇대어 연수 이모의 기억이 왜곡되었다고 말할 땐 자신감 넘치는 표정이었고 목소리는 사뭇 냉정했다. 임종을 앞둔 연수 이모 앞에서 차마 지적할 순 없었지만 그날의 씨름 경기는 연수 이모의 기억과는 완전히 달랐다는 것이다. 연수 이모와 외할아버지가 씨름을 했던 콘도 안 놀이터 모래밭에서, 지운 삼촌이 심판을 봐서 정확히 기억한다고 했다. 연수 이모가 홍샅바였고 외할아버지가 청샅바였다는 구체적 사실을 상기시키며 자신의 기억이 그만큼 신뢰할 만한 것이라고 목소리에 힘을 주었다. 엄마는 연수 이모가 사실을 과장하거나 거짓말할 사람이 결코 아니라며 반박했다. 그러자 지운 삼촌은 그날 갓난아기였던 내가 결정적인 순간에 똥을 싸질렀고, 엄마가 기저귀를 갈려고 황급히 수영장 화장실에 달려갔다가 돌아와서 중요한 장면을 놓친 바람에

들배지기의 순간

제대로 기억하지 못하는 거라고 덧붙였다.

"나도 모래밭에서 아빠의 두 발이 떠오르는 걸 봤어."

엄마가 말했다.

"사실은 두 발이 아니라 한 발이었어. 아버님이 연수가 이기려고 너무나 진지하게 애를 쓰니까 장난삼아 일부러 외발로 경기에 임하셨어."

"아무튼 아빠가 넘어졌잖아. 난 연수 언니의 허리가 활처럼 휘어지는 걸 봤어. 그리고 연수 언니의 말마따나 아빠가 연수 언니의 몸 위로 떠올랐고 옆으로 쓰러졌잖아. 어찌나 흥분했던지 하마터면 재우를 떨어트릴 뻔했던 기억이 난다고."

"에이, 아버님이 져주신 거야."

"아니야, 우리 아빤 장난삼아서라도 져주지 않아. 나나 재우와 씨름할 때도 그랬어. 일단 기술들을 하나하나 잘 가르쳐 줘. 그리고 이 정도면 상대는 되지 않아도 재미 좀 보겠다, 싶을 때 씨름을 해보자고 하지. 져줄 것처럼 힘을 다 빼고 어어어 가짜 신음까지 내면서 휘청거리는 척하기도 해. 상대를 이기고 싶도록 갈망하게 유도하는 작전이야. 그러곤 결국 자기가 이기고 말지."

"굳이 왜?"

"이기는 게 뻔해지면 시시하잖아. 그렇게 골탕 먹여야 더 재밌고."

"생각해 봐라. 당시 연수 몸무게가 오십 킬로그램도 안 됐어. 두 배 무게의 남자, 심지어 매일 헬스장에서 근육 단 련을 하는 전직 씨름왕을, 다리기술도 아닌, 들배지기로 이 기는 게 정말 가능하다고 생각해?"

"가능하지! 너, 초등학생 때 운동회 기억 안 나? 그때 난 사십 킬로그램 겨우 웃돌았어. 근데 전교에서 가장 덩치 큰 남학생부 우승자와 붙어서 이겼잖아."

"넌 씨름 선수였던 아버님한테 씨름 기술을 전수받았 던 특수한 경우의 여자아이였잖아. 그 남자애는 덩치만 컸 지 두부살에 씨름 기술은 아예 몰랐고. 전혀 다른 상황이야. 그리고 넌 언제나 운발이 좀 따르기도 하고."

엄마와 지운 삼촌은 평소에도 이견이 생기면 지금처럼 서로의 주장을 굽히지 않는다. 두 사람은 다른 사람들에게 는 그러지 않으면서 서로에게 유독 야박하다. 두 해 전까지 만 해도 나는 엄마와 지운 삼촌이 연인으로 발전할 가능성 을 무시하지 않았었다. 두 사람이 그런 말을 입 밖으로 꺼내 진 않았으나 최측근이 보기에 서로를 좋아하는 건 분명해 보였다. 지운 삼촌과 연수 이모가 결혼했을 때 엄마는 전남편―내 아빠가 선물해 주었던 고가의 시계를 팔아서 연수 이모의 결혼반지를 사는 데 보탰다. 엄마는 갚지 않아도 된 다고 못 박았지만, 싱가포르 지운 삼촌네에서 더부살이를 하는 동안 그 이상의 돈을 돌려받아 썼다는 건 모두가 아는 사실이었다. 외할아버지 장례식을 마친 후 엄마가 재취직 하려고 동동거렸던 몇 달 동안 생활비가 모자란 걸 알고 지 운 삼촌이 전시회에서 판매된 그림 값 절반을 엄마에게 보 내 준 것만 봐도 그랬다. 돈을 빌려주는 행위가 애정의 척도 가 될 순 없겠지만, 애정이 없다면 불가능한 일이다. 하지만 지금은 두 사람에 대해 그런 기대를 갖지 않는다. 연수 이모 는 죽고 나서도 엄마와 지운 삼촌이 결코 무시할 수 없는 존 재니까. 두 사람이 연인이 되면 그런 존재를 저버리는 것만 같은 마음에 닿아야만 할 테니까. 지금처럼 두 사람은 서로 를 곁에 두고 걸핏하면 놀리고 시비를 걸고 말싸움을 할 것 이다. 상대가 틀렸다는 걸 증명할 때까지. 씨름에 비유하자 면 둘 중 누구도 완전히 이기거나 져주지 않은 채 서로의 샅 바를 붙잡고 팽팽하게 버티기 때문에 무승부로 끝날 수밖 에 없고, 그런 상태에서는 좋아하는 마음이 깊어지는 순간 에조차 연인으로까지는 발전할 수 없다. 연애라는 건 마음 의 문제가 아니라 행동의 문제고, 어쨌든 둘 중 한 명이 넘어지는 시늉이라도 해야 가능하니까.

"아, 정말 가능하다니까!"

엄마가 짜증스러운 목소리로 몰아붙였다.

"그게 뭐가 중요해. 어쨌든 연수 이모가 그 순간을 가장 멋진 추억으로 간직했잖아. 그날 영상 속에서 연수 이모가 그랬어. 그날 이 세상을 다 가진 것 같았다고. 견딜 수 없을 만큼 힘겨운 시간이 닥칠 때마다 그 들배지기의 순간을 떠올렸다고. 그러면 다시 살아갈 용기를 낼 수 있었다고."

스냅챗으로 채팅을 하던 나는 끼어들지 않을 수 없었다. 그러지 않고는 두 사람의 말다툼이 끝날 기미가 없어 보였다.

"용기가 아니라 다시 일어설 힘이라고 했지."

엄마가 내 말을 정정했다.

"그게 그 말이잖아."

"달라."

"희망, 이라고 하지 않았어?"

지운 삼촌이 반신반의하는 표정으로 질문했다. 엄마는 쉬이 대답하지 못했다. 사건의 당사자들은 이 세상에 더이상 존재하지 않았다. 살아 있다 한들 당사자들조차 정확한 단어를 기억할 리 만무했다. 이십 년이 지난 일이 아닌

가. 기억 초능력자가 아니고서야 그 오래전 벌어진 일에 대해 어떻게 단어의 미묘한 차이까지 상세히 기억해 낼 수 있단 말인가. 나는 일어설 힘과 용기와 희망의 차이를 갈무리해 보았다. 세 단어의 의미는 서로 연결돼 있는 것 같지만 낱낱이 다른 의미였다. 진위를 밝힐 수 있는 기회는 없었다. 남은 우리가 할 수 있는 거라곤 서로 다른 기억의 조각들을 여기저기 맞추고 빼면서 논쟁을 이어 가는 것뿐인데, 정작 우리는 그게 왜 우리에게 그토록 중요한 건지는 모르는 듯했다.

"아, 내 들배지기의 순간도 떠오른다."

조금 전 나이트클럽 분위기와 흡사한 비치 클럽을 지나서였는지, 엄마와의 말다툼을 중단하고 싶어서였는지, 지운 삼촌이 화제를 바꿨다. 젊은 시절 지운 삼촌이 웨이터로 근무했던 줄리아나 나이트클럽 시절에 대한 이야기였다. 단발머리 대학생이었던 엄마는 자력으로 들배지기 당한 것처럼 댄스홀 가운데서 붕 떠올랐다. 지운 삼촌에게 폭력을 가한 장신의 농구선수 머리통을 향해 얼음통을 갈겼었다. 그 순간이 지운 삼촌 인생의 들배지기였다는 것이다.

지운 삼촌은 몸동작으로 엄마의 얼음통 가격 장면을

재현하며 낄낄거렸다. 이전에도 클럽 안에서 웨이터들에게 무례하게 굴거나 여자 손님들에게 물의를 일으켰던 골칫거리 농구선수였는데, 워낙 유명인이기도 하고 체구가 압도적으로 장대해서 그런 사건이 벌어지면 누군가 조심스럽게 저지는 해도 물리적 보복을 가한 사람은 한 명도 없었다고 했다. 그런 까닭에 엄마의 얼음통 가격 사건은 줄리아나 직원들 사이에서 꽤 오래 회자되었다고 했다. 가만히 그 말을 듣던 엄마가 픽 비웃었다.

"야야, 그건 너의 들배지기가 아니잖아."

"굳이 내가 나서서 싸워야 해? 나를 위해 싸워 주는 전문 선수가 있는데. 앞으로도 잘 부탁한다, 김지현."

"겁쟁이."

"넌? 들배지기 순간이 너무 많아서 뭐 딱 하나 특별하달 건 없겠다만."

"있지 왜 없어."

"뭐. 설렁탕 가격 사건?"

지운 삼촌이 장난스러운 투로 말하자 엄마가 지운 삼촌을 향해 눈짓을 보냈다. 더 말했다간 가만두지 않겠다는 신호처럼 읽혀서 나는 그 사건이 뭐였는지 물었다. 지운 삼촌은 엄마의 따가운 눈총에 못 이겨 슬며시 말을 바꾸었다.

"설마 그 개날라리 더치 놈에게 데이트 신청 문자 받은 날은 아니지? 아, 두 여자가 그 시답지 않은 문자로, 어린애처럼 두 손 맞잡고 방방 뛰며 어찌나 크게 고함을 지르던지. 그날 이후로 삼촌 청력이 몹시 나빠졌단다, 재우야."

지운 삼촌이 혀를 찼다. 엄마는 첫사랑에 빠진 소녀의 발그레한 낯빛으로 걸음을 뚝 멈추었다.

"재우가 일곱 살 때였어. 슈퍼마켓에서 장을 보고 돌아오던 길이었지. 바람을 한껏 먹은 것처럼 달이 아주 둥글고 크게 부푼 밤이었어."

엄마는 하늘 중천에서 한 뼘 기울어진 해가 바람을 한껏 먹은 달이라도 되는 것처럼 이마에 차양을 치고 해를 바라보았다.

그 시절 우리가 살았던 콘도와 백화점 안 슈퍼마켓 사이에는 야트막한 숲이 있었다. 장을 보고 집으로 돌아가는 길에는 반드시 그 숲 가장자리로 난 기다란 오솔길을 지나야 했다. 고칼슘 우유, 그릭 요거트, 블루베리, 토마토, 식빵, 유기농 달걀, 치즈 같은 데일리 식품이 든 봉지 두 개를 내 킥보드 손잡이 양쪽에 걸고 달리는 중이었다. 사위가 어두컴컴한 밤이었다. 유독하게 가깝고 큰 달을 발견하고서는 뭉클해져서 나도 모르게 학교 행사에서 준비하던 노래 「오버 더 레인보우」를 흥겹게 부르기 시작했다. 뒤따라오던 엄마가 목청껏 그 노래를 따라 부르는 소리가 들려왔다.

"재우가 킥보드를 멈추더니 내 쪽으로 돌아섰어. 갑자기 나를 향해 달려오는 거야. 까치발을 하고 양팔로 내 허리를 감싸더니 이렇게 말하는 거야. 엄마, 나 너무너무 행복해."

엄마가 손등으로 콧마루를 문질렀다. 엄마의 눈가에 별안간 투명한 눈물이 솟았다. 나는 지운 삼촌과 눈을 마주쳤다. 당혹스러운 게 비단 나만은 아니었다.

"에이, 들배지기의 역사라고 하기엔 좀 약한 거 아니야?"

지운 삼촌이 다소 안절부절못하는 얼굴로 물었다.

"나는 무진장 애쓰는 중이었거든. 좋은 엄마가 되고 싶었어. 그런데 엄마는 처음이잖아. 해도, 해도, 아니지, 하면 할수록, 정말 그렇게 되고 있는지 확신이 서지 않는 거야. 출장 갔다가 돌아왔는데 나를 기다리다 울다 지쳐서 소파에 기대어 곯아떨어진 재우를 보거나, 고열이 끓어서 앓는 소리로 전화를 해오는데도 중요한 미팅 중이라 당장 달려갈 수 없는 처지거나, 이혼녀라는 이유로 같은 학교 한국 친구들의 가족 동반 모임에서 우리만 빠지게 된 걸 나중에 알았을 때……. 아유, 그런 순간이 셀 수 없이 많았어. 그럴 때마다 난 좋은 엄마가 되기 글러 먹었다, 쪽으로 기울어졌어. 그런데 그 보름달 밤, 재우가 너무너무 행복하다고 말한 이후 난, 속으로 외쳤어."

엄마는 호주머니에서 손수건을 꺼내 이마에 흘러내리는 땀을 닦고는 더 말하지 않았다. 지운 삼촌이 팔꿈치로 엄마의 옆구리를 살짝 쳤다.

"뭐라고 외쳤는데."

"……아싸, 이겼다!"

"이겨? 누구한테? 재우한테?"

"얘도 참. 어린 아들한테 이겨서 뭐하니. 인생에서 한 번 이겼단 뜻이야. 매번 이길 듯 말 듯 하다가 지기만 했는데 그날은 확실히 그런 느낌이었어. 이겼다!"

머쓱해진 나는 어디에 시선을 두어야 할지 몰랐다. 등에 멘 가방에서 청포도 초콜릿을 꺼냈다. 초콜릿 안에는 말린 청포도가 들어 있다고 적혀 있는데 그게 정말 청포도인지는 알 길이 없었다. 봉지를 뜯어서 엄마에게 청포도 알만한 초콜릿 하나를 건네주었다.

"엄마, 아무래도 당이 떨어졌나 봐."

"그치?"

지운 삼촌이 동의하며 고개를 주억거렸다.

"실패는 성공의 어머니라고 하는 말, 나는 믿지 않아. 뒤따라올 수많은 실패들을 견디게 해주는 건 과거에 실패했던 기억이 아니잖아. 단 한 번. 어느새 희미해진, 그 단 한 번, 이겨 본 것만 같았거나 실제로 이겨 보았던 바로 그 감각."

"그런 게 있기나 해?"

"연수 언니가 힘겨울 때마다 당시 노인이었지만 전직 씨름왕을 들배지기로 이겨 본 기억을 떠올린 건 아마도 그 때문이었을 거야. 나도 보름달 밤 이후에야 비로소 앞으로 엄마로서 더 잘할 수 있겠단 자신감이 들었으니까."

엄마의 뺨이 청포도 초콜릿 크기만큼 볼록 튀어나와 있었다. 엄마에게는 타인들이 붙인 몇 가지 수식어가 있다. 태풍순이, 어린 엄마, 반반한 중년 여자, 공주병, 김칫국 여왕, 아들바라기, 이기주의자, 돌직구. 그중 내가 전적으로 동의하는 건 '어린 엄마'다. 생물학적 나이 때문은 아니다. 엄마에겐 내 친구들 엄마에게서 볼 수 없는 특유의 미성숙한 면면이 남아 있다. 피터팬신드롬. 그게 우스꽝스럽고 천진해 보여서 웃음이 나오다가도 때로는 어린 아들의 걱정거리로 부상하기 일쑤였다. 내 친구들 중에서 마흔 넘은 엄마가 속악한 남자를 만날까 봐 염려하며 상대 남자의 SNS를 검열하거나, 사랑에 빠지게 만든 상대 남자가 자기 뜻대로 되지 않는다고 고의적으로 휴대폰 전원을 끈 채 침대에 모로 누워서 죽상을 하고 있는 엄마에게 차디찬 맥주를 사다 주는 녀석은 없다. 인생에서 이겼다니. 어린 남자아이가 무심코 내뱉은 고작 말 한 마디에. 엄마가 엄마의 나이로 보이려는 찰나 언뜻 애잔해지려는 마음을 벗기려고 그어지는 칼날처럼 예리하고 불길한 예감이 스쳤다. 아니나 다를까, 엄마에게서 그 질문이 날아왔다.

"재우야, 너의 들배지기는 언제였어?"

내 삶의 들배지기를 묻는 엄마의 목소리가 비단 '그 보름달'처럼 감미롭게 부풀고, 두 눈이 휘황하고 둥근 달빛처럼 빛나서였을지도 모른다. 긴장한 나는 마른 침을 꿀꺽 삼켰다. 재빨리 이 상황을 모면하려고 머리를 굴렸다. 궁리해도 마땅한 대답이 떠오르지 않았다. 우리는 한인회 씨름 경기장 옆이었고 모래판에서 불시에 모래 몇 알이 튕겨져 날아왔다. 땡볕에 달궈진 모래일 텐데도 막상 팔뚝 맨살에 닿는 순간에는 그 촉감이 차가웠다.

엄마가 이런 태도를 보이는 건 상대에게 듣길 바라는 대답을 이미 속으로 정해 두고 있을 때다. 엄마는 내 입에서 엄마가 조금 전 읊어 댄 것처럼 우리 사이의 멋지고 아름다운 추억이 나오리라 기대하고 있었다. 적당히 둘러댈 수 있었지만 손쉬운 방법을 사용하기엔 나는 엄마를 잘 알았다. 거짓말했다간 연관 질문 몇 개로 금방 발각 날 터였다. 피터팬신드롬을 가진 꼬마 명탐정 김지현. 해가 뜨겁게 내리쬐었다. 한 줄기 땀이 관자놀이를 타고 흘러내렸다. 나는 손등으로 땀을 문지르며 시선을 피했다.

"없어."

나는 단마디로 대답했다. 해맑던 엄마의 표정이 별안간 굳어 버렸다. 지운 삼촌은 통쾌한 미소를 지었다. 아까 엄마에게 놀림받은 거에 대한 보복이라도 하듯 말을 이었다.

"너는 재우에게 네가 대단한 존재인 줄 알았구나. 그래서 실망한 거고."

지운 삼촌은 키득거리다가 혀를 날름 내밀었다.

"왜 없어? 우리에게 들배지기가 될 만한 근사한 추억이 얼마나 많은데."

엄마는 심각한 투로 따지고 들었다.

"없는 걸 어떻게 지어내."

"아암, 추억 따위 없어도 돼. 청춘의 특권이지."

엄마와 나 사이에서 막 일어난 긴장을 눙치려는 듯 삼촌이 말했다.

"없을 리가 없잖아. 그리고 그 오솔길에서 킥보드 탈

때마다 매번 네가 얼마나 행복해했는데 기억 안 나?"

엄마가 따지고 들었다.

"솔직히 말해 줘? 들배지기는커녕, 끝나지 않는 게임에서 죽어라 버티기만 하고 있는 것 같아. 그게 내 인생이야. 그래서 빨리 끝나 버렸으면 좋겠어."

나는 엄마를 향해 말했다. 엄마는 충격 받은 얼굴로 나를 쳐다보았다.

정말이었다. 들배지기를 한 것처럼 짜릿했던 적도, 대단히 멋지고 황홀한 추억도 없었다. 그 추억이란 것이 실패해도, 시련과 역경이 다가오는 게 버젓이 보여도, 세상을 다 가진 것 같은 마음을 자아내고, 다시 살아가고 극복할 동력이 되어 준다는 의미에서 그랬다. 엄마에게 실망을 주어서 미안했지만 그게 나의 진심이다,라고 생각했다.

엄마의 입술 근육이 풀리고 턱이 약간 아래로 떨어졌다. 할 말을 잃은 표정이었다.

"홍지운, 넌 왜 이런 데다 유골을 뿌렸어."

엄마는 성난 목소리로 지운 삼촌에게 따졌다. 엄마의 기세에 눌린 지운 삼촌이 장난치는 기색을 거두고 진지하게 답해 주었다. 내 대답에 멍해진 엄마의 표정은 지운 삼촌의 대답에 황망한 얼굴로 돌변했다. 이번에 엄마는 믿을 수 없다는 표정을 짓더니 손에 쥐고 있던 운동화를 모래사장 위에 신경질적으로 패대기쳤다.

연수 이모에 대해서 들은 건 아주 어릴 적부터다. 나는 온순한 편에 속했다. 또래 남자아이들처럼 말썽을 피우거나 사고를 치지 않았다. 이웃 어른들과 선생님들은 엄마를 만날 때마다 그런 내 성향을 칭찬했다. 엄마는 '얘가 제 엄마와 아빠를 안 닮고 연수 이모를 닮아서 그렇다'고 화답했다. 천사처럼 착하고 순한 연수 이모가 매일 태교를 해주고 갓난아기였던 나를 친엄마보다 더 극진히 끼고 보살폈으니, 내가 엄마보다 연수 이모에게서 정서적 영향을 더 받았을 거라고 믿는 모양이었다. 그때마다 나는 기분이 묘했다. 한 번도 만나 보지 못한 누군가의 마음을 닮았다니. 어릴 때였으니 착하단 말에 기분이 좋아졌다가도 곧 내 마음을 도둑질당한 것 같은 기분이었다.

　선생님들 중 몇몇은 연수 이모를 우리 집에서 일하는 유모로 오해하기도 했었다. 우리 집에는 스물이 갓 넘은 필리핀 유모가 상주해 있었다. 검고 짧고 뭉툭한 발가락에 도무지 어울리지 않는 반짝이 진분홍색 페디큐어를 바르고 있었는데 내 눈엔 자꾸만 그게 거슬렸었다. 그녀는 지킬 앤

하이드 같았다. 엄마 앞에선 '히 이즈 소 어도러블'이라며 연방 감탄사를 쏟아 냈다. 나를 졸졸 따라다니면서 내가 흘린 과자 부스러기나 모래 같은 것들을 날래게 훔치며 미소 짓던 그녀는, 엄마가 집에 없을 때면 다른 사람이 되었다. 질문을 해도 대답하지 않고 무관심하게 방치하다가 그 존재가 한 공간에 있다는 것이 실감되지 않을 즈음 내가 부주의하다며 타박했다.

엄마는 야근하거나 인근 동남아시아 지역으로 출장 가는 날이 잦았다. 필연적으로 엄마보다 유모와 함께 보내는 시간이 더 길었다. 냉장고 문을 열고 간식거리를 뒤지다가 찾지 못하고 유모의 방문을 열었을 때 그녀가 야한 슬리브리스를 입고 휴대폰 화면 속 남자와 영상통화 중이기라도 하면 오 주님! 신경질을 부리고 내 귀를 잡아 내 방으로 끌고 갔다. 한 번은 유모의 방문을 열자 실제 남자의 머리통이 유모의 슬리브리스 치맛자락 속에 처박혀 있었다. 먼젓번 휴대폰 화면 속 그 남자일 거라고 추측하는 찰나 뒤통수만 보였던 남자가 기척에 놀라 고개를 돌렸고 다시 반대편으로 고개를 홱 돌렸다. 이번엔 치맛자락 속이 아닌 베개에 코를 박았다.

나와 눈이 마주친 유모가 날카로운 비명을 내질렀다.

유모는 윽박을 질러 댔다. 유모와 나 사이의 공용어였던 영어가 아니었다. 낯선 언어로 퍼부어서 그 말을 알아듣지 못했지만 욕이라는 건 직관적으로 알았다. 유모는 내 귓불을 잡아끌고 가서 방 안으로 나를 드세게 떠밀었다. 나는 중심을 잃고 방바닥에 미끄러져 넘어졌다. 유모는 성난 눈으로 나를 노려보았다. 유모에게서 엄마가 바르는 보디크림의 배 향이 풍겨 왔다. 나는 반질거리는 크림색 슬리브리스 끝자락의 꽃무늬 레이스를 응시했다. 엄마의 출장을 틈타 엄마의 옷장에서 몰래 꺼내 입은 것이었다. 유모의 눈 속에서 끓어오르는 무언가가 보였다. 이전에도 몇 번 보았지만 그날은 더 또렷했다. 그때껏 나는 그 눈 속에서 끓어오르는 것이 분노라고 생각했었는데, 그 순간 나는 그것이 두려움인걸 알아차렸다.

나는 방문을 잠그고 당장 엄마에게 전화를 걸었다. 엄마는 피로에 잠긴 목소리로 전화를 받았다. 조금 전 목격한 장면을 고자질하려고 했지만 목구멍 아래서부터 울음만 터져 나왔다. 과연 그 말을 해도 되는지 판단이 서지 않았다. 유모를 보호해 주고 싶은 마음은 없었으나 유모의 질 나쁜 행실을 밝힐 수 없었다. 나는 더 크게 울면서 엄마에게 언제 집에 돌아오느냐고 보챘다. 휴대폰 너머에서 엄마는 너를

들배지기의 순간

위해 오늘도 열심히 일하는 중이라며 애써 씩씩한 어조로 말했다. 내가 좋아하는 하리보 젤리를 잔뜩 사오겠다는 약속까지 곁들이며 나를 달래 주었다. 나를 위하면서 왜 나를 혼자 내팽개쳐 두는 거냐고 나는 따지고 들었다. 엄마는 대답하지 못하고 꺼지는 한숨만 여러 번 내쉬었다. 불현듯 연수 이모가 떠올랐다. 나는 울먹이면서도 체념하듯 알았다고 말하고 전화를 끊었다.

잠들기 전 엄마가 종종 들려주었던 그 연수 이모. '살면서 그렇게 착하고 순한 사람은 처음이었다. 사람이 아니라 천사였다'라는 도입부는 좀체 바뀌지 않았다. 달리는 사슴이 프린트된 아동용 이불을 덮은 잠자리에서 듣게 되는 이야기들이 대개 그러했지만 연수 이모 이야기는 전설이나 신화처럼 들려왔고 그때마다 연수 이모는 현존하지 않는 인물 같았다.

엄마는 내가 연수 이모처럼 착하고 온순하다고 믿어 의심치 않았다. 한번은 초등학교 행사에서 누군가 엄마에게 "재우는 참 착하고 성실해요"라며 예의상 한 말을 가지고 또다시 "얘가 제 엄마와 아빠를 안 닮고 연수 이모를 닮아서 그래요"라며 받아쳤다. 학부모들은 연수 이모가 누구인지 관심조차 없었다. "어린애가 참 일찍 철들었어요." 누군가 우려 깃든 비판적 시선과 목소리로 말을 이었다. 엄마는 그 상황에 어울리지 않게 손으로 입술을 가리고 호호호 해맑게 웃었다. 상대방은 예상치 못한 엄마의 반응에 난색을 표하며 가시 돋친 한 마디를 더 얹었다. "이제 보니 엄마가 아들을 키우는 게 아니라 아들이 엄마를 키우는 거였네." 엄마는 천진한 초승달 눈으로 의기양양하게 응대했다. "이런 아들을 낳아서 축복이죠." 무언가 기묘하게 어긋나는 대화가 오가는 중 나는 얼른 행사장 음식 코너로 달려갔다. 엄마가 마실 아이스티를 사다 주었다. "엄마, 더우니까 이거 마셔." 다른 엄마들이 이구동성으로 이런 기특한 아들이 다 어디에 있느냐고, 자기 아들과 비교된다고 나를 칭찬하며 정수리를 쓰다듬어 주었다. 동시에 엄마를 향해선 은근히 눈살을 찌푸렸다. 나는 한 번도 보지 못한 전설 속 연수 이모처럼, 현존하지 않는 것 같은 천사 이모처럼, 착하고 순한 아들로, 사람으로 살아가고픈 마음이 솟았다. 그렇게 오롯해진 마음은 사소한 일에도 번번이 구부러지거나 스러졌다가 다시 일어서길 반복했는데, 다시 결심을 일으켜 세우던 그때, 과연 내게 들배지기의 순간이 떠올랐을까.

"어떻게 낳아 준 엄마 앞에서 생이 빨리 끝나 버리길 바란다

고 할 수 있어? 내가 지 하나 행복하게 해주려고 얼마나 애
쓰며 살았는데. 나쁜 자식. 정말로 없다, 이거지. 들배지기
를 한 것처럼 멋진 추억이. 정말로 없어?"

엄마가 다시 생각났다는 듯 혼잣말로 중얼거렸다. 서
운했던 점들을 열거하는 과거의 남자 친구들에게 '나와 함
께해서 좋은 점은 없어?'라고 묻고는 상대가 곧바로 대답하
지 못하고 우물쭈물하면 '그럼 헤어져'라고 결말부터 지어
버린 그때처럼, 엄마는 갑자기 차갑고 건조한 시선으로 나
를 쳐다보았다. 나는 움찔했다. 아까처럼 단호하게 대답할
수 없었다.

"아, 당장 떠오르는 게 없네."

"다들 더위 먹었나 봐. 일단 차가운 코코넛 하나 마시
고 정신 좀 차리자."

엄마는 우리 사이에 아무 일도 일어나지 않은 것처럼
예사로운 투로 말했다. 엄마와 지운 삼촌이 코코넛을 파는
카페를 향해 걸어갔다. 민트색과 하얀색이 격자로 들어간
파라솔이 펼쳐진 곳이었다.

나는 방금 전 아라벨라에게서 온 문자를 일별했다. 친
구와 통화한 후 카페에 합류하겠다고 말했다. 엄마가 누구
와 통화할 거냐고 물었다. 지운 삼촌은 다 큰 아들에게 무얼

그리 꼬치꼬치 캐묻느냐고 핀잔을 주며 엄마를 끌고 갔다.

아라벨라와 나는 이 년 전 요 네스뵈 온라인 팬카페에서 알
게 되었다. 우리는 이메일, 문자, 줌, 게임으로 교류해 왔다.
사는 지역이 멀기도 했고 코로나 시대에 온라인으로 소통
하는 건 흔한 일이었다. 처음 서로에 대해 알았을 때 아라벨
라는 싱가포르 난양공대 학부에서 컴퓨터사이언스를 전공
하는 신입 대학생이었고, 나는 컴퓨터사이언스 전공을 희
망하는 서울에 사는 고등학교 삼 학년 학생이었다. 공통 관
심사로 자연스레 친해졌지만 그사이 둘 다 우리 세대의 대
세 전공인 컴퓨터사이언스에 그만 흥미를 잃고 전공을 바
꾸었다. 아라벨라는 네덜란드의 대학교로 편입하여 한국학
으로 전공을 바꾸었고, 나는 북미 유학을 포기하고 전공을
선택하지 못한 채 한국 소재의 대학에 입학했다.

아라벨라는 그사이 두 번 연애를 했는데 두 번 다 몇 달
지나지 않아서 싱겁게 끝났다. 아라벨라는 매번 줌 데이트
가 아니었다면 더 오래갔을 거라고 아쉬워했다. 『다섯 가지
사랑의 언어』의 심리 이론을 빗대어 제 사랑의 언어는 신체
적 접촉이나 육체적 관계인데 대부분의 시간을 만질 수조
차 없는 줌으로 이어 갔으니 관계를 더 지속할 수 없었다는

것이다.

연수 이모의 장례식도 줌으로 치렀다. 전염병 사태로 여러 국경이 닫혔고 엄마와 나는 싱가포르에 갈 수 없었다. 장례식장을 홀로 지키던 지운 삼촌이 엄마와 나를 위해 줌을 연결해 주었다. 나는 장례식을 줌으로 볼 수 있다고 말해 주었지만, 아라벨라는 보고 싶지 않다고 거절했다. 오랫동안 생모가 누구인지 궁금했고, 나를 통해 우연히 생모가 누구인지 알게 된 사실이 여전히 신기하지만, 자기를 버린 엄마를 아직 용서한 건 아니라고 했다. 나는 엄마에게 누누이 들어 온 '연수 이모가 얼마나 착하고 좋은 사람이었는지'를 말하며 두 번 더 아라벨라를 설득해 보았다. 화면 속 아라벨라는 불쾌해진 얼굴로 정말 싫다며 쐐기를 박았다. 앞으로 계속 연수 이모 얘기를 할 거면 자기에게 연락을 하지 말아 달라고 으름장을 놓기까지 했다. 그래서일까. 며칠 전 연수 이모의 기일에 맞춰 엄마와 지운 삼촌과 싱가포르에 다녀올 거라고 했을 때 아라벨라가 유골을 뿌렸다는 그 바다 사진을 보내 줄 수 있느냐고 물어서 나는 놀라지 않을 수 없었다.

'도착했어?'라는 아라벨라의 문자를 확인했다. 나는 손에 쥔 휴대폰을 들어 올려 카메라 렌즈를 바다 쪽으로 돌렸다가 도로 내렸다. 아직 유골을 뿌린 정확한 지점이 어디인지 몰라서였다.

연수 이모는 투병 중 한국으로 돌아갈 기회가 있었지만 끝내 그러지 않았다고 지운 삼촌이 말했다. 키워 준 할머니가 돌아가실 때까지 매달 이십만 원, 여동생이 낳은 조카들 양육하는 데 보태라고 매달 십만 원씩 보냈지만, 오랜 기간 가족들 중 누구도 연수 이모가 그리워서 싱가포르에 방문한 사람은 없었다고 했다. 타인에게 민폐 끼치는 걸 싫어했던 연수 이모가 몇 달에 한 번 명절과 생일에만 통화해 온 한국 가족들에게 짐이 될까 봐 돌아가지 않았던 건 아닐까, 지운 삼촌은 짐작했다.

지운 삼촌은 연수 이모를 싱가포르 묘지나 봉안당에 안치하려고 했었다. 영주권자여서 절차를 밟는 건 까다롭지 않았다. 그런데 죽기 전 연수 이모가 싱가포르에서 오래 살았는데도 이곳이 영 '홈'처럼 느껴지진 않는다고 지나가듯 말했다는 것이다. 지운 삼촌은 연수 이모에게 그럼 한국은 홈처럼 느껴지느냐고 물었고, 연수 이모는 조금 전보다 더 완강하게 아니라고 대답했었다. 지운 삼촌은 홈처럼 느끼는 곳이 어디인지 물었다. 연수 이모는 그런 곳이 없다고 했다. 지금까지 홈처럼 느껴지는 곳이 없었다면, 홈처럼 정착하고 싶었던 곳이 막연하게나마 있었느냐고 지운 삼촌은 묻지 않을 수 없었다. 연수 이모는 살아 본 곳이 한국과 싱가포르뿐이고 해외여행도 가본 경험이 없어서 그런 걸 생각해 보지 않았다고 대꾸했다. 지운 삼촌은 연수 이모를 데리고 해외여행 한 번 가지 않았던 자신을 책망했다. 자책하면서 울적해졌고, 울적한 마음이 한동안 이어지다가 연수 이모가 죽은 후부터 그런 마음이 더 깊어졌다. 연수 이모의 영혼이 파도를 타고 흘러가 부디 흄을 찾길 바라는 기원으로 유골을 바다에 뿌렸다는 것이었다. 땅과 나무와 사기 유골함에선 그럴 수 없을 테니까. 지운 삼촌의 설명을 듣고 있던 엄마의 미간이 점점 오므라들었다.

"정말로 그래서 센토사에 뿌렸다고?"

"싱가포르 바다 하면 센토사니까."

"여기 인공섬인 건 알지?"

"그랬었나?"

"그러니까 유골을 뿌린 곳이 정확히 어디냐고."

엄마가 다그쳤다. 난감해진 지운 삼촌은 물놀이 테마파크처럼 난잡하고, 시끄럽고, 바다라기에는 협소하기 짝이 없는 바다를 두리번거렸다.

"이 근처 어디쯤인데, 코로나 제재 풀리고 그새 뭐가

새로 많이 생겨서 헷갈리네." 지운 삼촌은 확신 없는 어조로 중얼거렸다. 그 말을 듣고 엄마는 눈을 부라리며 쏘아붙였다.

"미쳤어?"

"그게……."

"연수 언니, 물을 무서워했잖아. 수영장 가서도 물 근처에 가지 않았던 거 기억 안 나?"

엄마의 언성이 높아졌다. 엄마와 지운 삼촌은 도저히 가늠할 수 없는 연수 이모의 진심에 대해 왈가왈부했다. 연수 이모의 진심이라기보다는 엄마와 지운 삼촌의 진심이었을 먼 옛날의 사실들에 대해서. 아라벨라가 막 태어난 자기를 버린 연수 이모를 끝내 용서하지 못해 줌 장례식을 보지 않았던 건 사실이지만, 장례식장에 참여하지 않은 진심이 그 이유가 전부는 아닐 수도 있는 것처럼.

나는 아라벨라와 통화를 시도했다. 아라벨라가 있는 곳은 싱가포르보다 여섯 시간 늦었다. 이른 아침일 터였다. 신호음이 울리고 나서 잠이 덜 깬 메마른 목소리로 아라벨라는 전화를 받았다.

"혹시 씨름이라고 알아?"

들배지기의 순간

아라벨라에게 물었다.

"웅, 알아. 일본의 스모 같은 한국 전통 레슬링이잖아."

"비슷해 보이긴 하지만 다르지."

나는 조금 전 일어난 일들과 들배지기의 역사에 대해 얘기해 주고 혹시 아라벨라에게도 그런 들배지기의 순간이 있었는지 물었다. 아라벨라는 글쎄, 하며 몇십 초간 침묵하다가 말문을 열었다.

"들배지기로 이기고 나서의 그 감정이 어떤 건지, 잘 이해가 가지 않아서."

"나도 잘 모르지만 짜릿하고 황홀한 기분이래."

"유골을 센토사에 뿌렸다고 했을 때 가슴이 찌르르했어. 네가 묘사한 그런 영향을 주는 들배지기까지는 아니었지만."

아라벨라는 몇 가지 추억을 꺼내려고 시도했다가 하나의 추억을 마무리 짓기 전에 정정했다. 그건 아니다,라고, 들배지기의 역사가 되기엔 미진하다고. 아라벨라에게도 들배지기를 해서 이긴 것만 같은, 세상을 다 가진 것만 같은, 그런 황홀한 들배지기의 추억이 없다는 사실을 듣고는 나 같은 사람이 또 있다고 생각하며 이상한 안도감을 느꼈다.

"비밀이 있어."

이 말을 하고 나서 나는 뜸을 들였다. 두려움 때문은 아니었다. 어떤 비밀은 세상 밖으로 나올 수 없다고 말했던 적 있는 아라벨라였기에 나는 서두르지 않고 천천히 숨을 고를 수 있었다.

"어릴 적 친구 제이콥에 대해 얘기했었나?"

"응, 몇 번."

그 사건이 일어난 날 오전, 나는 학교에 가지 않았다. 아침나절 외할머니에게서 물려받은 다이아몬드 반지가 없어졌다며 엄마가 한바탕 집 안 곳곳을 뒤지다가 출근 시간에 쫓겨 구두를 손에 든 채로 집을 나선 후였다. 유모는 반지를 찾아 집 안 여기저기를 뒤적거렸다.

그날따라 나는 제이콥이 보고 싶었다. 가장 친하게 지냈던 제이콥을 보지 못한 시간이 길어지자 불안하기도 했다. 제이콥과 함께 있는 게 발견되면 다른 아이들이 나를 '엄마의 남자와 그 짓을 하는' 제이콥과 똑같은 남자아이로 취급하고 놀릴 게 자명해서였다.

그 전날 오랜만에 제이콥을 보았었다. 놀이터 쪽으로 가는 제이콥의 뒷모습을 보고서 입술을 벙긋했다가 다물고 모른 척했다. 미안한 마음과 보고 싶은 마음이 교차해서 그날 밤 잠을 뒤척였다. 학교에 가기 싫었다. 학교에 데려다주

들배지기의 순간

려고 어느새 현관문 앞에서 나를 기다리는 유모에게 아프다는 핑계를 댔다. 유모는 한달음에 다가와서 손으로 내 이마를 짚어 보았다. 거짓말하지 말라고 나무랐다. 학교에 가라며 내 손목을 잡아끌었다. 내가 학교에 가야만 그 지저분한 애정 행각을 벌일 수 있겠지. 나는 그녀의 손을 세게 뿌리쳤다. 그녀는 다시 내 손목을 억세게 잡아끌었다. 뿌리치길 시도했지만 이번에 그녀는 내 손목을 쉽사리 놓아주지 않았다. 나는 그녀의 손아귀에서 빠져나가려고 몸부림치다가 발길질까지 해댔다.

"놔, 이거 놓으라고!"

"네가 학교에 가지 않은 걸 알면 맘이 화날 거야!"

"네가 엄마의 전 남자 친구와 그 역겨운 짓을 한 걸 알면 더 화날 거야!"

그녀는 얼어붙어서 내 손목을 놓았다. 나를 바라보며 다 알고 있다는 표정을 지어 보였다.

"너지. 엄마 다이아몬드 반지 숨긴 게."

나는 방 안으로 들어가서 방문을 잠그고 나오지 않았다.

잠을 자려고 뒤척거렸지만 잠이 오지 않았다. 게임을 할까 했지만 게임기는 유모가 있는 거실 식탁 위에 있었다. 제이콥을 만나고 싶었다. 제이콥과 있으면 나는 마음이 편했다. 나는 항상 제이콥보다 우월하다고 생각했었다. 동갑이었지만 나는 제이콥보다 키가 더 컸고, 엄마에게 사랑을 더 받는다고 느꼈고, 공부도 더 잘했다. 제이콥 엄마는 사무실 밀집 지역에서 칵테일 바를 운영했는데, 내 엄마가 그 사무실 중 하나에서 반듯한 정장을 입고 퇴근해 동료들과 그곳에서 칵테일을 마시는 손님이라는 사실이 나의 속된 우월감을 북돋아 주기도 했다. 정상적인 양부모 가정에서 살며 나와 비슷한 성적을 가진 아이들 사이에 섞여 있을 때는 무언가 더 잘하기 위해 애썼는데, 제이콥과 함께 있을 땐 굳이 그럴 필요가 없었던 것이다.

그동안 제이콥을 의도적으로 멀리해 왔던 시간 때문에 갑자기 찾아가서 만나면 어색할 듯했다. 책상 위에 놓인 새로 산 포켓몬스터 카드들을 선물로 주려고 손으로 한 움큼 쥐어 들었다. 방 밖으로 나갔지만 유모는 보이지 않았다. 제이콥 집으로 찾아갔다. 제이콥 엄마는 짙게 화장을 하고 머리통에 분홍 헤어롤들을 매단 채로 나를 맞아 주며, 제이콥에게는 제발 학교에 가라고 야단을 쳤다. 제이콥은 제 방 침대 위에서 이불을 뒤집어쓰고 있다가 내가 왔다는 소리를 듣고 이불 위로 반가워하는 얼굴을 쑥 내밀었다.

"재미없는 학교에 꼭 가야 해?"

내 우려와는 달리, 제이콥은 어제도 만났던 것처럼 친근한 목소리로 중얼거렸다.

"학교에 가기 싫다고 했다가 나도 유모와 싸웠어."

"도대체 학교는 왜 가라는 거야?"

"그래야 그 짓을 할 수 있거든. 내가 집에 있으면 남자를 불러들일 수 없으니까."

나는 왼 손가락 두 개로 동그라미를 만들고 오른쪽 검지를 그 안에 넣는 제스처를 취했다. 그 순간 제이콥의 눈동자에 섬광이 번뜩했다. 무언가 생각난 눈치였다. 제이콥 엄마는 방문 앞까지 와서 잔소리를 이어 갔다. 제이콥은 난데없이 베개를 던지더니 제 방의 물건들을 차례로 엄마에게 집어 던졌다.

"나랑 약속했잖아! 그 새끼 다시는 안 만난다고 약속했잖아!"

제이콥은 제 엄마를 향해 윽박을 질렀다. 이후부터 통제되지 않는 상태가 되었다. 제이콥의 입에서 이전에 듣지 못한 비치, 후커, 트래쉬 같은 상스러운 욕들이 거침없이 쏟아져 나왔다. 제이콥이 던진 물건 중에는 제이콥의 새아빠가 사주었다는, 제이콥이 가장 아끼는 신형 플레이스테이션도 있었다. 플레이스테이션이 박살 난 걸 보고 제이콥 엄마는 두 손으로 입을 가리고 울먹였다. "엄마가 그렇게 혐오스러우면 네 친아빠한테 보낼게! 그러면 만족하겠어!" 제이콥 엄마가 고래고래 소리를 지르며 안방으로 돌아갔다. 제이콥이 자기에겐 아빠가 없다고, 엄마가 한 남자와만 그 짓을 한 게 아니었다고, 술에 흠뻑 취한 엄마가 실수로 그 말을 내뱉었다고 말했던 기억이 스치는 순간이었다. 제이콥의 눈깔이 홱 돌면서 흰자위가 번득했고 얇은 입술에는 기이한 미소가 번졌다. "재우야, 감쪽같이 죽이려면, 요기 목 옆의 요기를 베어야 한다고 했었지?" 제이콥은 언젠가 내가 추리소설을 읽고 지나가듯 해주었던 말을 재확인했다. 내가 수긍하며 고개를 끄덕이거나 대답을 했는지, 아니면 무반응으로 대처했는지 나는 그 후로도 기억나지 않았다.

제이콥이 책상 서랍장을 열었다. 대관절 식칼이 왜 책상 서랍에서 나온 건지 의아해하는 찰나 제이콥이 칼을 꽉 움켜쥐고 방 밖으로 걸어 나갔다. 끔찍한 일이 벌어질 수도 있다는 걸 알았지만 나는 제이콥을 말리지 않았다. 제이콥의 입술에서부터 번져 얼굴 전체를 덮은 징그럽고 야비한 미소에 나는 기가 질렸다. 칼끝이 내게로 향할지도 몰랐다. 나는 제이콥이 엄마를 찾아간 방향에서 정확히 반대로 달려 나갔다. 제이콥의 집을 나가서 콘도 아래층으로 내려갔다. 미끄럼틀 아래 숨고 싶었지만 거긴 제이콥의 은신처기도 했다. 나는 수영장 공용 화장실로 들어가려다가 남자 화장실 문을 닫고 나왔다. 나를 찾으려고 제이콥이 거기에 들어올 수도 있었다. 여자 화장실로 들어가 칸막이 안에서 엄마에게 전화를 했다. 엄마는 출장 차 방콕에 막 도착했다고 했다. 일을 마친 후 마지막 밤 비행기를 타고 집으로 돌아올 거라고 했다. 나는 한껏 낮춘 떨리는 목소리로 방금 전 일어난 일들을 설명했다. 엄마는 집으로 가라고 지시했다. 지금 가면, 엄마의 전 남자 친구가 유모와 그 짓을 하고 있을지도 모르는데. 나는 현관문 카드 키를 깜박하고 놓고 나왔고, 유모는 장을 보러 갔는지 문을 열어 주지 않았다고 거짓말했다. 엄마는 콘도 안은 위험하니까 엄마가 도착할 때까지 학교에 가 있으라고 재차 당부했다. 학교를 향해 걸어가는 도중 나는 오줌을 지렸다. 그대로 학교에 갈 순 없었다. 다행히 그날 이 교시가 체육이었고 책가방 속에 체육복이 들어 있는 걸 떠올렸다. 인적 없는 콘도 옆 숲으로 들어갔다. 오줌 묻은 바지가 자꾸만 가랑이에 질척질척 들러붙었다. 숲 속에서 누군가 그런 나를 훔쳐보는 것도 아닌데 오줌 싼 티를 내지 않으려고 나는 가랑이를 벌리지 않은 채 바른 걸음을 유지하면서 질척거림을 견뎠다. 굵직한 나무 기둥 뒤에서 체육복으로 갈아입었다. 오줌으로 젖은 바지는 버렸다. 가방 앞주머니에서 일회용 휴지를 꺼내 다리에 묻은 오줌을 닦아 냈다. 숲을 나와서 오솔길을 걸었다. 엄마와 장을 보고 집으로 돌아가는 길에 거치는 바로 그 오솔길이었다.

오랫동안 그 사건을 머릿속에서 지우려고 안간힘을 다했다. 그 사건에 대한 의문이 들기 시작한 건 시간이 한참 지나고 나서였다. 어느 날 엄마는 외할머니에게서 물려받았는데 잃어버렸다는 그 다이아몬드 반지를 끼고 있었다. 우리가 인도네시아를 떠난 후였다. 반지 절도 혐의를 받은 유모는 바로 해고되었다. 사라진 그 반지를 보아서였을까. 나는 그날의 사건을 되뇌었다. 살인사건이 벌어졌으니 형사들이 그 콘도 안의 폐쇄회로 카메라에 찍힌 것들을 일일이 확인해 보았을 텐데. 제이콥이 내가 그 집에 방문했었다고 진술했을 텐데. 그 집에 떨어트리고 온 포켓몬스터 카드에 내 지문이 남아 있었을 텐데. 왜 나는 그 사건 이후 단 한 번도 경찰서에 호출되지 않았을까.

내 말을 듣고 있는 아라벨라의 간헐적인 숨소리가 들려왔다. 아라벨라와 나 사이에 정적이 흘렀다.

"놀랐어?"

들배지기의 순간

"아니."

"왜 아무 말도 안 해?"

"언젠가 네가 한 말을 생각하고 있었어. 네 엄마가 아는 너와 실제의 너는 무척 다르다고 했던 말. 네 인생의 상당한 시간을 그 괴리와 싸웠다는 말."

"내가 경찰서에 한 번도 불려 가지 않았던 게 미스터리했는데도, 누구에게도 말할 수 없었어. 너에게 처음 얘기하는 거야."

다 말하고 나니 이 상황이 불가해했다. 주변에 친한 친구들도 몇 명 있고, 제법 오래 사귀다가 헤어진 여자도 한 명 있었는데, 이 이야기를 실제로 만나 본 적도 없는 아라벨라에게 처음으로 하게 된 이유가 스스로 납득되지 않았다. 대면으로 만난 적 없기 때문일까? 아라벨라가 나처럼 들배지기의 추억이 없는 삶을 살아가는 삶이어서일까?

"단정할 수 없지만, 아마도 너희 엄마가 처리하셨을 거야."

"나도 그렇게 짐작했었어."

"그거 알아? 이 세상에 나를 위해 그 무엇도 할 수 있는 존재가 있다는 것······."

"양날의 검이지."

"나는 경험해 보지 않은 거라 섣불리 말할 수 없겠지만, 그래도 그게 더, 아주 조금 더, 살 만하다고 느끼게 해주지 않을까? 그게 비록, 들배지기는 될 수 없더라도."

"그거 알아? 이 세상에 나를 위해 애써 무언가를 하지 않으면서 나를 그냥 좋아해 주는 너 같은 친구가 있다는 것……."

아라벨라는 옅은 웃음을 흘렸다.

"왜 내가 너를 위해 애써 무언가 하지 않는다고 생각해?"

"너는 항상 네가 원하는 걸 분명히 알고 있고, 내게 맞추지 않고, 네가 원하는 대로 결정하고 행동해 왔으니까."

"사실이지."

"난 그런 네가 좋아."

"그런데 말이야, 너를 위해 애써 무언가 하고 싶어졌어."

아라벨라가 말했다. 아라벨라는 야간 비행 중 잠을 설친 데다 시차에 적응하지 못하고 오전에 겨우 잠들었다가 조금 전 일어났다고 말을 이었다. 나는 무슨 말인가 싶어서 좀 전의 말을 헤아리는 중이었다. 아라벨라는 센토사 안의 호텔이라고 했다. 나는 놀라서 얼떨떨한 기운을 떨쳐 낼 수 없었다.

카페 파라솔 아래서 나를 향해 코코넛을 들고 흔드는 엄마가 보였다. 그쪽으로 천천히 걸어갔다.

들배지기의 순간

지운 삼촌과 엄마와 나는 각자의 입맛대로 마시고랭과 락사와 샌드위치로 요기를 했다. 나는 바닷가를 등지고 앉아 있었다. 지운 삼촌은 유골을 뿌린 지점을 기억해 내려고 해변을 두리번거리다가 찾지 못해 암담해졌는지 쓸쓸한 얼굴로 말했다.

"그런데 왜 우리는 다 한국을 떠나서 외국에서 살았던 걸까?"

지운 삼촌이 혼잣말을 하듯 중얼거렸다.

"좀 더 살아 보려고."

"우리 잘 산 거 맞지?"

엄마는 실없는 질문을 받은 양 대답하지 않고 코코넛에 꽂은 빨대를 입술로 물었다. 그러곤 애석한 얼굴로 이 근처가 아닐지도 모른다며 퉁퉁거렸다. 어떻게 유골을 뿌린 지점을 기억할 수 없는 것이냐고, 어서 유골을 뿌린 정확한 지점을 기억해 내라고 지운 삼촌을 재촉했다. 지운 삼촌은 유골함을 들고 센토사에 왔던 날이 하필 록다운 기간이었고 밤이었다고 했다. 인적이라곤 없었고 캄캄한 파도만 낮게 일렁이고 선선한 바닷바람이 불어와서 이 정도면 완벽하진 않아도 괜찮겠다고 생각했다는 것이다.

지운 삼촌은 당시와는 완연히 달라진 소란스러운 오후

의 해변을 다시 꼼꼼한 시선으로 살펴보다가 영 기억이 나지 않는지 머리를 긁적였다. 다소 후회스러운 낯빛을 거두고 어차피 유골이 파도를 타고 떠났을 텐데 유골을 뿌린 지점이 뭐 그리 중요하느냐고, 그게 어디든 연수 이모의 영혼이 닿는 곳은 따뜻하고 아늑한 홈으로 변신할 거라고 말했지만, 낙담한 지운 삼촌의 표정은 그대로였다.

"꼬락서니를 보니 밤이나 되어야 유골을 뿌린 자리를 찾겠어."

엄마가 말하며 자리에서 일어났다. 갑자기 조직폭력배 두목이라도 된 듯 고개를 좌우로 꺾으며 주먹 쥔 손가락 관절을 손바닥으로 지그시 눌렀다.

"빨리 발음하면 씨름왕과 싱글맘이 비슷하게 들린다. 몰랐지?"

엄마의 말을 듣고 지운 삼촌은 두 단어를 발음해 보았다. 씨름왕, 싱글맘, 씨름왕, 싱글맘, 씨름왕, 싱글맘…….

"시간도 많이 남았는데, 씨름왕 실력 좀 가서 보여 줘야겠다."

엄마가 씨름판으로 향하자 놀란 지운 삼촌이 엄마의 뒤를 따라가며 내게 호들갑스러운 손짓을 했다. 엄마가 중년 남자들 일색인 씨름판으로 들어가자 관중들이 수군거렸다. 중년 남자들은 사타구니에 샅바를 매는 엄마를 보며 가소롭다는 듯 비웃고 있었다. 마침내 엄마가 불가사리처럼 힘주어 벌린 손아귀에 상대 선수의 샅바를 돌려 감는 걸 보며 나는 팔짱을 끼고 끌끌 혀를 찼다. 솔직히 엄마가 모래판에 패대기쳐지는 꼴을 보고 싶지 않았다. 엄마가 샅바를 잡고 천천히 뒷걸음질 치며 엉덩이를 최대한 뒤로 빼더니 가위 자로 벌건 두 다리에 힘을 바투 몰아넣었다. 아까부터 씨름왕, 싱글맘을 반복해서 발음하던 지운 삼촌이 불끈 쥔 주먹을 쳐들고 씨름왕과 싱글맘 사이의 어떤 발음으로 소리쳤고 관중들은 어리벙벙해진 표정으로 지운 삼촌을 쳐다보았다. 지운 삼촌이 개의치 않고 기도하듯 두 손을 모았다. 그런 지운 삼촌을 보고 관중들이 키득거렸다. 나는 지운 삼촌에게 쪽팔리니까 제발 자리에 앉으라고 옷을 잡아당겼다. 그 순간 모래 속에서 지그재그로 발을 놀리던 엄마의 다리가 날래게 중년 남자의 안다리에 찰싹 달라붙었다. 중년 남자가 휘청했고 이후로 믿을 수 없는 일들이 벌어졌다.

우리는 카페에서 아까 모래판에서 펼쳐진 감동의 드라마를 떠들며 밤이 오길, 그래서 유골을 뿌린 자리를 찾을 수 있기를, 기다렸다. 휴대폰 벨이 울렸다. 나를 찾았다는, 아라벨라의 문자였다. 주변을 휘둘러보았다. 동시에 지운 삼촌이 "저기다!" 명쾌한 발음으로 말했다. 지운 삼촌이 손가락으로 금빛 석양이 번지는 해변 쪽에서 이쪽으로 걸어오는 아라벨라를 지목했다.

아라벨라를 향해 손을 흔들자 엄마가 "누구야?" 물었고, 지운 삼촌이 엄마를 나무랐다. "아 자꾸, 그러지 마. 재우는 이제 어엿한 성, 인! 그냥 좀 내버려 두세요." 그 말을 듣고 엄마는 입술을 비죽거렸다. 나는 엄마의 어깨를 부드럽게 두 번 쳐주었다. "나를 위해 애써 무언가 하고 싶은 사람"이라고 대답하는데 하늘에 번진 오렌지색 빛깔이 가슴으로 스며드는 것만 같았다.

"여자 친구?" 이번엔 아들에 대한 엄마의 극성스러움을 내내 자제시키던 지운 삼촌이었다. 종일 사소한 이견으로 말다툼이 끊이지 않던 엄마와 지운 삼촌은 일시에 입술을 앙다물고 자리에서 일어났다. 호기심과 기대와 긴장으로 환히 빛나는 눈동자들은 아라벨라를 향했고 사위는 돌연한 고요에 빠져들었다.

나는 아라벨라가 걸어오는 방향으로 다가갔다. 아라벨라는 어릴 적 더치 양부모와 싱가포르에 살았었다. 두 시간 전 통화에서 아라벨라가 센토사에 온 이유를 말해 주었다. 입양됐다는 사실을 들은 후 생모가 누구인지 궁금할 때마

들배지기의 순간

다 아라벨라는 센토사 바닷가에 왔었다고 했다. 센토사가 지금처럼 개발되기 전이어서 돌멩이들과 수풀만 우거진 휑한 물가였다고. 물가에 홀로 앉아서 생모에 대해 별별 상상을 다 했는데 자기를 버린 엄마가 본디 성질이 고약하고 악행을 일삼는 여자일 거라는 결론에 이르면 그나마 위로가 되었다고. 그런 엄마는 없는 게 나으니까. 아직도 생모를 용서하지 않았다고. 그러니까 센토사에 온 이유는 생모의 기일을 기리기 위해서가 아니라고. 여기에 찾아오는 아주 작은 행위가 누군가에게는 큰 의미일지 몰라서 왔다고. 그 누군가가 너라고.

나는 더 빨리 아라벨라에게 닿고 싶었다. 한인회 씨름 경기가 있던 자리를 지나는 동안 모래 속으로 발이 푹푹 잠겼고 속도는 더디기만 했다. 야자수 밑동으로 시선이 갔다. 홍색과 청색 샅바가 그늘에 버려져 있었다. 걸음을 멈추고 등허리를 구부려서 샅바를 집어 올렸다. 샅바에 묻은 모래들을 털어 냈다. 오래전 외할아버지가 씨름을 가르쳐 주며 해준 말이 떠올랐다.

"샅바를 손아귀에 둘둘 말아서 단단히 잡고, 자세를 최대한 낮추고 버티는 거야. 그러다 보면 상대의 힘이 슬쩍 빠지는 순간을 느끼게 돼. 그때야."

비로소 내 생에서 한 번도 없었던 들배지기를 나는 상
상할 수 있었다.

들배지기의 순간

사랑이 전부라고 맹목적으로 믿었던 한 시절을 통과했고, 사랑을 불신해서 장기간 거리 두기도 해보았으며, 앞선 두 시간보다 훨씬 더 많은 횟수로, 그 사이의 모호한 관점에서 사랑의 시행착오들을 경험해 보았다. 내 안에서 뜨겁게, 미적지근하게, 때로는 차갑게 움직이는 이 마음의 정체를 깨닫게 되는 순간은 아이러니하게도 사랑이 끝난 후라고 생각했었는데 과연 끝이라고 정의할 수 있는 지점이 있는 것인지 나는 확신할 수 없게 되었다.

최근 몇 년 동안 소중한 사람들이 세상을 떠났다. 가족이었고, 연인이었고, 친구였고, 동료였고, 저마다 각별하고 애틋하게 누군가의 삶에서 사랑의 대상이었던 존재들. 슬퍼

하는 것 말고는 할 수 있는 게 없었다. 온전히 이해할 수 없는 죽음의 세계 앞에서 한없이 무기력해지고 작아졌다. 글쓰기에 몰입하지 않고는 견딜 수 없어서『씨름왕』에 수록된 소설을 써나갔지만 지난해 봄 이 소설의 연재를 마치고도 여전히 나는 중심을 잃고 방황했다.

최종 교정지를 문학사상으로 보내고 얼마 후에야 내 마음속에서 아주 작고 보잘것없고 희미한 정서가 일어나기 시작했고 비로소 깊은 상실감을 안고 다가오는 시간을 마주할 수 있었다. 죽음은, 그 죽음이 있기까지 살아 내고 애쓰고 사랑했던 마음의 시간들로 이곳에 남아서 남은 사람들의 시간 속으로 예고 없이 스며들어 새로운 사랑의 무늬를 새긴다. 나는 그렇게 믿기 시작했다.

2023년 3월 8일

소설가 이홍

우리가 우리 자신을 위해
할 수 있는 더 멋진 것

염승숙 (소설가, 문학평론가)

Be be your love

삶과 사랑이 동의어라면, 인간의 일생에서 사랑은 필연적이고 대체 불가능의 것이다. 기능적인 측면으로 볼 때 과연 사랑이라는 감정에는 '다른 것으로 대신하는 건 가능하지 않다'는 요소가 들어 있다. 너 아니면 안 돼, 너뿐이야, 당신 밖에 없어,라는 사랑에 '빠져 버린' 자기 확신의 절대성이야말로 양자 간의 결합을 완성하고 다른 세계로 진입할 수 있도록 기능하는 열쇠인 셈이니까. 그래서 '사랑해'라는 고백은 누구에게나 결코 쉽지 않고, 함몰되기까지 매 순간 주저하며, 신중함을 요구한다. 사랑 이후의 미래를 생각하지 않을 수 없기에 그렇다.

그러나 이홍의 연작소설 『씨름왕』의 주인공 '지현'은 삶을 충실히 살아 내는 반면, '사랑-하기'에는 애틋할 정도로 서툴다. 어린 시절부터 사랑을 주고받는 데 열성적이었던 지현은 사랑의 속성이 '슬프고 아픈 것'에 있다는 걸 깨우쳐 버린 어른으로 자라났으나 사랑하는 방식만큼은 필연적으로 외롭고 혼란하며 모순적인 방향으로 이끌어 온 것이다. 이루지 못한 첫사랑, 이른 파경을 맞은 결혼생활, 애인 '루'에게 두 번째 프러포즈를 받았지만 뜻대로 흘러가지 않는 재혼…… 이렇듯 지현의 연이은 사랑의 '실패'는 한 여자가 지극정성으로 살아 낸 사랑과 인생에 관한 충실한 기록에 가까워서, 단지 "좀 더 살아 보려고"했을 뿐이라는 지현의 고백은 독자의 애달픈 연민을 자아낸다.

지현의 사랑은 어디서부터 시작되었을까? 초등학교 5학년 때 교실로 들어온 '신비로운 전학생' 지운이 아닌, 아마도 '황소'라고 말해야 옳을 것이다. 지현의 아버지는 "1980년대 전국 각지에서 열린 크고 작은 씨름 대회에서 스무 번 이상 우승"한 이력의, 말마따나 '씨름왕'이었다. 지현의 기억대로라면 그 시절의 어느 날에 아버지는 우승 상품으로 받은 황소와 함께 집으로 돌아왔고, 경직되어 있던 지

작품 해설

현을 번쩍 들어 올려 황소 등에 태워 주었다. 이후로 황소 옆에서 숙제를 하고 그림을 그리고 동화책을 읽던 지현은 "해 질 녘 황소 털의 빛깔이 유독 깊고 부드러워지면 등을 타고 올라"가며 정서적으로 교감한다. 그와 함께 보냈던 평화로운 나날과 안온한 친밀감을 잊지 못한 여자아이가 커서도 "황소 같은 남자"를 이상형으로 꼽는 건 마땅한 결과일지 모른다. 아버지가 만들어 준 발걸이를 딛고 황소 등에 올라탈 수 있었던 유년기를 보낸 여자아이라면, 이 세계에 감히 오를 수 없는 곳이 있다는 생각은 하지 못할 테니까.

『씨름왕』은 정복 불가능한 미래를 예상할 수 없었던 한 여자아이가 여성으로서의 지위와 역할을 부여받는 과정에서 어떻게 두려움을 지연시키며 사랑과 좌절을 경험해 나가는가에 관한 이야기다. 그건 "어떤 존재를 끝까지 사랑했던 기억"으로만 견뎌 낼 수 있는 과정이자 '회복'의 예비 단계이기에 당연히 신비롭고, 아름답다.

"미안하지만, 아니야." 그다음 차례는 '신비로운 전학생'이었다. 지금 내 옆에 누워 있는 지운. 그 별명이 입 밖으로 선뜻 나오지 않았다. 기억을 헤아리는 척 눈알을 굴렸다. 뜸을 들이던 지운이 확신에 찬 어조로 말했다. "재우." 나는 그 대답을 듣고

또다시 큰 소리로 깔깔깔 웃었다. 스피커에서 레이첼 야마가
타의 「Be be your love」가 흘러나왔다. (134쪽)

이 장면은 다소 평범해 보일지 모르나, 작가가 『씨름
왕』을 통해 보여 주려고 했던 것이 무엇인지를 알려 준다.
그건 지극히 소박하면서도 호기로운, 사랑의 정체다.

이야기 속에서 지현의 삶을 시기적절하게 그리고 결정
적으로 지탱해 주는 인물은 '지운'이다. 지현은 그를 의지
하고 또한 응원하면서, 사랑과 우정 사이에서의 줄타기를
멈추지 못한다. 호숫가 벤치에 나란히 앉아서 도넛을 먹던
열세 살 남자아이도, 아버지의 장례식장에 가장 먼저 달려
와 준 조문객도, 이혼하고 오갈 데 없어진 지현을 싱가포르
집에서 얹혀살게 해준 사람도 지운이었다. 그런 지운을 위
해 지현은 그의 아버지가 아파트 분양 사기의 주범임에도
불구하고 끝까지 그를 챙기고, 클럽 '줄리아나'에서 지운을
밀친 농구선수의 머리에 얼음통을 거칠게 내려친다. 지운
으로서는 지현이 "나를 위해 싸워 주는 전문 선수"라고 말
하는 것도 과언이 아닌 셈이다.

그래서 첫사랑이 누구였느냐고 묻는 지운의 질문에 지
현은 카펫 위에 같이 누워서도 흔쾌히 대답할 수 없다. 지현

작품 해설

이 "기억을 헤아리는 척 눈알을 굴렸"던 이유는 첫사랑이 끝났다고 말하지만 믿을 수 없게도 여전히 진행 중이기 때문이며, 그 마음이 지운을 향해 있었기 때문이다. 하지만 지운이 재우라고 대답하는 순간 지현은 큰 소리로 웃어 버리고 만다. 그 또한 정답이 아니라고 부정할 수 없었던 탓이다. 좋은 엄마가 되고 싶었지만 그러지 못했다고 자책하던 지현은 일곱 살 재우가 킥보드를 멈추고 돌아서서 달려오며, "엄마, 나 너무너무 행복해"라고 말했던 순간을 '인생에서 이겨 본 느낌'으로 꼽을 정도다. 한평생 아이 앞에서 높고 낮음을 반복하는, 그 형언할 수 없는 감정의 울렁거림과 소용돌이를 첫사랑이 아니고서야 뭐라고 이름 붙일 수 있단 말인가?

그러니까 이 대목에서 레이첼 야마가타의 노래 「Be be your love」가 흐르는 건 자연스럽다. 너와 함께하고 싶고, 너의 사랑이 되기를 원한다는 목소리는 간절한 바람을 간직한 혼잣말, 소망을 담은 중얼거림에 가깝다. 지현은 평생 지운과의 관계 속에서 사랑인지 우정인지 모를 감정의 격동을 겪어 왔고, 그러니 우정도 사랑만큼이나 새롭고 강렬한 전환을 가져올 수 있음을 깨달아 오지 않았을까? 내가 상대의 전부가 되는 것만이 사랑의 완성은 아니라는 걸 이제, 지현은 안다. Oh, how I try to be just okay, but all I ever really wanted was a little piece of you⋯⋯ 살아가며, 사랑의 두근거림 앞에서도 아무렇지 않은 척 굴려는 것이 인간 특유의 미성숙한 면이라고 본다면, 지현의 웃음은 충분히 이해 가능한 것이다. 지현은 지운과의 우정에서 사랑의 아주 작은 일부나마 간직하려 하고, 전부와 다름없는 호탕한 진심을 내보인다.

힘의 불균형, '들배지기'의 활력

"조일까, 진일까?"

루가 질문했다. 나는 대답하려고 입술을 달싹였다가 말문이 막혀서 도로 입술을 다물었다. 내 안에서 벌어진 일인데도 헷갈렸다. 조인지 진인지 알 길이 없었다. 자궁 안에서 생존한 태아를 묻는 건지, 죽은 태아를 묻는 건지도 명확하지 않은 질문이었다. 생명과 죽음을 분별한 질문이라고 해도 모르긴 마찬가지였다. 우리가 알 수 있는 거라곤 한 가지뿐이었다. 하나는 죽고 하나는 살아남아서 한곳에 공존하고 있다는 것이다. (11쪽)

이 소설의 주인공 '지현'의 스토리는 시작부터 큰 난

작품 해설

관에 부딪혀 있다. 마흔이 넘은 나이로 애인 '루'와의 사이에서 갖게 된 이란성 쌍둥이. 루는 아직 태아일 뿐인 아이들에게 '조'와 '진'이라는 이름을 붙였지만, 지현의 자궁에서 "조인지 진인지 알 길이 없"는 아이 중의 하나가 이미 죽은 상태다. 스물넷에 이혼한 전남편과의 사이에서 아들 '재우'를 낳고 혼자서 19년을 길러 온 지현에게 임신은 처음 겪는 일이 아니었으나 관건은 첫째, 쌍둥이 태아의 생물학적 아버지인 루와도 헤어진 사이라는 사실과 둘째, "하나는 죽고 하나는 살아남아서 한곳에 공존하고 있다는" 공포에 가까운 절망감이다. 이별과 죽음, 이 두 가지 모두 지현을 고독한 상실의 영역으로 몰고 간다. 어쩌면 지현이 이 모든 걸 잃을 가능성은 진작 예견되었던 것이 아니었는지?

　　루와의 결별 전, 지현은 그에게 프러포즈를 받고 그의 고향 이탈리아로 함께 떠났던 바 있다. 그리고 루의 부모님께 인사한 뒤 마지막 여행지인 베네치아에 도착했을 때, 지현은 그들 사이에 '문제'가 있다는 걸 알아차리게 된다. 지현은 루를 식당에 남겨 두고 혼자 숙소로 돌아왔지만 열쇠를 손에 쥐고도 문을 열 수 없었던 것이다. "베네치아의 문이 열리지 않는 건 열쇠의 문제가 아니라 오래되고 낡은 문의 문제니까." 루가 반복하던 그 말을 지현은 납득하지 못한다. 납득은 이해가 전제되어야 한다. '열쇠로 열지 못하는 문이 있다는 사실'을 경험해 보지 않은 사람은 이해할 수 없다. '열지 못하는 문 앞에 반복해서 서본 경험이 있는 사람' 또한 이해할 수 없기는 마찬가지다. 어째서 열 수 없는가, 열리지가 않는가.

그러니까 지현의 삶 속에는 자꾸만 해결되지 않는 '문제'만이 도사리고 있다. 결혼한 지 1년 만에 맞이한 파경, 임신 3개월 차에 겪게 된 아버지의 간암 말기 시한부 선고, 지운과 치러낸 장례식, 싱글맘으로 재우를 열아홉까지 키워낸 후 재혼을 앞두고 알게 된 루의 외도, 두 번째 임신에서 알게 된 자궁 속 쌍둥이의 "죽음과 생명의 공존"까지. 지현은 쓸모없는 열쇠를 손에 쥔 기분, 그 어떤 방법으로도 도저히 열리지 않는 문 앞에서 지속적인 힘의 불균형을 느낀다. 느끼지 않을 수가, 없다. 베네치아에서, 오래되고 낡아서 경첩이 맞지 않는 건 결국 '문'이 아니라 루와의 관계라는 사실만을 절감했듯 지현이 감당해야 하는 삶 속의 여러 문제들은 자꾸만 굳건히, 나타나고 있기 때문이다. 쓰러뜨리고 또 쓰러뜨려도 다시 샅바를 고쳐 매며 올라오는 모래판 위의 상대처럼.

아빠의 장례식 때 곁에 있어 줄 수 있겠냐는 말이 나오지 않았다. 나는 지운을 포옹하고 그의 가슴팍에 잠시 뺨을 기대었다.

"씨름왕."

내가 지운의 등을 감싼 팔을 풀자 어둠 속에서 지운이 말했다.

"모래판에서 거대하고 단단하고 노련한 씨름왕과 마주 선 기분이야. 어차피 거친 모래 무덤에 코를 박고 넘어질 텐데. 분명히 질 게임인데. 어쨌든 샅바를 손아귀에 말아야 하는."

지운은 오래전 아빠가 싱가포르에 방문했을 때 씨름을 했던 기억을 더듬으며 말을 이어 갔다. 나는 지운이 방금 전 했던 말을 곱씹었다. 거친 모래 무덤에 코를 박고 넘어질 텐데. 분명히 질 게임인데. 그런 인생을 왜 이렇게 아등바등 살아가는 것일까. (73쪽)

지현이 맞닥뜨리는 힘의 불균형은 인생이 어째서 나에게 이토록이나 가혹한가, 왜 단 한 번도, 이 세계는 고작해야 나라는 인간을 너그럽게 받아들여 주지 않는가에 대한 낙담에서 비롯된다. "어차피 거친 모래 무덤에 코를 박고 넘어질" 테니 "분명히 질 게임"이라고 단정하는 순간은, 내게 다가드는 삶의 양태가 불능不能의 총합처럼 느껴질 때다. 안 돼, 도무지, 이길 수 없는 싸움이야,라고 머리와 가슴이 아득해질 때. 그러나 그건 동시에 아이러니하게도 어린 시절 아버지가 가르쳐 준 씨름의 기술을 분연히 떠올리게 만든다. 씨름왕으로 불리던 아버지의 가르침에 따르면, 씨름이란 "내 쪽으로 힘의 균형을 기울일 수 있는 기회"를 잡아야 하는 운동이다. 인생이라는 모래판 위에서 상대의 샅바를 단단히 잡고 버티어 선다, 다리를 벌려서 균형을 잡고 엉덩이를 최대한 뒤로 뺀다, 다리를 지그재그로 놀린다, 나를 넘어뜨리려고 움직이던 상대의 힘이 슬쩍 빠지는 순간에 기술적으로 그를 들어 올린다. 바로, '들배지기'다.

다시 말하면 씨름이란 결국 모래판 위에서 어떻게든 두 발을 단단히 버티고 서는 것이 기본이며, 상대의 샅바를 놓치지 않고 단단히 잡고 있어야 하고, 내 쪽으로 힘의 균형을 기울일 수 있는 기회를 포착해야 하는 고도화된 야성이다. 지더라도, 결코 지지 않겠다는 증폭된 열망만이 상대를 '기술적으로' 들어 올릴 수 있는, 삶의 질긴 활력!

Slow dancing in a burning room

『씨름왕』은 지현과, 지현의 첫사랑 지운, 지현의 아들 재우 등, 시점을 바꿔 가며 이야기가 진행된다. 그렇기에 중심 서

작품 해설

사인 지현과 루, 지현과 지운, 지운과 연수의 관계 설정이 면밀하게 그려져 있는 데다 주요 인물들의 관계를 모두 조명하면서 연수의 입양된 아이 '아라벨라'와의 만남까지 이끌어 내는 재우의 활약까지 더해져, 더 크고 뭉클한 감동을 안긴다.

"나는 사랑하지 않을 때 추락하는 거 같은 기분이 들어. 바다로 쾅 떨어져서 박살 나는 게 아니라 끝없이 추락하는 거 같은. 소주를 들이붓고 나서 토하기 직전의 기분과 비슷한데 그 끔찍한 기분이 끝도 없이 이어진다고 생각해 봐."
지현은 졸음에 겨운 목소리로 말했다. 나는 누군가를 사랑할 때 그런 기분이 든다는 말을 하고 싶었지만 그러지 않았다. (166쪽)

지현이 부른 배를 안고 임신한 채 찾아간 사람은 싱가포르에서 연수와 살고 있던 지운이다. 지운은 초등학교 5학년 때 지현의 반에 전학 온 학생이었고, 아파트 분양 사기극의 주범인 아버지 탓에 집단 괴롭힘을 당했다. 지현의 집에도 큰 피해를 입혔지만 지현만은 지운의 곁에 남았다. 사랑하지 않을 때 끝없이 추락하는 기분이 드는 지현과, 반대로 사랑할 때 그렇다는 지운은 애초에 맞춤한 상대가 아니었는지도 모르지만, "사랑하고 싶으니까"라는 지현의 담백한(어쩌면 담대한) 그 말 앞에서 지운은 입을 다물고 만다. 지현처럼 다가올 미래를 향한 믿음을 지니고 사랑을 꿈꾸는 사람은 마침내 평온함에 이를 수 있는 자격이 있을 테고, 그런 지현을 외면할 도리 없이 지운은 지현의 곁에 성실하게 머물러 왔을 거였다. 지운에게 지현은 우정과 사랑의 경계가 모호한 상대이지만 서로를 향한 결속력만큼은 너무나 견고하다.

지운은 연수와 함께 지현과 재우를 가족으로 받아들여 오랜 시간 함께 생활하는데, 이 소설에서 또한 눈길을 끄는 사랑스러운 인물은 두말할 것 없이 연수다. 연수는 지운의 전 아내이자 지현에게는 오래된 친구로 남는다. 싱가포르의 교민 잡지를 인수한 그녀는 미술 공부를 할 계획이던 지운과 알게 되어 결혼하고, 만삭의 몸으로 한국을 떠나온 지현을 언니처럼 살갑게 대해 주며 싱가포르에서 지낼 수 있도록 애써 준다. "재우의 진짜 엄마"라는 별칭처럼 지현의 아이까지 애정으로 돌봐 준, 말 그대로 착하고 친절한 천사표 인간. 그러나 연수는 유방암 선고를 받게 되고, 지운에게 이별을 고한다. 유방암이 세 번째 재발했을 때, 연인 '제시카'와도 헤어진 연수를 지운이 만나러 가지만 그때에도 연수는 자신에게 다가올 사랑을 충실히 간구한다. 연수의 생

작품 해설

애 마지막 소원은 다시, 데이트를 하는 것.

　이 소설에서 지현만큼이나 사랑에 용감한 인물이 있다면 바로 연수이며, 그녀는 '몸이 부서져도' 사랑을 꿈꾼다. 제한되고 한정된 여생에서 마음 깊이, 좋아하는 사람을 만날 수 있기를 바라는 연수는 어쩌면 지현보다도 훨씬 더 자신의 감정에 진실하게 집중하는 인물이다. 작가는 상고를 졸업한 연수가 협동조합의 조합장에게 성폭행을 당해 싱가포르행을 택하고, 이국에 도착한 지 다섯 달 후 혼자 출산한 아이를 두려움과 막막함으로 입양 기관에 보내고, 이후 교민회장에게조차 추행당하는 위협적인 상황에 거듭 노출되는 설정을 통해서 인생은 때로 상처만 주고 정 없이 떠나 버리는 고약한 상대일 수도 있다고 말한다. 불운인지 불행인지 분별할 수 없는 지독한 기억들, 한도나 한계도 없이 치사량으로 주입되는 일련의 사고들이 즐비하게 일어나는 삶에서 '홈'이란 걸 발견하기 어려운 사람도 있다고.

　그러나 『씨름왕』을 접한 독자들이라면 분명 연수를 통해서 나약하나마 절절하게 내포된, 어떤 '의미'를 발견할 것이다. "존 메이어의 「Slow dancing in a burning room」을 들으며 무연한 시선으로 창밖을 쳐다보고 있"던 연수의 모습은 무언가 지나온 사람만이 느낄 수 있는 기분, 특정한 시기를 통과해 온 사람만이 기어이 몸을 열고 맞이할 수 있는 감각을 내보인다. 그건 연수만이 갖는, '마지막 깊은 숨'으로서의 사랑이다. We're going down, my dear, We're slow dancing in a burning room…… 인생은 짧고 부질없는 순간만은 아닐 것이다. 웃음과 행복은 찰나의 틈에 비집고 들어와 우리의 내면에 은밀한 방 하나를 만드는 법이다. 구원을 바랄 수 없다 해도, 추락하고 있는 중이어도 속된 희망의 빛에 굴절된 채 리듬을 탈 수 있는 존재, 그러니까 인간은 타오르는 방에서 천천히 춤을 출 수 있는 존재다. 연수는 심신이 깨어져 조각난 채로도 그것을 받아들인다.

다시 일어설 힘, 용기, 희망─'들배지기'의 순간

"그게 뭐가 중요해. 어쨌든 연수 이모가 그 순간을 가장 멋진 추억으로 간직했잖아. 그날 영상 속에서 연수 이모가 그랬어. 그날 이 세상을 다 가진 것 같았다고. 견딜 수 없을 만큼 힘겨운 시간이 닥칠 때마다 그 들배지기의 순간을 떠올렸다고. 그러면 다시 살아갈 용기를 낼 수 있었다고."

스냅챗으로 채팅을 하던 나는 끼어들지 않을 수 없었다. 그러지 않고는 두 사람의 말다툼이 끝날 기미가 없어 보였다.

"용기가 아니라 다시 일어설 힘이라고 했지."

엄마가 내 말을 정정했다.

"그게 그 말이잖아."

"달라."

"희망, 이라고 하지 않았어?"

지운 삼촌이 반신반의하는 표정으로 질문했다. (283쪽)

연수의 2주기에 싱가포르에서 만난 지현과 지운, 그리
고 재우는 연수의 유골을 뿌린 센토사 해변을 함께 걷는다.
두 그루의 야자수 기둥 사이에 묶인 현수막, '싱가포르 한
인회 씨름 대회'라고 적힌 글자 아래에서 세 사람이 지현의
아버지로부터 연수가 배웠던 씨름 기술과 그 '들배지기'로
누군가 한 번 이겨 본, "세상에서 가장 멋지고 황홀한 순간"
에 관해 이야기하는 대목은 문제적이다. 앞서 "어차피 거친
모래 무덤에 코를 박고 넘어질 텐데. 분명히 질 게임인데."
라고 포기하던 지현의 상황은 연수가 말한 '들배지기의 순
간'으로 인해 심정적으로 전복된다. 견딜 수 없이 힘겨운 시
간을, 들배지기의 순간을 떠올리며 극복했다는 건 아버지
가 전수해 준 기술을 넘어선 긍정으로의 전회다.

씨름왕

연수의 삶에서 가장 멋지고 근사했던 순간은 다시 일어설 힘, 용기, 희망으로 세 사람에게 각기 다르게 기억되었지만, 전혀 다른 속성은 아닐 것이다. 지현의 말대로 "뒤따라올 수많은 실패들을 견디게 해주는 건 과거에 실패했던 기억이 아니"고 다만 "단 한 번, 이겨 본 것만 같았거나 실제로 이겨 보았던 바로 그 감각"이니까. 냉철한 승부의 세계에서 성취한 승리의 기억은 그 무엇으로도 바꿀 수 없는 희열이고, 들배지기의 추억은 연수에게 다시 일어설 수 있는 용기이자 희망이었을 테니까. 그러니 뭐가 중요한가? 남은 자들은 다시, 각자의 들배지기에 대해 이야기하지 않을 수 없다. 정작 "그게 왜 우리에게 그토록 중요한 건지는" 몰라도 나의, 너의, 그리고 우리의 들배지기 순간을 두고 소리 높여 떠들어 대지 않는다면 살아갈 신호를 계속해서 마주할 수는 없다는 듯이.

결말에서 지현은 씨름판으로 나가서 상대 선수의 샅바를 잡는다. "빨리 발음하면 씨름왕과 싱글맘이 비슷하게 들린다"고 말하며. 그리고 싱글맘 지현은 모래 속에서 지그재그로 발을 놀리다가 중년 남자의 안다리를 걸어 모래판 위로 넘어뜨린다. 지나온 과거가 발목을 붙들고, 앞으로의 삶을 장담하지 못한다 해도, 승부를 내지 못한 채로는 판 위에

작품 해설

서 내려갈 수 없다는 마지막 장면의 전언이라니. 우리는 『씨름왕』을 다 읽고 난 뒤에야 작가가 넌지시 예고하는, 삶의 거짓 없는 사실과 비로소 직면하게 된다. "사랑은 무진장 잔인하고 무섭고 두려운 것일지도 모른다"고 생각했던 어린 재우가 자신의 생에서 한 번도 없었던 들배지기의 순간을 상상하게 되는 변화의 순간이 바로 '살아감' 그 자체인 거라는 진실 말이다.

> "그런데도 넌 사랑을 해왔고, 하고 있고, 앞으로도 계속 할 거 잖아."
> "응. 그것 말고 우리가 우리 자신을 위해 할 수 있는 더 멋진 게 있어?"(131쪽)

지운과 지현의 문답은 사랑에 관한 아주 단순하면서도 명쾌한 고찰이다. 사랑은 '슬프고 아픈 것'을 뛰어넘는다. 인간은 소멸하고 사랑은 때때로 상실과 직면하지만, 본래의 형태를 바꾸며 나아간다. 사랑도 진보한다! 그러니 사랑은 틀림없이, "우리가 우리 자신을 위해 할 수 있는 더 멋진" 것이다. 우리는 이 자명한 사실을 잊은 채로 단지 시간만을 거듭해 온 것은 아닐까?

씨름왕

1판 1쇄 인쇄   2023년 4월 5일
1판 1쇄 발행   2023년 4월 10일

지은이   이홍

펴낸이   임지현
펴낸곳   (주)문학사상
주소   경기도 파주시 회동길 363-8, 201호 (10881)
등록   1973년 3월 21일 제1-137호

전화   031)946-8503
팩스   031)955-9912
홈페이지 www.munsa.co.kr
이메일   munsa@munsa.co.kr

ISBN   978-89-7012-563-3 (03810)